光文社文庫

長編ハード・アクション小説

梓弓《あずさゆみ》執《と》りて

西村寿行

光　文　社

目次

第一章　寒《かん》灯《とう》

1

ものわびしく思える夜であった。

風が吹いている。九月に入ったばかりだから、秋風というには早い。季語では秋風だが、現実には夏がまだ居据わっている。

そのあぶら照りの夏の中から逃れ出て、徳田《とくだ》兵介《ひょうすけ》は奥州《おうしゅう》白河《しらかわ》の関《せき》に来ていた。

旅館の周辺をわびしい風の音が埋めている。

小さな旅館《はたご》だった。

夜が更《ふ》けている。

風のほかには物音はない。

白河の関屋を月のもる影は

人の心をとむるなりけり

西行《さいぎょう》の歌を、徳田は闇《やみ》の中に思い浮かべていた。

今宵《こよい》、白河関を守るのは関守《せきもり》ではない。わびしい月の影が落ちて旅人の旅愁をとどむるのみであると、西行法師は詠《よ》んだ。

関を設けることは律令《りつりょう》で定められていた。

〈国司《こくし》、郡司《ぐんじ》、関塞《せきそこ》、斥候《うかみ》、防人《さきもり》、駅馬《はゆま》、伝馬《てんま》を置き、鈴契《すずしるし》を造り、山河を定めよ〉

とある。

関のなんたるかを説いた令《りようの》義解《ぎげ》には

〈関《せき》ハ検判《けんぱん》ノ処、剗《せき》ハ塹柵《ざんさく》ノ処〉

とある。

関は警察、剗は軍隊だといえる。奥州白河関を剗と印した古文書もある。

律令国家が奥州蝦夷《えみし》に対して設けた軍事前線が白河関であったといえよう。

大化《たいか》の頃《ころ》の話である。じきに、関・剗の思想は薄れた。白河関も陸奥国《むつのくに》に包括されている。

しかし、白河関だけは後代にまで残っている。あずまからみちのくに通じるわびしい辺境の地だというエキゾチシズムとして、都びとの心に残っている。だれもかれもが、白河の関を歌に詠んだ。

都をば霞とともにたちしかど
秋風ぞ吹く白川の関

能因《のういん》法師の詠んだ歌である。

能因は都にいてその歌を詠んだ。ために、にわかには発表できなかった。長い間、どこかに閉じ籠《こも》り、皮膚を陽焼けさしてから披露したと、古今著聞集《ここんちよもんじゆう》はやっつけている。

西行法師が〈白河の関屋を月の……〉と詠んだのは、関跡に立ち、能因を思い出しながらだと、注釈がある。

その後、多くの歌人が能因をひやかす白河関の歌を詠んでいる。

限りあれば今日白川の関越えて
行けば行かれる日数をぞ知る

源兼氏《みなもとのかねうじ》の歌だが、明らかに能因の重ねた日数を意識している。

徳田は、ぼんやりとそのことを思っていた。

能因が白河を訪ねようが訪ねまいが、それはどちらでもよいことに思える。訪ねないで想像だけで詠んだほうがほんとうの哀《かな》しさを衝《つ》いているという気さえする。要は想像力の問題である。

郷愁を抱けば歌になる。

——郷愁か。

胸中に小さく、つぶやいた。

郷愁は徳田にもある。いや、そんな秋の光る風のような心哀しいものではない。もっと、ドロドロした思いだ。それが、胸に詰まっている。

闇に、男と女の執拗《しつよう》に絡まり合う肢体が、かかっていた。

八月の終わりだった。

徳田は三か月ぶりに自宅に戻った。

自宅は東京の中野《なかの》区にある。

家族は妻の明子《あきこ》だけだった。明子は徳田より十歳年下だ。三十二歳になる。結婚したのが四年前であった。子供は生まれなかった。一度、流産してそれからは妊娠しなかった。

自宅に戻った徳田は、憔悴《しょうすい》しきっていた。

わけがあって、逃亡した。五月の末に家を出て、それ以来、一度も戻ってなかった。戻りたくはなかった。戻るのを殺し屋が待ち受けている懸念があった。

だが、三か月の逃亡生活は徳田の骨身《ほねみ》を嚙《か》んでいた。

中途はんぱな逃亡生活にケリをつけるか、それとも家を畳んで本格的な逃亡生活に入るかのどちらかを選ばねばならなかった。

戻ったのは夜だった。

明子はテレビを観ていた。黙って部屋に上がった徳田をみて、明子は貌色《かおいろ》を失った。

しかし、じきに、貌色は戻った。

薄化粧をしていた。目鼻だちがととのっている。鼻筋がわずかにしゃくれていて、それが魅力になっていた。

白い肌を持った女だった。豊かな肢体の持ち主でもある。

徳田は明子の動揺をみて、やはり、そうだったのかと思った。三十を過ぎたばかりで、明子が三か月も男なしでいられるだろうかとの疑念があった。欲望は強いほうに属する明子だった。

徳田は、黙って腰を下ろした。

薄化粧をした明子をみつめた。

「どこかへ行くところだったのか」

「いいえ。別に」

明子はかぶりを振った。血色は戻っているが、表情は固い。茶器を持って立とうとした。

「待てよ。茶は、いらない」

徳田は、押えた。

詮議《せんぎ》することの無駄を、徳田は心得ていた。たとえそうであっても、黙っているつもりで戻ってきたのだった。妻を放ったらかした自分に非はある。浮気をしていても、それを憤る立場にはない。何かがあっても、目をつぶろうと思った。

想念に浮かべたのは、妻の白い裸身だけであった。豊かな乳房であり、尻《しり》であり、太股《ふともも》であった。

徳田は女に飢えていた。いきなり、妻を押し倒して、堪能するまで全身を舐《な》め回すつもりだった。陶酔に浸るつもりだった。全身が痺《しび》れるほどの官能の渦巻きに自分を忘れるつもりでいた。

いまも、その思いはある。

猛《たけ》り立つものがある。

しかし、それを表現する能力が失われていた。

妻は薄化粧をして、テレビをみていた。そして前触れもなく戻ってきた徳田をみて、青ざめた。これから男に会いに行こうとしていたのだ。覚悟はしていても、嫉妬《しっと》は抑えきれなかった。

「相手は、だれだ。おれの知っている男か」

低い声で、訊《き》いた。

「相手って、何のことなの」

立ちかけた腰を、明子は下ろした。

「隠さなくても、いい。別に、怒っているわけではない」

「………」

明子は視線を伏せた。

「そうか……」

徳田は、妻の白い胸に視線を向けた。乳房の盛り上がりが、目に痛い。

腹の底から炎が衝き上げていた。

徳田は妻をその場に押し倒した。

目が眩《くら》んでいた。Tシャツのボタンを外す手がふるえている。明子は瞳《ひとみ》を閉じていた。三か月ぶりに夫を迎える喜びはその表情にない。体を任せてはいるが、表情は固い。

乳房が出た。徳田はあえぎながら乳房に吸いついた。片方の乳房は手で揉《も》んだ。弾力のある乳房だった。夢にまでみた乳房だ。

炎が全身を灼《や》いていた。その炎が、徳田の神経をにぶらせていた。

男が部屋に入って来るまで気づかなかった。

「徳田、兵介」

呼ばれて、血が凍った。

しわがれた声だった。喘息病《ぜんそくや》みのような、苦しそうな声だ。

振り向いて、男をみた。

長躯痩身《ちょうくそうしん》の男が、立っていた。青ざめた皮膚を持った男だ。左手がない。右手にドスを握っていた。

「めず、らし、い、な。徳田」

区切り、区切り、ことばを落とした。

「う、う、うしくぼ！」

「逃げられ、ねえぜ。覚悟、しろ」

牛窪勝五郎《うしくぼかつごろう》は一歩、前に出た。

すばやく、徳田は周りを見回していた。見回して、絶望を悟った。ガラス戸には鍵《かぎ》がかかっていた。開けている隙《ひま》はない。

妻の乳房を離した。明子はゆっくり、起き上がった。牛窪の出現に驚いた気配はなかった。

黙って、胸を合わせた。

「明子」

牛窪が呼んだ。

「はい」

「針金を、持って、来い」

「はい」

明子はうなずいて、部屋を出た。

「そこに、腹這《はらば》え」

牛窪は、ドスで畳を指した。

徳田は腹這った。何かを考える余裕はなかった。

牛窪と妻ができていることはわかったが、そこから先のことは考えられない。腹這った体が、ふるえていた。

牛窪が背に跨《また》がった。

「とう、とう、とらえた。もう、逃がさん。おまえは、切り、刻んで、やる」

呼吸するたびに、喉《のど》がぜいぜい鳴っている。

明子が針金を持ってきた。牛窪に命じられて、明子は徳田の両手を後ろで縛った。

徳田は柱に縛りつけられた。

「ウイスキーの、支度を、しろ」

牛窪は顎《あご》で明子に命じた。

明子がウイスキーと氷を用意した。牛窪は卓袱台《ちゃぶだい》に向かった。明子がつくった水割りのグラスを把《と》った。明子は徳田に横貌《よこがお》をみせている。白い横貌が、固い。

「ゆるして、ゆるしてくれ。たのむ、牛窪さん」

徳田は、ふるえ声で哀願した。

「許、さん。おまえを、切り刻む、ために、おれは、生きて、いる。おまえの、女房は、いまは、おれの、奴隷だ」

牛窪は、冷たい目で徳田をみた。

額が狭い。目と眉毛《まゆげ》の間が極端に狭い。ほお骨が突き出ている。ほおがそげていて、陰惨な貌だ。知性というものは感じられない。

明子はうつむいていた。膝《ひざ》に手を置いている。

「明子」牛窪が呼んだ。「ここへ、来い」

明子は黙って、牛窪の傍に寄った。膝に白い手を重ねて、うつむいている。

「そこに、ねろ」

牛窪の命令に小さくうなずいて、明子は畳に体を横たえた。牛窪の膝の前だった。

牛窪は片手で器用に妻のTシャツのボタンを外した。

白い、光沢のある乳房が剝《む》き出された。牛窪は右腕しかない手で乳房の根元を摑《つか》んで、ゆっくり、揉《も》みはじめた。

徳田は凝視していた。妻は瞳を閉じている。青ざめた貌が水のように澄んでいた。喜怒哀楽を浮かべない貌だった。徳田は呼吸が苦しくなっていた。牛窪は殺し屋だ。死にかけた殺し屋だ。片腕がないだけでなく、肺の片方もない。残った肺も虫喰《むしく》いで穴だらけだ。かろうじて生きているというにすぎない。

はげしい運動をすれば、肺が酸素不足にあえいで、心臓が停《と》まる。風邪を引いただけでも、あっけなく死ぬ。そんな牛窪の女になった妻が、わからない。男なら、ほかに五体満足なのがいくらでもいる。

妻の容貌肢体なら、男を選ぶ権利がある。死にかけた殺し屋の命令に唯々諾々《いいだくだく》と従う妻が、わからない。

夫の前で牛窪の凌辱《りょうじょく》を受けるべく体を横たえた妻が、わからない。

「みろ」牛窪があえいだ。「おまえの、女房を。おれの、いうが、ままだ。命令には、逆らわせ、ない」

牛窪は乳房を揉む手を休めて、水割りを飲んだ。

妻は瞳を閉じたままだった。白い貌は動かない。体に添って伸ばした手の指が、かすかに感情を伝えている。

「そう、だろう。明子」

牛窪が訊いた。牛窪も表情を変えない。もともと、決して笑わない男だった。

「はい」明子は、瞳を閉じたまま答えた。「わたし、あなたの女です」

乳房が重そうに揺れ動いた。

「おまえ」牛窪は徳田をみた。「あとで、明子に、財産を、譲渡すると、書け。そのあとで、切り刻んで、やる」

牛窪はふたたび妻を弄《もてあそ》びはじめた。右手で揉み、片方は口に含んだ。妻の眉がわずかにゆがんだのを、徳田はみた。

愛撫がつづいた。

牛窪の吐く息が荒い。

牛窪は妻を裸に剝いていた。愛撫は乳房から腹に移り、そして、足に移っていた。すらりと、形のよい足だった。指を口に含んでいる。一本一本、たんねんに吸っていた。右手は太股を這っている。

妻が小さくあえぎはじめている。左手の指が拡《ひろ》げられている。何かを摑もうと、畳をまさぐっていた。

徳田の脳裡《のうり》を炎が転がっていた。どこともわからない体の奥深くから燃え出た炎が、脳裡の闇に業火のように、燃え狂っている。

「ああッ」

小さなうめきが、妻の口を衝いた。太股が押し拡げられている。その中に牛窪が割って入っている。太股を舐め上げていた。牛窪の貌が、埋まった。

「ああッ、わたし、あなたの、あなたの――」

妻が前後不覚になりつつあった。

「夫を夫を、叩《たた》いて――」

明子はうわずっていた。

どうにも抑えがたい怒濤《どとう》のようなものが衝き上げていた。殺し屋に凌辱されているのだと思うマゾヒズムの昂《たか》ぶりが、脳を突き刺していた。牛窪に夫を虐《いじ》めてもらいたかった。叩いてもらいたかった。そうしながら、つらぬかれたかった。自分も夫も殺し屋の奴隷になったのだった。

夫婦で殺し屋の意のままになる奴隷にされたのだった。叩かれて、ねじ伏せられて牛窪に征服されている間に、いつの間にか、明子に取り憑《つ》いた黒い性愛であった。

2

夫の徳田が逃亡したのは、五月末の雨の降る日だった。

徳田は江古田《えこだ》病院に勤務していた。外科医だった。親切で腕のいい外科医だとの評判だった。その夫が、四月なかばのある日、青ざめて戻ってきた。手術に失敗したのだという。失敗はしたが、患者は死んだわけではなかった。いのちはとりとめるだろうという。

それなら、さほど心配することはないのではないかと、明子は慰めた。医療過誤はありがちである。失敗しようとしてするのではない。万が一にも失敗しないように、医師は努力をする。

大手術の前などは、徳田は徹夜で医学書を読むことさえあった。医学書には先輩の手術例が載っている。その貴重な体験を再確認するのだった。ときには、先輩に教えを乞《こ》いに行くことすらある。

内科医とちがって、外科医はやりなおしのきかない場合が多い。とうぜん、手術には持てる知識と技術を総結集して臨《のぞ》む。それでも、ときに失敗はある。

だが、徳田を慰めることはできなかった。徳田の失敗は幼稚きわまるミスであった。深夜、喧嘩《けんか》で肋骨《ろっこつ》を折られた患者の手術をした。左の第八肋骨が折れて、折れ口が肺に突き刺さっているのがレントゲンで確かめられていた。出血して、肺が半分ほどにちぢんでいる。切開手術をした。メスを入れ、指でまさぐってみた。

だが、そこには折れた肋骨はなかった。

徳田は、うろたえた。レントゲンフィルムを調べるシャウカステンにフィルムを裏表逆に挟《はさ》んだのだとわかった。逆に挟めば、左右が反対になる。

ある事情があって、徳田はその頃、不安定な精神状態にあった。その不安定な精神状態が生んだミスであった。

失策を悟って、徳田は啞然《あぜん》となった。それがまた、重なる失策を導いた。ぼんやりしていて、メスが肋膜《ろくまく》を切ったのだった。

肋膜で覆《おお》っている肺が傷ついた。肺は陰圧で支えられている。一瞬でちぢんだ。

患者はもがいた。

片方の肺は肋骨で潰《つぶ》されている。残った肺を傷つけたのだった。徳田は仰天した。だが、結局、患者はいのちをとりとめた。いのちをとりとめたのなら、それでよいではないかと、明子はいった。相応の慰謝料のようなものは取られようが、それで、なんとか解決できる。病院はそういう医療過誤のために保険に入っているのだ。

しかし、徳田は首を振った。

患者は生ける屍《しかばね》同然だという。徳田が傷つけた左肺はそのせいで肋膜炎を起こし、完全に機能を停止した。

肋骨の突き刺さった右肺には大きな空洞があった。もともと、その患者は肺を病んでいたのだった。生きているのがやっとという状態になった。

悪いことに、患者は暴力団員だった。

どうみても、殺し屋としかみえない男なのだという。

徳田は報復をおそれているのだった。

徳田の青ざめた貌をみて、明子はおびえた。相手が殺し屋では、穏やかに済むはずはない。

それでも、徳田は毎日、病院に出た。

そのしばらく前から、明子は夫が何か心配ごとを抱えているらしいのに気づいていた。口数がすくなくなり、話していて、ときに心がそこにないことがあった。

殺し屋を殺し損ねてから、徳田は急速に齢《とし》をとっていた。出勤はするのだが、極端に口が重くなり、皮膚からも精気が消えていた。

そして、雨の降る五月の末のある日、徳田から電話がかかってきた。しばらく姿を隠すと、そういって、切った。

徳田は姿を隠した。

取り残された明子は途方に暮れた。生活費の心配はなかった。多少の貯えはあった。

問題は殺し屋であった。徳田のおびえようからみて、ただごととは思えなかった。徳田が殺されさえしなければ、なんとかなる。医師の絶対数は不足している。医師を夫に持つかぎり、将来に不安はなかった。

ただ、明子には、患者がどうなったのか、患者との交渉がどうなったのか、まったくわからなかった。常日頃から病院のことは話題にしない夫だった。

姿を隠すと電話のあったとき、徳田は、何も心配はいらない、病院に問い合わせたりするなと、釘《くぎ》をさしていた。

おびえに染まった毎日ではあったが、明子は夫を信頼した。

殺し屋と病院との交渉に夫がいては先方を刺激するだけなのかもしれない。病院との話し合いで身を隠しているのであろうと思った。いずれ、話し合いはつく。殺し屋も、そういつまでも根に持ってはいられまい。そう思っていた。

徳田が身を隠して半月ほどたったある日の午後、背の高い、痩《や》せた男が訪ねてきた。左腕がない。人相のよくない、青ざめた皮膚を持った男だった。

陽射しに染まって、苦しそうに喘《あえ》ぎながら、訪ねてきた。

男は、旦那にかたわにされた牛窪勝五郎というものだと、名乗った。

話があるといわれて、明子は家に入れた。いまにも倒れそうな感じにみえた。夫がそうしたのだから、警察を呼ぶなどと騒ぎたてて追い返しもならなかった。

亭主はどこだと、牛窪は訊いた。おびえて、旅に出たと、明子は正直に答えた。

おめえの亭主を捜し出して殺す。牛窪は、そういった。

明子は声を呑《の》んだ。男は、懐からドスを取り出した。中身を抜いて、明子の目の前に置いた。よく光るドスだった。明子は硬直して、それを凝視していた。

「脱ぎな」

牛窪は、そういった。何をいわれたのか、明子にはわからなかった。

「脱がねえと、殺す、ぜ。おめえ、も、仇《かたき》の、一員だ。死に、てえか」

喉がぜいぜい鳴っている。

明子は金縛りにあったようになっていた。牛窪は死臭に包まれていた。いや、殺気かもしれない。声を出せばドスが走るのはまちがいなかった。

痩せて高いほお骨の陰に死の影を溜《た》めている。

「おめえの、亭主は、偽医者だ。おめえも、その仲間だ。許しちゃ、おけねえ」

低い声だった。

「偽医者?」

ふるえ声で、訊いた。

「奥さん、とぼ、ける、なよ」

「……」

「死ぬか、脱ぐか、どっち、でも、選びな」

鞴《ふいご》のように、喉が鳴っている。

明子は、牛窪を凝視した。しばらく、みつめていた。逃れがたいと悟った。牛窪の凹《くぼ》み気味の目には脅しではない殺気が溜《た》まっていた。

偽医師だといわれて、思いあたることがあった。小さくうなずいて、脱ぎはじめた。

全裸になって、牛窪の前に横たわった。窓ガラスから射す陽射しが、裸身を染めていた。牛窪は乳房を握った。明子は瞳を閉じた。牛窪の手が乳房から腹、太股と這い回っている。

長い愛撫がつづいたあとで、明子は両足を拡げさせられた。

「おめえ、は、おれ、の、女だ」

つらぬいて、牛窪は、喘《あえ》いだ。

牛窪が夫を叩いていた。

右手だけしかない掌で、パシン、パシンと、夫のほおを叩いていた。

明子は上体を起こして、それをみていた。気の毒だという気は起こらなかった。それどころか、するどい昂ぶりに体をおののかせていた。弱い夫だった。叩かれても、どうにもできない夫だった。強い男に虐められるようにできていた。妻をまで差し出して夫婦で男に虐められるように、できているのだった。

夫を叩いた末に、牛窪は目の前で妻をつらぬくのだった。つらぬかれるときの期待が脳裡に疼《うず》いていた。

「おまえ、も、亭主を、叩け」

牛窪に命じられて、明子は素裸のまま、徳田に這い寄った。

「偽医者のくせに！」

平手を、叩きつけた。

「わたしは、あのひとのものよ！　あんたなんか、あのひとに叩かれて、殺されるといいわ！」

腫《は》れ上がったほおを、交互に叩いた。憎しみとない混じったマゾ感覚があった。

徳田が逃亡している約三か月間、明子は牛窪と同棲《どうせい》に似た生活を送っていた。毎夜のように、牛窪は、ぜいぜい息を切らしながらやってきた。

かならず、明子を弄んだ。息が切れるから、休み休みだった。それでも明子は満足した。いままで知らなかった炎を牛窪に植えつけられていた。

おまえの亭主は殺す。おまえはおれの奴隷だ。逆らったら、殺す。亭主を殺すという男にこうやって虐《しいた》げられるのは、どんな気持ちだ。

牛窪は弄びながら、そういった。執念深さのこもった声であった。一語一語、脳裡に滲《し》み込ませるように、いった。弄びながら、ことばでも牛窪は、明子を弄んでいた。

いつの間にか、明子は牛窪のそのことばに昂ぶりをおぼえるようになっていた。気づいたときには、夫を叩いて、夫を叩いてと、叫んでいた。

虐げられる喜びの炎、屈辱を喜ぶ炎が、体に棲《す》みついていた。牛窪にしがみついた。

牛窪の性欲は強かった。黒い炎に焼かれるまま牛窪の命令にしたがっている間に、もう、牛窪には逆らえない女になっている自分を知ったのだった。

自虐の炎の中には、夫への報復もなくはなかった。

徳田はもと検査技師だった。偽医師を十年近くもやっていたと知って、ことばがなかった。

徳田はうつろな目で、目の前に繰り拡げられる光景をみつめていた。

牛窪が突っ立っている。素裸だった。妻が脱がしたのだった。妻は髪を振り乱していた。徳田を叩きながら、とうてい口に出せないようなことを喋《しゃべ》った。あの妻がと、疑いたくなるような、変貌《へんぼう》であった。何がそこまで妻を急激に変えたのかと思った。

牛窪の怒張したものを、妻が口に含んでしきりに貌を動かしていた。片手は牛窪の尻を摑みしめている。凄惨《せいさん》な光景であった。

「這《は》え。よつん、這いに」

牛窪が命じた。

「はいッ」

妻が徳田の目の前で這った。高く尻をかかげた。牛窪がその尻を抱いた。牛窪の喘ぐ息が虎落笛《もがりぶえ》のように鳴っている。

褐色の体と白い体が貪欲《どんよく》に動いていた。徳田は、目を閉じた。

ああッ、ああッと、突き上げるような妻の声が部屋に充《み》ちていた。

牛窪と妻との交じわりは長々とつづいた。牛窪は一気には責めなかった。喘ぎ喘ぎする呼吸と同じように、休んでは責め、休んでは責めした。

妻が堪えきれぬように、うめいた。

夫の目の前で凌辱されているのだとの意識が、異様に妻を昂ぶらせていた。牛窪に命じられると、どんな姿態でもとった。

声まで変わっている。

白い体が高潮に達して赤みを帯びていた。さながら、性鬼にみえた。

徳田兵介は凝視していた。死の恐怖を忘れさせる妖《あや》しい光景であった。妻は泣き声まじりに牛窪の持ち物をほめたたえていた。それに縋りついたり、口に含んだりして、絶対服従を誓った。牛窪の足下に跪《ひざまず》いて、わたしはこれの奴隷ですと、声をふるわした。瞳が吊《つ》り上がっていた。

　残酷ともなんともいいようのない光景であった。妻は虐げられることに狂喜していた。絶対君主に身も心も捧《ささ》げるよろこびで、自身を灼き尽くそうとしていた。はてしのない性戯が繰り拡げられている。

　牛窪がはて、妻がはてたのは、一時間ほどのちであった。牛窪の短い、野太い咆哮《ほうこう》が妻を突き刺し、妻の細くするどい声がその咆哮にからみついた。

　はててしばらくの間は、牛窪は妻の体にかぶさったままだった。やがて、牛窪が起き、妻が体を起こした。

　妻が牛窪の体を抱えるようにして、風呂場に連れ込んだ。二人で風呂に入った音がきこえた。

　徳田は目を閉じていた。

　風呂場での光景が思われる。妻は牛窪の体をたんねんに洗っているにちがいない。洗いながら、後戯を楽しんでいるのだ。湯の音と笑い声がかすかにきこえた。

　全身にあぶら汗が出ていた。その汗が目にしみている。高熱を患《わずら》ったあとのように、体に力がない。骨の芯《しん》まで疲労が滲み込んでいた。脳を灼いた炎と体に取《と》り憑《つ》いたふるえが生んだ疲労であった。

　後ろ手に縛られている。その針金を切ろうと、さっきからしきりに縛られた手をねじっていた。針金を切らないかぎり、処刑はまぬかれない。だが、針金は切れそうになかった。

絶望感が深い。

牛窪が許してくれることは、あり得ない。牛窪の冷酷さは、その容貌をみればわかる。どこにも人間らしい感情を秘めていない貌だ。北京《ペキン》原人のようにみえる。猿からの進化が途中で止まってしまっている。

目の前に繰り拡げられた光景でも、それはわかる。

牛窪はある日、突然に妻を訪ねた。そして、否も応もなく、その場で妻をねじ伏せている。ぜいぜい息を切らしながら、妻の白い体に乗っている。

妻の体に突き刺したのはたんなる性欲を処理する肉塊ではなかった。報復の執念だった。その執念が妻をして奴隷女としてかしずかせることになったのだった。異常感覚の世界にのめり込んだのは妻の性癖によるものではなかった。

牛窪の執念の強さが、その性格に秘めた冷酷無残さが、妻を奴隷女として跪《ひざまず》かせることになったのだった。

女を跪かせる異様な強さを、牛窪は秘めていた。その強さとは、殺し屋稼業で身につけた酷薄非情さにほかならない。

牛窪と妻が風呂から上がってきた。妻が素裸で突っ立った牛窪に浴衣《ゆかた》を着せている。徳田の浴衣だった。紐《ひも》も締めてやっている。

牛窪は卓袱台に向かった。ウイスキーを飲みはじめた。妻が小料理を並べている。

徳田は冷えびえとしたものを胸に溜めて、妻をみていた。

妻は徳田を一顧《いっこ》だにしなかった。徳田の存在を忘れている感じだった。全身で牛窪に仕《つか》えていた。

「あいつは、明日、殺す」

牛窪が徳田に視線を向けた。

「はい。あなた、どうぞ、存分にして」

ちらと、妻は徳田をみた。

「明日に、なったら、不動産の譲渡書を、用意して、やつに、署名させる。それから、殺す」

「はい」

「バカな、男だ。ここに、戻って来るとは、な」

「ええ」

「ただでは、殺さん。切り刻んで、やる。おれを、生ける屍《しかばね》に、した報いを、受けねばならん」

「はい」

「おまえも、手伝うのだ」

「はい、あなた。手伝います」

「おまえの、亭主の面《つら》を、みるだけで、肚《はら》が立つ。何か、もっと、虐めるては、ないか」

アルコールが、青白い肌を染めはじめている。

「あります」

「どんな、てだ」

「あなたのを、あいつに含ませたら」

「おれの、か」

「大きいのを、含ませるのよ。それ以上の屈辱は、ないわ。舐めさせて、小便を呑ませたら」

声にまた、昂ぶりがでている。

「おもしろ、そうだな」

牛窪はうなずいて、徳田をみた。

徳田は黙っていた。牛窪ならやるだろうと思った。やれといわれたら、そうするしかない。逆らったところで、どうにもなりはしない。屈辱を口に詰め込まれた上で、殺されるのだ。

目を閉じた。沈黙がただよっている。やがて、牛窪の立つ気配がした。

「きいた、だろう。おまえ、やれ」

徳田は目を開けた。牛窪が突っ立っていた。妻が傍に来た。白い手で牛窪の浴衣をめくった。それを摑み出して、徳田の口に押しつけた。

「おまえ、わたしのご主人様のを、お舐め」

妻の貌が引きつれていた。

徳田は口を開いた。何をするかわからない気配が妻の表情に出ていた。

牛窪が腰を入れた。口一杯になっている。それがしだいに膨《ふく》らみはじめていた。傍で、妻がみつめていた。瞳に妖しい光が出ている。その光がしだいにするどくなっていた。妻の心に棲みついた黒々とした狂躁がふたたびその醜い姿をみせはじめていた。

牛窪のものが怒張した。喉の奥に突き刺さっている。妻の瞳が裂けそうに見開かれている。

そのときの妻の妖しい瞳が、闇にかかっていた。徳田はそれをみつめていた。人間に加える刑罰ではなかった。男に与える刑罰ではなかった。あのとき、口から押し入れられた屈辱の太い棒がいまもそのままに残っている。思うたびに、体がふるえた。

奥州白河関の旅館の夜は、わびしい風の音に包まれて、静かに更《ふ》けていた。

3

何かの物音を、徳田はきいた。

物音か声かは、わからなかった。隣室からきこえたようだった。枕《まくら》もとの電灯をつけて、腕時計をみた。午前二時を指している。

タバコを取ろうとした手が、停まった。また、隣室から物音がきこえた。こんどは、物音は人間の声だとはっきりわかった。いや、声というよりは、喘ぎだ。何ものかが、喘いでいる。

薄汚れた旅館の一室だ。天井にも壁にも黄褐色のしみがある。この宿に泊まった旅人が残していったわびしさの象徴のような気がする。

壁が薄い。隣室の物音は無遠慮に伝わる。

女の声だと思った。女が、男につらぬかれてもだえていた。徳田はきき耳をたてた。鼓動が高い。ふいに、その鼓動が凍りついた。女のもだえだと思ったのがぜいぜいと鳴る呼吸音に変わっていた。重苦しげに、喉が喘いでいる。

——牛窪！

その思いがつらぬいた。牛窪の喘ぎにそっくりだった。死にかけた重苦しい喘ぎだ。恐怖に体が竦《すく》んだ。牛窪が追ってきたのだ。追ってきて、偶然に同じ旅館に泊まり合わせたのだ。

徳田は這い起きた。物音を殺して、服を着た。逃げるしかなかった。勘づかれて、踏み込まれたら、それが最期になる。あるいは、牛窪は徳田が隣室にいることを宿帳か何かで承知しているのかもしれない。知った上で、わざと、喘ぎをきかせたのかもしれない。

ふるえが出ていた。いまにも、廊下に面した襖《ふすま》が開きそうな気がした。片腕の牛窪がドスを握って入ってきそうな気がした。

こらえ性がない。膝がふるえている。牛窪に睨《にら》まれたら、それっきり動けなくなりそうな恐怖がある。

骨の髄まで、牛窪への恐怖が滲み込んでいた。抵抗するなどは思いも寄らなかった。

他の人間にならともかく、牛窪には抵抗するだけの気力が持てなかった。牛窪は片手だ。その上、肺が通常人の四分の一しかない。足早で歩くこともできなければ、風邪を引いただけで死ぬ運命を背負っている。そう強くはない。闘えば、あるいは勝てるかもしれないという気はする。

だが、闘いなどは思いもよらなかった。睨まれただけで、体が竦《すく》む。あのしわがれ声で呼びかけられただけで、身動きができなくなる。

恐怖は、いまは生理的なものになっていた。目の前に立たれたら、それで終わりだという気がする。

あの夜の光景が生々しく甦《よみがえ》っていた。いや、甦るのではない。脳裡に棲みついているのだ。醜いケロイドとなって、心の襞《ひだ》に刻まれている。

あの夜、徳田は、牛窪のものを口で愛撫しつづけた。牛窪のものは呆《あき》れるほど巨大だった。口の中で膨れ上がり、半分以上は外に出ていた。牛窪は容赦しなかった。突き立て、責めつづけた。喉を塞《ふさ》がれて死ぬほどの苦しみだった。

傍で、妻が牛窪の昂ぶりに尽力した。牛窪は最後に短い咆哮《ほうこう》を放《はな》って、徳田の喉の奥に放出した。終わっても、牛窪のは巨大だった。屹立《きつりつ》していた。妻がたまりかねて、それにしがみついた。その映像が、あざやかにある。

巨根と屈辱が徳田を威圧していた。心の根にまでその威圧感は届いていた。牛窪は征服者だった。徳田は牛窪に完全に征服されていた。

あらがうことは不可能であった。どうにもならぬ黒々としたおびえを、牛窪は植えつけてしまっていた。

徳田は窓に寄った。

部屋は二階だった。庇《ひさし》が出ている。瓦屋根《かわらやね》だ。窓から庇に出た。周辺は夜の帷《とばり》に包まれていた。遠くに街灯が一つある。そこから、淡い明りが届いていた。

風がぶきみに鳴った。跳《と》び下りて雲《くも》を霞《かすみ》と逃げるつもりだった。宿代は最初に払ってあるから、踏み倒したことにはならない。

持ち物は外科の手術道具の入った鞄《かばん》だけだ。その鞄を捨てきれない悲哀感がある。

牛窪に追われての逃亡であるが、もう一つの理由は偽医師の発覚にあった。徳田の勤務していた病院で医療過誤が発生した。患者の腹の中にメスを残したまま縫合《ほうごう》したのだった。

それがもとで、警察の調べがはじまった。たまたま、歯科医院や産婦人科医院で偽医師が続発して逮捕されていた。

徳田は身に危険を感じはじめていた。毎日、おびえの中に蹲《うずくま》っていた。いつ逃げようか、いつ、逃げようかとの煩悶《はんもん》の中に閉じこもっていた。牛窪のレントゲンを裏表逆にシャウカステンにかけたのは、その煩悶のなせるものだった。

逃亡に出たときには、きっぱり偽医師をやめるつもりでいた。徳田は十年近く偽医師をやっていた。歳月が刻んだそれなりの貫禄もついていた。どこの病院でも医師不足である。医師を雇う際に医師免許証の提示は求めない。まして、徳田のように、貫禄もあり、前に勤めていた病院や医院がわかっている医師に対しては、なおさらであった。堂々と、偽医師ができた。

だが、いまは、もう偽医師の罷《まか》り通る時代ではなかった。

逃亡するときには、二度とメスは持つまい、二度と偽医師にはなるまいと、心に決めていた。だが、決意とこと変わって、鞄に手術道具を収めて持ち歩いていた。なんのためにそれを持ち歩くのかわからない。断ちがたい医師への執着のようなものがあった。

自身で哀れだとは思いながら、どうにもならないでいた。

いま、その鞄を捨てもならずに抱えて闇に逃れようとしている自分に、徳田は自己嫌悪を感じた。

瓦が足の下で割れた。その音が心臓にひびいて、思わず足を停めた。

隣室から咳《せき》の音がきこえた。はげしい咳であった。きいていて、徳田はふっと疑問を抱いた。牛窪の咳とはちがっていた。男の声ではなかった。女で、しかも若い女の声にきこえた。

咳はつづいている。呼吸困難な状態に陥っていることがわかる咳き込みようだ。徳田の体から恐怖が脱《ぬ》けた。

ゆっくり、体温の戻るのがわかる。

部屋に戻った。恐怖に駆られての早合点が情けなかった。骨の芯にまで滲み込んだ牛窪のおそろしさが、不甲斐《ふがい》なかった。

執念深い牛窪だ。捜しているには決まっていた。

あの夜、牛窪は妻を抱いて眠った。徳田の目の前である。監視の意味もあってそこに寝たのだが、牛窪の体に縋《すが》って眠る妻の白い肢体が異様におどろおどろしく映った。

両者とも素裸だった。

朝方になって、針金が切れた。徳田は走り出た。目ざとく気づいた牛窪がドスを投げた。ドスはほおをかすめて玄関の柱に突き刺さった。

地獄まで、追って、やる——牛窪は、そういった。

その声が脳裡に生きている。決して諦《あきら》めはしない。そんな男ではなかった。ただし、奥州白河に逃げてきたばかりの徳田を旅館の隣室で待ち受けるほどの索敵能力は、あるまい。

徳田は闇をみつめていた。

隣室での咳はつづいていた。

自己嫌悪に浸っていた徳田は、ふっと、その咳が気になった。いまは、咳き込んでいるのが若い娘だとわかっていた。

だれかが介抱しているらしい気配がない。若い娘が一人で旅館に泊まるのは妙だと気づいた。ホテルならともかく、旅館は若い娘一人だと泊めない。自殺のおそれがあるからだ。

咳の発作はつづいている。

そのままにしておくと、死ぬかもしれないと、徳田は不安になった。喘息の発作で死ぬのはめずらしくないのである。

しばらく聴き耳をたてていた。

やがて、立った。いらざるお節介《せっかい》をしているとの意識はあった。よけいなことに嘴《くちばし》を挟むなと、自身を抑えるものがある。

廊下に出て、隣室の前に立った。そこで、手足が動きを停めた。逃亡者は人目を避けることに意を用いなければならない。

牛窪に追われているだけではない。警察もいまは、徳田が偽医師だったことを承知していよう。指名手配が出ているかもしれないのだ。

このお節介が何を生みだすかわからない。だが、徳田は、襖を叩いていた。返答がなかった。開けてみた。

少女が発作に苦しんでいた。部屋にはだれもいなかった。少女は、入ってきた徳田に目を向ける隙がないほどもがき苦しんでいた。十四、五歳にみえる少女だった。貌に血の気がない。土気色《つちけいろ》だ。

徳田は廊下に出た。共同洗面所にコップがある。二つのコップに水を汲《く》んで戻り、無理に少女に飲ませた。発作は鎮《しず》まらない。

「心配するな。いまに、なおしてあげる」

少女の肩を叩いておいて、階下に下りた。

旅館の経営者を叩き起こした。起きてきたおかみに事情を説明した。氷とタオルを貰《もら》って、部屋に戻った。少女は苦しんでいる。

氷水をつくって与えながら、タオルに包んだ氷を頸動脈《けいどうみゃく》の上部に押し当てた。そこには頸動脈洞というのがある。頸動脈洞を冷やすと、気管支の迷走神経作用が弱められて、発作が楽になり、鎮静する。

冷やしすぎてもいけない。適度に冷やしながら、コップの冷水を飲み乾《ほ》させた。

やがて少女の発作は鎮静した。

「これを、口に含んでおきなさい」

氷を、少女に与えた。

「ありがとう」

少女は、頭を下げた。

「いいんだ。しかし、独りで泊まっているの？」

「はい」

血の気が、なかなか戻らない。

「お父さんや、お母さんは？」

何かわけがあると思った。

「死んだんです」

少女の声は、低かった。

「それは、気のどくに……」

徳田は、それ以上は訊《たず》ねなかった。立ち入って事情を訊いても、いまの徳田にできることは限られている。ほとんど無力といってもよかった。

少女は、うつ向いて、黙った。

「それじゃ、ね」

徳田は立った。

少女は無言で見送った。白い貌が印象に残った。

女の貌は白い。だれでも白い。そして、その白い肌はだいたい哀しみにつながる。

徳田は、そう思った。

布団に入る前に時計をみた。

明けがた近い時刻だった。一眠りしようと、徳田は思った。睡眠不足を心配したわけではなかった。眠りたければ何日でも眠っていられる。

だれも、徳田を必要とはしていなかった。社会からの関わりを絶たれたにひとしい徳田だった。関わりを持ちたがっているのは、牛窪と警察だけだ。

行くあてがなかった。

わずかだが、逃亡の資金はある。十年間、偽医師をつづけながら逃亡時の資金を溜めていた。いつ発覚するともしれないおびえは、片時《かたとき》も去らなかった。家と土地を売ればまとまった額にはなるが、権利証は妻の明子に押えられている。奪い返す方法があるとは思えなかった。結局、牛窪を廃人にした償いに家と土地を妻につけて渡したことになる。

そう思うことにしていた。

それで牛窪の怒りが解けてくれるのなら、譲渡書に印を捺《お》してもよかった。だが、牛窪は徳田を切り刻まないかぎり、憤《いきどお》りは解くまい。

際どいところから逃げ出し、今日で五日になる。

四十二歳で前途を失って、いまは、細々とした居喰いの生活であった。一年足らずで、逃亡資金は底を衝《つ》こう。そこから先をどう生きてよいのかわからない。

医療検査技師か偽医師ならできる。だが、そこに近づくわけにはいかなかった。牛窪に突きとめられるであろうし、また、わけなく警察に逮捕される。ほかの職業につこうにも、車の運転一つできない徳田だった。前途には一筋の光明もない。

毎日、悪夢ばかりみた。おびえは夢の世界を蚕《かいこ》が葉を貪《むさぼ》るように喰い荒すのだった。葉脈だけが残っている。荒れはてた人生の縮図のような葉脈だった。

コツ、コツと、襖が鳴った。

隣室の少女が入ってきた。思いつめた表情をしていた。

「どうかしたの」

「おじさん、お医者さんですか」

「いや」苦笑して、徳田は首を振った。

「医師ではないが、経験があってね」

タバコをくわえた。

「わたし、清水郁子《しみずいくこ》です」

少女は、うつ向いて自己紹介した。

「何歳に、なるのかな」

清水郁子の表情は暗い。訊ねてもしかたのないことだと思いながら、徳田は訊いた。

「十四歳です」

「ほんとうは、父がいます」

「十四歳ね……」

「………」

「わたし、福島の叔母さんの家に行くといって、出て来たんです。でも、行く気はないんです」

視線をほんのすこし上げて、膝に落とした。

「と、いうと」

「死にたいんです」

「バカなことといっちゃ、いかんよ」

「でも、父が汚らしいんです。それに、喘息が治らないんです。死んだほうが、いいんです」

突き離したようなものいいだった。

「待ちなさい」

徳田は、清水郁子の声に自己保存本能が失われているのを知った。乾いていた。

乾いた瞳を突き刺すように、徳田に向けた。

徳田は、うろたえた。

4

磐越東線《ばんえつ》は中ていどの混《こ》みようだった。

郡山《こおりやま》からいわき市に向かう列車である。

徳田は清水郁子を連れて乗っていた。妙な行きがかりであった。自分でも困惑していた。家出をした十四歳の少女を連れ歩いては誘拐罪にならないともかぎらない。

だが、自殺したいという少女を、ほったらかしておけない。

郁子は生きることに絶望していた。そのおもな原因は喘息にあった。発作がはじまると死んだほうがましなほどの苦痛がともなう。

郁子の説明をきいて、徳田は突き放すのが不憫《ふびん》に思えた。郁子の喘息は治る可能性がなくはなかった。

喘息の最初の発作はアレルギー反応である場合が多い。布団の上で暴れたりすると、綿埃《わたぼこり》を吸って発作が起きる。しだいに過敏になり、雨の降る前の日などにはげしい発作を起こすようになる。だれかに叱《しか》られただけでも発作を引き起こす。心因性の要因も大きい。

おとなの喘息発作は大半が心因性である。事業の失敗、家庭内の不和、夫婦の諍《いさか》いなどが発作を引き起こす。子供にも、それはある。急激な環境の変化や何かがあると、発作につながる。

郁子は最初の発作の原因が何かはわからないという。だが、父が汚らしいということの説明をきいて、徳田は郁子の喘息がほぼ、心因性によるものと察した。

郁子の母は五年前に他界している。父親が後添いをもらったのが四年前だった。信夫《しのぶ》という女だった。三十を過ぎていた。勝気な女というのか、根性が悪い女というのか、郁子と折り合いが悪かった。

家に入って翌年に子供ができてから、信夫と郁子の仲は険悪になった。お互いに口をきかなかった。父親は間に入っておろおろした。そのうちに、信夫に味方をするようになった。さして広い家ではなかった。信夫は夫との夜の交じわりを露骨にみせつけた。声をきかせるのだった。傍若無人《ぼうじゃくぶじん》であった。あられもないことばを発しては、わざと郁子にきかせた。終わったあと、裸で家の中を平気で歩いた。郁子と遇《あ》っても素知らぬ風情だった。気の弱い父だった。信夫に惚《ほ》れきってもいた。郁子は父とも口をきかなくなった。喘息発作の出たのが、その頃だという。

郁子はここ二年間に三度、家出をしていた。黙って東京を出て、福島にいる実母の妹を訪ねたのだった。三度とも、十日ほど泊まった。

叔母が連絡をしても、父は迎えに来なかった。旅費を送ってよこすだけだった。帰ると、信夫の皮肉が待っていた。喘息持ちには福島のほうがいいんじゃないのと、冷たい目を向けた。

最初の頃は発作はそれほどひどいものではなかった。年ごとに、深まっていった。

郁子は中学校をやめた。生きる希望を持てない家庭だった。

家庭は義母とその子供のものであった。わずかに一間《ひとま》が与えられているにすぎなかった。耳も目も蓋《ふた》をして、引き籠って過ごしてきた。

死のうと思ったのは、おととい、福島に行く気で家を出たときであった。死に勝るような喘息を背負って、なんの希《のぞ》みもない人生には、堪えられなかった。

そう、郁子は説明した。

車窓に過《よ》ぎる風景をみつめながら、徳田は、この少女をできるなら、救《たす》けてやりたいと思った。なんの希望も抱けないままに幼いいのちを閉じるのは、たまらない気がする。

列車は高原地帯を走っていた。

阿武隈《あぶくま》高原中部県立自然公園であった。

鉄路は夏井川沿いの峡谷を走っている。いわき市に出て、そこから太平洋岸を北上するのと、水戸《みと》方面に下るのとに分かれている。

徳田は太平洋岸を北上するつもりでいた。北上してどこに行くというあてがあるわけではない。

郁子は眠っていた。

あどけない寝顔である。貌そのものはあどけないが、表情は暗い。眉のあたりにそれがある。痩せたほおのあたりにも、苦悩の気配が影になって、秘められていた。

徳田は郁子から視線をそらした。

途中の駅で買ったウイスキーのポケット瓶を取り出した。奇妙な縁だと思いながら、飲みはじめた。

平《たいら》市で下車して、野宿用品一式を買おうと思った。それを背負って、太平洋岸のどこかの砂浜で野宿《ビバーク》しようと、ぼんやり考えた。

郁子の喘息を治すにはそれが最適であった。郁子の喘息は母の死、そして、迎えた義母との不仲などから来ている。生きる希みを持てない暗い日常生活が、発作を生んでいる。

喘息には自然の中での体の鍛練が効く。

海辺に野宿して自然に適応した生活をしながら、海水での冷水摩擦、駆け足などをすれば、治癒《ちゆ》する可能性は大だ。

気管支は専門外だが、治す自信は、徳田にはあった。偽医師だが、免許を持った医師に負けないだけの技術を持っていた。たいていの医師は勉強不足だが、徳田は余暇のほとんどを新刊の医学書を読むことに費やしていた。

医大の教授に比べてもさほど遜色《そんしょく》はあるまいと、自分では思っている。ただ、免許証がなかった。病人を治すのは免許証ではない。広範な知識とその知識を生かす腕である。それがあっても、偽医師が病人を救うことは禁じられている。

トコロテン方式で医師免許を取得しさえすれば、知識も技術もなく、ただ、薬を山のように出すだけのうつけ者にでも、医療行為が許される。

——偽医師か。

車窓に向かって、つぶやいた。ならば、偽医師の本領をみせてやろうではないか。おれは、伊達《だて》に偽医師を十年間もつづけていたのではない。

郁子の喘息発作は大病院でも容易には治し得まい。だが、偽医師のおれになら、治すことができる。

医師の本領はそこにある。郁子と太平洋の波の洗う海岸に野宿をして、一対一で病気をねじ伏せてみせてやる。

幸薄《さちうす》いままに死を選ぼうとする少女を、すくなくとも病苦からは解放してみせてやる。

一人の少女のいのちを、救ってみせてやる。

偽医師でも、少女のいのちを救える。いや、偽医師だからこそ、郁子を救えるのだ。勤務医、開業医では、自殺行の途中で白河関の旅館に苦しむ少女を救うことは、できない。生きる希望を与えることは、できはしないのだ。

その思いがある。

喘息は追放してみせる。だが、少女のそこから先の人生は、徳田にもわからない。

生きる道は幾つもある。どの道を選ぶかは、人それぞれに任せるしかない。

自身の前途に横たわる荒涼の世界を、徳田は思い描いた。

ふいに、徳田の背筋が凍った。

おそろしい悲鳴が湧《わ》き上がった。

悲鳴は後方で湧き上がった。

帛《きぬ》を裂くような声だった。最初に女の声が叫び、それに男の悲鳴が混じった。

徳田は振り返ってみた。

悲鳴が背中に突き刺さった瞬間に、徳田は自身に向けられた何かの悪意を感じた。追われる者の鋭敏さが生んだ幻影だった。

だが、悲鳴は徳田に向けられたものではなかった。

最後部あたりの座席で何かが湧き起こっていた。徳田は腰を浮かした。

泣き叫ぶ声と、悲鳴と、総立ちになったひとびとの間を、何か赤いものが疾《はし》ったのをみた。

徳田は、腰を下ろした。赤いものが血であるのを、徳田は知った。

青ざめていた。

郁子が背伸びしてみている。徳田のみたものは一条の血だけだった。だが、徳田にはそれだけで充分だった。迸《ほとばし》った血は人間のどこかの動脈から出たものであった。動脈からでなければ、そんなに勢いよくは出ない。

だれかが、動脈を切断したことはまちがいない。そうとわかって、徳田はおびえた。

医師が乗っていればよい。乗っていなければ、重大事になる。列車はだいぶ前に滝根町を通過している。あとはいわき市まで町はない。小さな村落があるきりだ。救急病院はあるまい。かりにあっても、どこかの駅に滑り込む前に、怪我人は危地に陥る。どこの動脈を切断したかにもよるが、手当てには分秒を争わねばならない。

徳田が手当てを買って出ることはできる。その気になれば問題はない。だが、何かの都合でそれが報道されることになれば、徳田のいのち取りとなりかねない。警察が目をつけるだろうし、牛窪が目をつける。牛窪には暴力団がついている。暴力団から暴力団に話を通して捜索させる懸念がある。

——動くな。徳田は自身に命じた。

だれが死のうと、知ったことではない。これまで徳田は何千人という患者の手術をし、いのちを救ってきた。儲《もう》けるためではなかった。十年間も医師をしていながら、蓄財というほどのものはない。病人を救う医師という職業が好きだからやったにすぎない。

そして、石もて追われた。

沈黙を守れ。他人の死には無関心になることだ。法律は医師免許を持たない者が医療行為に携わることを禁じている。

固い視線を窓外に向けた。

郁子が、何が起きたのかをみに行った。

ひとびとが怒鳴っている。走り回っている。車掌を呼ぶ声がかん高い。

郁子が戻ってきた。痩せた貌に血の気がない。

「わからないわ」

徳田をみて、首を振った。声がふるえている。

「人垣でみえないの。でも、血だらけよ」

「らしいね」

徳田は、うなずいた。

飲みかけのウイスキーを手に把《と》った。

「どなたか、お医者さんはいませんか？　乗客が大怪我をして！」

マイクのわめく声が入った。マイクは昂奮《こうふん》していた。切迫した状況なのがわかる。

「だれか！　だれか、たすけて！」

女の、耳をつんざくような悲鳴が疾っている。

徳田は車窓をみたままだった。渓川《たにがわ》が青い。対岸の樹林が縞《しま》模様になって流れ去っている。

九月の勁《つよ》い陽光が樹林にきらめいていた。

みつめる徳田の額にねばい汗が浮いている。

列車の中は狂躁《きょうそう》状態に陥っていた。

最初の悲鳴が湧いてから数分が過ぎていた。

医師はいないようだった。マイクが呼びつづけている。周囲の声高な話し声から、怪我をしたのは少年らしいとわかった。

網棚《あみだな》の上に載せてあった一升瓶が落ち、子供の肩に当たって、窓枠に落ちた。そこで瓶が割れた。

その割れ口のするどい刃状のガラスがどうにかしたはずみに少年の腕首を半分ほど切ったということらしかった。

「おじさん」

郁子はさっきから徳田をみつめていた。

「なんだね」

徳田は、郁子が何かいいたそうな気配を悟っていた。

「どうして、救けてやらないんですか」

瞳が非難を含んで烱《ひか》っていた。

「どうしてって……」

徳田は返答に窮した。

「わたしは、おじさんに救けられたわ」

「そりゃね、あれは、ただの喘息の発作……」

「いいえ」郁子は遮《さえぎ》った。「わたし、わかるんです。おじさんはお医者さんよ」

「ちがう。ちがうんだ」

徳田は手の甲で額の汗を拭《ふ》いた。

「苦しそうな貌、してる」

郁子は徳田をみつめた。視線を離そうとしなかった。

徳田は、ウイスキーを飲んだ。

「わたし、ゆうべ、わかったの。おじさんのにおいは、お医者さんのにおいだったわ。おじさんの目も、そうよ。だから、わたし、ふっと、おじさんに……」

郁子は、そこで黙った。

徳田は窓外をみていた。

郁子が医師だと嗅《か》いだ勘に、おびえた。病人の苦しさが嗅がせたものかもしれない。病人には独特の勘の働くことがある。何かに縋《すが》らねばならないおびえが生むものであった。

死を決意した少女が、旅館で遇った医師の親切さにふっといのちをゆだねようとしたその気持ちが、徳田には痛かった。

薄幸の少女の瞳に宿る強い非難の色をみた。その非難の中にいのちの切なさをみた気がした。

「わかったよ」

徳田は視線を戻した。

「やってみよう」

立った。網棚から鞄を下ろした。

下ろしながら、徳田は、自身の裸を照らす陽光が翳《かげ》ったのを知った。人垣を掻《か》き分けた。十二、三歳の少年が座席に横たえられていた。

貌が草葉色になっていた。右腕首にあり合わせの布を巻きつけている。

その布から座席一帯が血に染まっていた。

少年の上膊部《じようはくぶ》は紐《ひも》で緊縛されていた。半狂乱になった母親が、徳田に医者ですかと呼びかけた。貌が血と泪《なみだ》で染まっている。着衣も血まみれであった。

徳田は答えなかった。

黙って、少年の前に腰を下ろした。

切り口に巻いた布を取った。手首が半分近く切れて切れ口の肉がめくれ上がっていた。

傍の男に命じて、上膊部の緊縛を解かせた。

動脈から血が噴き出した。徳田は噴き出るままにさせておいた。

母親が金切り声を振り絞った。

「静かにしなさい」

徳田は、母親をたしなめた。声がきびしくなっていた。

怪我の最大の敵は化膿《かのう》である。

化膿さえなければたいていの傷は、いのちには影響をおよぼさない。動転しての止血は逆効果をおよぼす場合が多い。緊縛すると、そこから先がじきに腐る。むしろ、血を流させるほうがよい。血流の圧力がガラスの破片や細菌を洗い流すのである。

止血は、あわてることはない。

充分に血を流させ、患部を洗い流させたあとで、徳田は止血鉗子《かんし》を取り出した。鉗子で動脈を挾んで、血を止めた。あとは、動脈を引き出し、糸で縛るだけのことであった。

動脈を縛り、傷口にガラスやその他の細片がないかをたしかめた。

それだけのことであった。

切り口に絆創膏《ばんそうこう》を貼《は》り、乗客の一人が持っていた杖《つえ》を適当に折って添え木にした。

「なるべく早く、医師に診《み》せることです」

車掌にそう言って、洗面所に立った。

座席に戻るのを、郁子が待っていた。

郁子は黙って迎えた。

徳田も黙っていた。車掌がやってきた。

「お陰様で、たすかりました」若い車掌は生色を取り戻している。「恐縮ですが、ご氏名を」

「いや」徳田は首を振った。「そんな大袈裟《おおげさ》なことは、やめていただきます」

「しかし……」

「構わないでくれないか。別に、どうということはないのだから」

強い調子で押し返した。

車掌が去った。

「よかったわね」

郁子が笑った。

「ああ」

小さく、徳田はうなずいた。

列車は単調な音をたてて走っている。

5

徳田は、知らなかった。

翌日の全国紙朝刊に、記事が載った。

記事には徳田の写真が添えられていた。乗客が撮ったものだった。ふつうではそのていどのことでは全国紙の記事にはならない。少年の父がいわき市の市議会議員で、市の有力者であった。

黙って去った医師にぜひ、礼をいいたいと、新聞社に持ち込んだのだった。

市議選挙がその背景にあった。

徳田はその新聞はみなかった。

翌日には鹿島《かしま》町に来ていた。

太平洋岸である。真野《まの》川河口に近い砂丘にテントを張っていた。

広漠たる砂丘であった。どこにも人影はみられない。砂丘の向こうにははての知れない海が拡がっていた。紺碧《こんぺき》の海だった。鷗《かもめ》が舞っている。

さびれた海辺であった。いや、もともとこのあたりはそうなのであろう。夏の賑《にぎ》わいもここにはないのかもしれない。

生物の痕跡《こんせき》のない海辺を、郁子が走っていた。

髪が躍《おど》っている。

それをみながら、徳田は流木で飯盒飯《はんごうめし》を炊いていた。ふしぎな少女だと思った。疑うことなく、徳田についてきている。十四歳といえば、男に警戒心を抱く年頃だ。郁子にはそれがなかった。

白河関の宿から黙ってこの北辺の海辺についてきた。

どこからも邪魔が入らなければ、徳田はこの浜辺で半月ほど過ごすつもりだった。その間に、郁子の喘息を治す。郁子とはその間、ずっと一つのテントで寝起きすることになる。

逆光線を浴びて海辺を走るシルエットの足が長い。

浜辺での生活にだれも口を挟む者はなかった。徳田と郁子だけの隔離された生活がはじまった。

浜に来た翌日の午後、徳田は郁子を波打ち際に連れて行った。裸になるように命じた。喘息を治すための鍛練だとは特にことわらなかった。そのために来ているのは、郁子も承知していた。

郁子はうなずいて、パンティだけを残して裸になった。痩せてはいるが、それなりの発育はしていた。お椀《わん》のような乳房に秋の陽が光った。長い足だった。肉がつけばそのまま女として通用する体だった。尻の膨らみも充分にあった。

徳田はタオルを海水に浸して郁子の体を擦《こす》りはじめた。郁子は黙って体を任せていた。たんねんに、徳田は擦った。乳房も擦ったが、郁子は嫌《いや》がらなかった。黙って、徳田をみつめた。覗《のぞ》くような瞳だった。乳房が朱色になり、体全体が朱色になった。美しいと、徳田は思った。

徳田は妻以外の女との経験は二、三回しかなかった。どれも商売女だった。同僚たちとの旅行のときに強制的に割り当てられた芸者ばかりだった。女を嫌いなわけではない。人並みには憧《あこが》れていた。ただ、臆病《おくびょう》なだけであった。

その分、妻に打ち込んでいた。

妻の体は隅々まで知っていた。爛熟《らんじゅく》した肢体だといえる。貴重なものに思っていた。その妻の体よりも、郁子の体のほうが美しく思えた。固さの中に未来に向けての可能性を秘めている。

昂ぶりをおぼえた。その昂ぶりが妄想を生んだ。郁子を抱いたときの感触が肌に疼《うず》いた。拒《こば》みはしないのではあるまいかと思う。拒まなければ、ずっと郁子と旅をすることになる。

しかし、すぐに、その妄想は打ち払った。

四十を過ぎた男が、偽医師で追われている男が、十四歳の少女を連れて逃げ回っている姿は、滑稽《こっけい》であった。

思うだけでも、哀しいことであった。

郁子は口数が少なかった。黙っていると、何を考えているのかわからない面があった。ただ、徳田の目を覗き込むようにみる癖があった。

何かを必死で探ろうとしている瞳のように思えた。

夜は、寝袋《ねぶくろ》を並べて眠った。郁子は家庭のことも、学校のことも口にしなかった。徳田とのこの生活がいつまで続くのかも、訊ねようとしなかった。

徳田は悔恨と奇妙な安心感の両方をおぼえた。

悔恨は郁子の父か叔母が探しているのではないのかとの不安から来ていた。警察に捜索願いが出ていれば、厄介なことになる。自殺から救い、その原因になった喘息を救うためだとのいいわけは、警察にも世間にも通用しない。

滅びの淵《ふち》に自ら歩を運んでいるのだと思う危惧《きぐ》がある。

安心感は少女の清純さから来ていた。郁子といると、妻から受けた屈辱を忘れることができた。体の影のように脳裡に刻まれている屈辱を、思い出さないでいることができた。

翌日も、徳田は波打ち際で郁子を裸にした。やはり、郁子は黙って体を任せた。徳田の目を覗き込むのは、同じだった。

徳田は日課を課した。朝夕の二回、三十分ずつ砂浜を走ること。日に一回の冷水摩擦に一回の乾布摩擦だった。摩擦は、徳田が引き受けた。

郁子は着いた日に軽い発作を起こしただけだった。

心因性の発作は環境を変えるだけでおさまることがある。地獄にひとしい家庭から太平洋岸の砂丘での自炊生活に変わったのだから、それだけで快癒《かいゆ》に向かうことは、最初からわかっていた。

問題は鍛練であった。青白い皮膚を潮風で灼き、活発に呼吸のできる肌にする。足腰を鍛える。その過程を通じて、心を鍛えることであった。

砂丘に来て、六日目だった。

その日は早朝から徳田は郁子を連れて、長汀《ちようてい》の散歩に出た。歩けるだけ歩いてみようと思った。

二時間ほど歩いて、岩場に出た。岬状になった地形だった。砂浜はそこで尽きていた。

途中で徳田は流木と網の切れ端を拾って弓矢をこしらえていた。魚が獲《と》れたらと思ったのだった。その弓を海に向けて引き絞り、歌を口にした。

梓弓《あずさゆみ》　手に取り持ちて
丈夫《ますらお》の　得物矢《さつや》手挿《たばさ》み
立ち向かう　高円《たかまど》山に

万葉の一節であった。

「だれの歌なの、それ」

郁子が訊いた。

「万葉集にある歌だ。歌は好きかね」

「好き。でも、よくわからない。おじさんは、好きなの」

「万葉が好きでね。でも、詳しいわけではない」

岬は崖《がけ》になっていた。徳田はそこで服を脱いだ。魚を探してみるからといい残して、岩場に入った。鰈《かれい》か鯔《ぼら》でもいればと思った。岩の間を腰近くまで水に浸って探したが、魚の影は見えなかった。

ふっと気づくと、郁子が傍に来ていた。ジーパンを脱いでパンティ一枚になっている。

「魚、いた？」

郁子が肩を並べた。

「いや、影もみえない」

並んで歩いた。郁子は徳田と同じほどの背丈がある。歩いているうちに、郁子が足を滑らせた。水に潜ったのを、徳田はあわてて抱え起こした。

抱え起こしたまま、徳田は、動かなかった。郁子の乳房が胸に密着していた。抱かれたまま、郁子も動かなかった。

徳田は凍りついたようになっていた。鼓動が高い音を搏《う》っている。

視線の先に小さな洞窟《どうくつ》が口を開けていた。しばらく、徳田はそれをみていた。郁子は乳房と貌を押しつけたままで、動かない。

郁子の肩を抱いて洞窟に向かった。

奥行きが数メートルの浸食洞窟であった。満潮時には海水に浸るようであった。岩壁に藻が付着している。粒子の荒い砂が敷き詰めたようになっていた。

奥に郁子を連れ込んで、徳田は夢中で唇を重ねた。

郁子は逆らわなかった。小さな舌を徳田に預けてきた。徳田は吸った。郁子が体に手を回してきた。徳田から自制心が消え失せた。脳の中に炎が燃え、転がっていた。

郁子を砂に押し倒した。

郁子は倒されて徳田をみつめた。徳田は乳房にしがみついた。片方の乳房を掴み、片方を口に含んだ。

「おじさん、好き」

郁子が小さな声をだした。

「おれもだ。郁子が好きだ」

うめくような声が出た。

パンティを脱がした。自分のも脱いだ。郁子がそれをみていた。何もいわなかった。瞳は、それを凝視していた。

徳田は郁子の傍に腰をおろした。郁子の手を把って、それに添えた。郁子が握った。

「こんなに、大きいの」

握ったままだった。

「そうだよ、郁子。大きいんだ、男のは」

声がふるえていた。

脳裡を、牛窪の巨根がかすめた。それに突き刺される妻の白い体が、かすめた。

徳田は、郁子の股間に蹲《うずくま》った。気が狂《ふ》れたように、貌を埋めた。

6

九月の中旬を過ぎていた。

砂丘に晩秋の気配が訪れていた。陽光にさほどの衰えはみられないが、陽陰《ひかげ》に入ると、肌寒かった。

砂に埋もれた流木に吹く風の音がすこしずつ細くなっていた。その音をきいているかぎりでは、初冬の気配であった。

徳田と郁子の住むテントも、季節の深まりを告げる風に包まれていた。

徳田はテントの中で毎日、郁子を抱いていた。

だれも訪れない。置き忘れられたような砂丘であった。徳田と郁子は欲望を抑える必要がなかった。昂ぶると、徳田は真昼間でも、郁子を押し倒した。

郁子は感じているようにはみえなかった。ただ、いままでは、どうすれば徳田がよろこぶかは承知していた。体を与えながら徳田の目を覗いた。よろこびは浮かべないが、安堵《あんど》の色はあった。抱かれることで、生きていることの不安定さから逃れようとしているようだった。

どんな姿態にも応じた。徳田はその郁子がかわいくてならなかった。体にはいまのところ、成熟の味はない。だが、男を知れば女の体は急速に成熟する。いまは徳田を受け容れているにすぎなくても、やがて、するどい反応をみせるようになる。脂肪がつけば背丈があるだけに妻より上質の女になることはまちがいなかった。

掌中の珠《たま》に思えた。

一方では恐怖があった。十四歳の家出少女と所帯を持っているようなものだから、警察に発見されることのおびえが深い。

場所を移すことを毎日のように考えた。どこか、人目に触れない場所に部屋を借りて、暮らさねばならない。今日か明日にもと、思っていた。郁子は承知していた。承知するもしないも、郁子は徳田と結婚した気でいた。

喘息の発作はおさまっていた。

喘息どころではなかった。日一日と性愛の技巧に長《た》けていった。徳田が教えるのだった。感じはしなくても女の勘のするどさが郁子を導いた。手を使うのも、口を使うのも、一人前の女に負けなかった。

徳田がよろこぶと、郁子もうれしがった。

ほっそりした少女の郁子が、怒張した男のものを口に含んで懸命に愛撫している姿をみるのは、異様な昂ぶりをもたらした。

いまは、もう妻とはいえない明子だが、郁子をみていると、牛窪とのただごととは思えない交じわりを思い出した。

郁子の姿に妻の肢体が重なるのだった。女とは、そういう残酷無類な狂気のほむらを秘めている生きものだという気がする。かっと、炎が燃える。そんなときは、徳田は郁子を乱暴に突き倒して、尻に乗った。少女を尻から責めているおのが姿をあさましいとは、思った。頭髪が揺れ、あざやかな背筋の凹みが揺れているのをみていると、そのあさましさがまた、炎を生むのだった。

午後になって、郁子が日課の運動に出た。徳田はテントの中にいた。

ここを引き揚げてどこに行ったものかと思案していた。

季節は冬に向かっている。北に向かうのはおろかだと思った。

東京を逃げ出て奥州白河の関にきたのは、おくのほそ道を辿《たど》ってみたいと思ったからだった。

月日《つきひ》は百代《はくたい》の過客《くわかく》にして、行《ゆき》かふ年も又旅人《たびびと》也。舟の上に生涯をうかべ馬の口とらえて老《おい》をむかふる物は、日々《ひび》旅にして、旅を栖《すみか》とす。古人も多く旅に死せるあり。予もいづれの年よりか、片雲《へんうん》の風《かぜ》にさそはれて漂泊《へうはく》の思ひやまず——。

芭蕉《ばしょう》のその序章に、わが身を較べて出立したのだった。郁子を得たいまは、ちがう。大阪かどこかに向かうべきだという気がする。

ふっと、耳を澄ました。荒い足音が走り寄っていた。

郁子がテントに駆け込んできた。

「だれかが、来ているのよ」

幼さの残る貌が青ざめて、息が弾《はず》んでいる。

「だれかって」

徳田の背筋をおびえが走った。

郁子の貌をみて、異常事態の迫ったのを知った。

郁子も外界におびえを抱くようになっていた。いや、外敵といったほうがよいかもしれない。自身が十四歳の少女だということを承知していた。未成年の家出少女だということを、承知していた。家出少女が旅先で知り合った中年男と同衾《どうきん》しているのである。

警察にみつかればただでは済まない。郁子はそれをおそれていた。連れ戻されて少年院に入れられる。徳田はとうぜん、逮捕されよう。

人の絶えた太平洋岸での、きびしさの中にするどい甘美さのある生活が、打ち壊される。窺《うかが》い寄る者はすべて、郁子には外敵であった。

その表情が、出ている。

「そこに、男のひとが」

郁子は、テントの外を指した。

徳田は這い出てみた。

短い悲鳴が、徳田の口を衝いた。

目の前に牛窪勝五郎が立っていた。青ざめた牛窪が、狭い額に汗を浮かべて、立っていた。腕のない左の背広の袖《そで》が、風に揺れている。

右腕は、内ポケットに入っていた。

暗い目で、徳田を見下ろしている。

「やはり、おめえ、だったのか」

区切り、区切りいいながら、牛窪はドスを抜いた。

「死んで、もらうぜ」

「や、や、や、や——」

徳田は何かを叫んだ。

何を叫ぼうとしたのか、自分にもわからなかった。這っていた。死物狂いで這って逃げた。逃げながら、振り向いた。牛窪が追ってきていた。わずかしか肺がなくて、転んだだけでも死にそうな牛窪にしては、異様に早かった。

砂を蹴散《けち》らして、追ってきていた。

「逃げ、るん、じゃ、ねえ」

とぎれとぎれに、牛窪が喘いだ。

徳田は、立って、走っていた。うしろを振り返り、振り返り、走っていた。いまにも牛窪に襟首《えりくび》を摑まれそうな恐怖があった。陽を跳《は》ねて光るドスが背中に突きたてられそうなおびえがあった。

徳田は悲鳴を放った。流木に足をとられて、貌から砂に突っ込んでいた。わめきながら、無茶苦茶にもがいた。手と足で砂を引っ掻いた。生まれたばかりの亀《かめ》の仔《こ》がもがくように、引っ掻いて、這った。

その徳田の貌を、牛窪の長い足が蹴上げた。徳田はのけぞって、倒れた。脳震盪《のうしんとう》を起こしていた。電柱のように背の高い牛窪が、徳田を見下ろしていた。手にしたドスが、するどく陽を跳ねたのをみた。

それらの光景はみえたが、体が動かなかった。

「おぼ、えた、か。にせ、い、しゃ」

牛窪の喘ぐことばとともに、ドスが徳田に叩きつけられた。

徳田は目を閉じていた。胸にドスが突き立てられたと思った。その部分に疼痛《とうつう》が走り、皮膚が石のように固く強張《こわば》った。

女の悲鳴がした。徳田は、目を開けた。

郁子が牛窪の右腕にしがみついていた。牛窪は右腕しかない。それに郁子が両手でしがみついていた。

「は、な、せ。こら、めす！」

牛窪は郁子を振り回しておいて、足で、下腹部を蹴りつけた。

短い声を残して、郁子が砂に頽《くずお》れた。

徳田は逃げていた。

気が遠くなるような広い砂丘を、転びながら逃げていた。息が切れて、振り向いた。牛窪は追ってきていなかった。

砂に、へたり込んだ。

牛窪は郁子をつかまえていた。郁子の頭髪を握って、テントに向かって引きずっている。徳田は、ぼんやりとそれをみていた。間一髪のところを逃れたばかりで、思考感覚が麻痺《まひ》していた。牛窪がなんのために郁子を引きずっているのか、わからなかった。牛窪がテントに郁子を引きずり込んだのをみて、ふっと、思考能力が戻った。

牛窪は徳田を殺し損ねた。絶対確実に、徳田を切り刻めた。郁子が邪魔をしなければである。牛窪は、肚をたてた。いったん逃してしまえば、牛窪には追い縋るだけの体力がない。猛烈に肚をたてて郁子を折檻《せっかん》する。

最初は、そう思った。その冷たい目が示すように、牛窪には他人に対して情け容赦というものがない。非情そのものだ。殺し損ねた激怒が郁子の体に打ち下ろされるものと思った。だが、すぐに、その思いは消えた。折檻なら、テントに引きずり込む必要はない。どこをみても人影一つない広漠たる砂丘だ。打つなと叩くなと、自由である。テントに引きずり込む理由は、一つしかなかった。

——凌辱！

徳田に、おびえとは別のふるえが取り憑いた。

牛窪は肚癒《はらい》せに、郁子を犯そうとしている。平手をほおに叩きつけて、郁子の服をむしり取る光景がみえた。残忍な凌辱の光景がみえた。牛窪は徳田の妻をそうして奪った。やってきて、いきなりその場で妻を裸に剝いて、乗りかかっている。やって来るときから、その覚悟でいたのだ。自分を廃人同様にした偽医師の妻をそのままに許しておくことはない。徳田のものはすべて自分のものだと、牛窪は思っている。家も土地も妻も、すべて、自分が踏みにじれるものだと思っている。そうしなければ、牛窪は廃人にされた憤怒《ふんぬ》が癒やせない。徳田の息のかかったものはすべて踏みにじり、凌辱しなければ、牛窪はおさまらないのだ。

いま、その憤怒が少女に向けられようとしている。十四歳の少女の郁子に、牛窪はその巨根を割り込ませようとしている。郁子の足掻《あが》く肢体が、みえる。

徳田は、腰を上げた。上げたり、下ろしたりした。いくらなんでも、そんなことは許せないという思いがある。徳田の妻は、しかたがない。妻だから、責任の一端をかぶって牛窪の凌辱に体を捧げることはある。だが、郁子はちがう。妻でも娘でもない。ただの、行きずりに知り合った少女だ。いや、病人だ。徳田に体を任せてはいるものの、ただ、それだけのことだ。牛窪が巨根を割り込ませるいわれはないのだ。

——捨てておくな！

徳田は、自身に命じた。

郁子は病気だ。ここに来て喘息の発作はなかば治癒した。だが、心の根には郁子は病を抱えている。自殺願望がふっ切れたわけではないのだ。

郁子は徳田に体を任せることで安堵を得ている。性交が好きだからではない。徳田が安心できる男だからだ。徳田に病を癒やしてもらった信頼感があるからだ。それがあるからこそ、幼い体で徳田の性欲を満足させて、自身も安堵を得ている。

独りになりたくないおびえが、郁子に必死の性の奉仕をさせている。二度と、独り旅館の寒灯の下でもがき苦しみたくないからこそ、郁子は、徳田に体を開いているのだった。

ふらふらと、徳田は立った。

郁子を救けなければならない。放っておけば、牛窪の巨根で裂傷を受ける。裂傷だけではない。心の根にふたたび暗いものが棲みつくことになる。

牛窪の凌辱は少女を破滅に導くことになる。

ふるえる足で、テントに向かった。

途中で、流木を拾った。

それを握りしめる手がふるえている。闘って牛窪に勝てるかどうかはわからない。力では勝てるかもしれない。問題は、牛窪と渡り合う気力が生じるかどうかだった。

脳裡に生きている光景がある。縛られて、牛窪の巨根を口に含んで吸っている自身の姿がある。突きたてられ、放出した精液を呑み下している醜い姿がある。口で舐めて清浄にした牛窪の巨根に、たまりかねた妻の白い体がしがみついている光景がある。

牛窪の極印《ごくいん》が徳田の心に捺されている。逆らいがたい存在の牛窪だった。徳田の心を鷲摑《わしづか》みにしている、牛窪だった。

腰を落として、テントに近づいた。郁子の悲鳴がきこえた。泣き叫ぶ声だ。

徳田の脳裡に炎が転がった。牛窪への憎悪と、犯されている郁子への嫉妬めいたものの混じり合ったドス黒い炎だった。這い寄った。

テントは入口をはね上げたままにしてあった。

郁子が素裸にされていた。牛窪が腹に跨っている。郁子の足が大の字に拡げられていた。牛窪の巨根が股間を擦っている。一本しかない右腕は乳房を摑みしめていた。

郁子が細い声で泣いていた。

「こ、こら、牛窪!」

徳田は、わめいた。わめきながら、流木を振り上げた。貌に血の気のないのは自分でわかる。

強張って、板のようになっていた。

「やめろ！　やめんか！　郁子は、病人だぞ！　牛窪！」

牛窪が、暗い目を徳田に向けた。

「き、さ、まか」牛窪は喘いだ。「こ、ころ、して、やる」

傍に突き立ててあったドスを取った。ゆっくり、郁子の腹から下りた。下半身を裸のまま、外に出てきた。

「わっ」

徳田は短い悲鳴を放っていた。牛窪の巨根がそそり立っていた。それをみた瞬間に、恐怖が背筋を駆けた。きびすを返していた。どうにもならないおびえが体を染めていた。すこし、逃げて、振り返った。牛窪は戻っていた。郁子はそのままの姿勢で泣いていた。腹が波打っている。その白い腹に、牛窪がゆっくり、跨った。

徳田は、また、這い寄った。

「や、やめろ！　牛窪のバカ！　やめろ！　やめてくれ！　その子は病人だぞ！」

徳田は、わめいた。

「なにを、ぬかす、偽、医者め」

牛窪は、こんどは下りようとしなかった。

「やめろ！　やめろ！」

徳田は流木を振り回した。

「やめ、させて、みろ」

牛窪は右手にドスを握ったままだった。

「ちくしょう！」

徳田は流木で砂を叩いた。

「やって、来い。おまえ、にも、突っ込んで、やる」

牛窪は、ゆっくり、腰をいれた。

「ああッ！」

郁子のかん高い悲鳴が湧いた。

徳田はみていた。

郁子の両手が牛窪の胸を突きのけようともがいている。牛窪は無造作にその腕を払いのけた。ドスを口にくわえ、一本しかない右腕で郁子の頭髪を摑んだ。郁子の抵抗をそれで退けて、深く腰を入れた。

郁子の悲鳴がつづいている。

やめろ、牛窪、やめろ牛窪——徳田は、つぶやいていた。もう、叫び、わめく気力はなかった。

牛窪の巨根は郁子の体に没していた。郁子の白い足が苦しげにのた打っている。牛窪は、そんなことには無関心だった。口にドスをくわえ、ときに徳田を凹《くぼ》み気味の暗い目でみながら、ゆっくり、動いていた。

郁子の悲鳴がつづいている。悲鳴というよりは、細い泣き声であった。突かれるたびに、それが、中断して、あッ、あッという声になった。聴いていて、徳田は、郁子が感じはじめているのではないのかと思った。両手は牛窪の胸に当てられているだけだ。いまは、突きのけ、払いのける動きはなかった。

見守る徳田の心が、冷えていた。

郁子が牛窪の女になったような気がした。郁子が感じるわけはない。まだ、十四歳の少女だ。体は男を受け容れられても、快感は生じない。機能しないはずであった。あるのなら、徳田とのときにわずかでもオルガスムスの表情を浮かべたはずだ。郁子は、口に含んだりしての愛撫は熱心にやった。そのことへの興味は充分に持ち合わせていた。だが、快感が表情や声に出たことはない。つねに、徳田の目を覗くようにして、徳田が気持ちがいいかどうかを、気にしていた。

だが、いまの郁子は何かを感じている。

徳田には、そう思えた。声がそうきこえるだけではない。肢体がそうみえるだけではない。ことばにあらわすことのできない気配が、狭いテントの中の白い体と黒い体の絡みにみえた。

郁子は突き動かされている。しだいに、声は細まっていた。少女から女に脱皮しつつある気配が、肢体に濃厚に感じとれる。牛窪の巨根を体におさめてしまっている。

——悪魔だ。

徳田は、胸中でうめいた。牛窪を悪魔だと思った。女を、それが少女であろうが貞節な妻であろうが、たちまちただの牝に変えてしまう能力を持った、悪魔だ。

妻の狂態が脳裡のスクリーンに映っていた。あんな女ではなかった。引っ込み思案の女だった。性欲のとくにはげしい女でもなかった。それが、鬼畜のように変貌していた。牛窪に変貌させられたのだった。

牛窪に犯されて、たちまちその巨根のとりこになった。なりふりかまわずに牛窪に縋りついているうちに、牛窪の性に奉仕する奴隷女に、堕《お》ちていた。亭主を殺してでも、牛窪の歓心を買うまでになっていた。

いま、少女がそうなろうとしている。

機能するはずのない性のよろこびを、牛窪は、少女から引き出しているようにみえる。牛窪は自身が悪魔だと承知している。どんな女をも隷従させ得る自信を持っている。だからこそ、家にやってきて、無造作に妻を転がしたのだ。一度の性交で女から抵抗心を奪い去る自信がなければ、なし得ることではなかった。告訴される懸念があるのだ。

少女にも、牛窪は無造作に乗っかっている。郁子の声がとぎれとぎれに聴こえる。徳田は喉がかわいて、呼吸困難になっていた。

郁子が、かぶさった牛窪の背に手を回していた。しがみつくようにして、牛窪の背を抱いている。いまは、短い嗚咽《おえつ》だけだ。あッ、あッと、聴こえる。痩せて、固い体が、貪欲そのものにみえた。

牛窪を呑み込んでいる。

牛窪がにぶい光をたたえた目を徳田に向けた。

徳田は、ふらふらと、立った。郁子の足が、牛窪の足に絡んでいた。

第二章　落人《おちうど》

1

徳田兵介は檜枝岐村《ひのえまた》に向かっていた。

檜枝岐村は群馬県、栃木県、新潟県の三県と境を接している。奥只見湖《おくただみこ》の完成で名の知れた村だった。

山また山の村だ。

徳田は歩いて峠を越えていた。バス便があるが、それは利用しなかった。急ぐ旅ではなかった。急いだところで、どこに行けるというあてがあるわけではない。どこにも行けはしない。いくら歩いても、どこにも到達できない。そのことを、承知していた。

行くあてもないのに歩いているのは、妙なものであった。

リュックを背負っていた。中にはさまざまなものが入っている。タバコ、マッチ、鍋《なべ》、食糧、寝袋などだ。徳田の全財産であった。

歩き疲れたら、流れを捜して野宿をする。眠りたいだけ眠って、また、歩きだす。

それが、徳田のすべてであった。

――古人も多く旅に死せるあり。予もいづれの年よりか、片雲《へんうん》の風にさそはれて漂泊の思ひやまず。

そのことばが、つねに脳裡《のうり》にあった。

月日は百代《はくたい》の過客《くわかく》にして、行かふ年も又旅人也、という。徳田は、その旅に身をゆだねていた。芭蕉《ばしょう》は、漂泊の思いやまずと記したが、そこのところが徳田とはちがう。

片雲の風への想いなどはない。

石もて追われる旅であった。

感傷がないわけではないが、それはなるべく抑えた。感傷が湧《わ》くと悲哀が深まる。

何も考えないでひたすらに歩いた。

峠路に晩秋の気配が濃い。

九月の末近いから、それは、とうぜんであった。紅葉が左右の樹林を染めている。風が渡ると、それらが陽の中にあでやかに舞った。

歩きに倦《う》んで、徳田は腰を下ろした。

ぼんやりと風景をみていた。

その風景の中に一本の梓《あずさ》の木が目についた。

――梓か。

思うまいと心に決めていた光景が、その梓から甦《よみがえ》っていた。

牛窪勝五郎に犯される郁子の肢体が空間にかかった。牛窪の巨根を体に呑み込んではげしくもだえる肢体が、みえる。

郁子がどうなったのか、徳田は、知らない。幼さの残る白い足が牛窪の足に絡み、腕が牛窪の背に回されたのをみて、徳田は、テントを離れた。走った。

気がふれたように、走って、逃げた。

自嘲《じちょう》とも恐怖ともつかないものに追われていた。息が切れるまで砂丘を走りつづけるしかなかった。走りながら、徳田は泪《なみだ》を流さずに泣いていた。郁子が牛窪の巨根に反応したことはまちがいなかった。突如として、郁子は体の奥深くから衝《つ》きあげてくるよろこびに襲われたのだ。それが何かもわからずに、郁子は短いうめきを洩《も》らしながら、牛窪にしがみついた。

しがみついた瞬間に、郁子の脳裡から徳田の影が消えていた。徳田は無縁の存在になったのだ。女は自分を征服した者に従う。郁子の姿態に牛窪への隷従をみて、徳田は、恐怖に襲われた。心が萎《な》えてしまいそうになる恐怖だった。

気づいたときには、昨日までの過去が消えていた。

牛窪に喰《く》われたのだった。牛窪は貪欲《どんよく》に徳田の過去を貪《むさぼ》った。

片端《かたはし》から、牛窪は過去を貪る。

徳田には何も残らなかった。生きる方便《ほうべん》を求めて、何日間か、必死に生きる。だが、すぐに牛窪がやって来て、喰い荒す。徳田は過去を失って、逃げる。

徳田にあるのは、明日だけであった。行方とて知れない心細い明日があるだけであった。牛窪は童話にある鬼であった。その鬼に貪られて、しだいに、影が痩《や》せ細ってゆく気がする。

人間の生活は昨日の積み重ねであった。その積み重ねが過去になり、実績となって、基盤を築いてゆく。

どうあがいても徳田には、その昨日は持てない。徳田だけを襲う鬼がいた。徳田のみを襲う鬼であった。

峠を悽愴《せいそう》の風が渡っていた。

——郁子はどうしたのだろうか。

牛窪の女になったのかもしれない。その懸念は充分にある。郁子には行くべきところがない。徳田と夫婦で暮らすことは互いの暗黙の理解であった。

その徳田が、牛窪に襲われて、逃げた。自分の女が強姦《ごうかん》されるのを承知で、逃げたのだ。本来なら、徳田はかなわないまでも闘わなければならない。それが、男というものであった。だが、徳田は男ではない。すくなくとも牛窪の前では男ではあり得なかった。牛窪の巨根を舐《な》めさせられ、精液を呑《の》ませられた瞬間から、徳田は、男ではなくなっていた。

巨根を押し込まれるのを見守りながら、棒で砂を叩《たた》いて、やめろ、やめろとわめくしかなかった自分の卑小な姿がある。そして、泣きながら、逃げたのだ。

郁子が牛窪の女になるのは、理のとうぜんであった。片腕男、肺なしの、死にかけた青白い鬼に仕える郁子が、思われる。

徳田は、首を振った。どうでもよいことだと、自身にいいきかせた。思ったところでどうなるわけではない。妻が奪《と》られ、郁子が奪られた。

相手は鬼だからしかたがない。徳田のみを襲うように運命づけられた鬼だ。他人にはその姿さえみえない、透明な鬼であった。

その鬼を呼び込んだのは、徳田であった。

牛窪と知り合って約半年になる。行きつけの赤提灯《あかぢょうちん》で知り合った。

徳田はよく赤提灯に足を向けた。オデンだとかそういうものを肴《さかな》に軽くいっぱい飲むのが、徳田の唯一の趣味であった。牛窪とはよく顔を合わした。

牛窪は極端に無口な男であった。隣り合っても、口をきく機会はなかった。ひととの関わり合いを拒絶している感じがあった。

牛窪が暴力団員なのは、徳田は最初から承知していた。容貌《ようぼう》でわかる。服装でもわかった。とくに容貌に特徴があった。知性のうかがえない貌《かお》だった。その分、冷たいものを秘めていた。

殺し屋かもしれないという気さえした。いつも、独りで飲んでいて、自分だけの世界に閉じ籠《こも》っていた。さわらぬ神にたたりなしという。徳田もそれは心得ていた。他の客のだれもがそうであった。

牛窪はオデン蒟蒻《こんにゃく》の好きな男であった。いつも注文するのはそれであった。ときには他のものも注文するが、たいていは蒟蒻であった。偏執狂《へんしつきょう》の感じがあった。

ある日、徳田は、思いきって声をかけた。

あなた肺が悪そうだが、といった。牛窪は黙って徳田をみた。返事はなかった。冷たい目で、一瞥《いちべつ》して、蒟蒻を喰いはじめた。

しばらくたって、徳田は、栄養には気を配ったほうがよいと、忠告した。

おめえは、医者かと、牛窪ははじめて口をきいた。そうだと、徳田は答えた。

徳田は、その問いを待っていた。

はっきりした意識はなかったが、医師かと、そう問われるのを待っていたような思いがあった。別に、医師であることを誇るために水を向けたのではなかった。むしろ、逆であった。偽医師だとの不安がつねにあった。その不安は徳田の日常生活を知らず知らずの間に支配していた。偽医師だから、医師的な言動のほうにつねに感覚が傾いてゆくのだった。

立証しなければおちつけないものがある。危険だと思いつつも、そこから脱け出せないでいた。

ほんとうの医師は自己の職業を隠したがる。よけいなことに巻き込まれるのを避けるためである。ほんとうはそのほうが賢明だとわかっていた。隠すほうこそ、逆に医師にみられがちである。

自分から袖《そで》の下の鎧《よろい》をみせることはない。そうだとうなずいた瞬間に、徳田は、後悔していた。その後悔の原因がどこから射したのかは、よくわからなかった。ただ、漠然とした不安なものをおぼえた。

牛窪には、客のだれもが敬遠する。

牛窪が来ると、客の声が小さくなる。牛窪がだれかにからむわけではなかった。ただ、客のほうで気色《きしょく》悪《わる》がっていた。かかわりを持てば、殺し屋じみた牛窪のことだ。何をしでかすかわからないおびえがある。

徳田はそこに優越感を抱いた。医師でなければ、徳田にも牛窪に声をかける度胸はない。牛窪は自分の周囲に冷ややかな幕を張って、毒蜘蛛《どくぐも》のようにその中に棲《す》んでいる。その幕に踏み込んだ者は、ただでは済まない。だが、医師なら別だとの思いがあった。偽医師だからこそ抱けるうぬぼれかもしれなかった。

徳田がほんとうの医師なら、牛窪を警戒する。おびえるはずであった。

牛窪はそれっきりだった。おめえは医者かと訊《き》いたきりで、あとはなんともいわなかった。

黙々と蒟蒻を食いながら、飲んでいた。そこで引き退ればよかった。徳田はつづけた。近くの江古田病院に勤務している。外科医だが、あんたの体をみていると不安になる。肺には栄養を摂《と》ることが第一だと、ぼそぼそと述べた。自分でも黙っていたかったが、どういうのか、引っ込みがつかなくなっていた。

牛窪は答えなかった。やがて、黙ったまま、店を出て行った。

そのつぎに牛窪に遇ったのは、二か月ほどのちだった。牛窪が来ないのか、擦れちがっているのかわからない。

牛窪は黙って徳田の傍の空椅子《あきいす》に腰をおろした。ほかにも空いた椅子は、あった。

徳田は、牛窪が語りかけてくることを期待した。だが、牛窪は徳田を無視した。

どうだね、元気かねと訊いた徳田に、ああと答えたきりだった。

徳田もそれ以上は声をかけなかった。毒蜘蛛かもしれないとわかっている男の巣に、わざわざ近寄ることはないのだった。

徳田はその赤提灯に立ち寄る回数を減らした。牛窪をおそれてのことではなかった。その頃、江古田病院で医療過誤が起こっていた。患者の腹にメスを忘れたという単純な過誤であった。

徳田の周辺に冷たい風が吹きはじめていた。いつ、骨の髄を嚙《か》むともしれない風だった。世間に、偽医師の問題が起こりはじめていた。赤提灯どころではなかった。

牛窪のことなどは思い出しもしなかった。

そんなある日の夜、当直の徳田を、ひどく、皮膚の青ざめた男が訪ねて来た。牛窪だった。

「やって、来たぜ、先生」

牛窪は、そういった。一本しかない腕で胸を抱えていた。呼吸が苦しそうだった。

狭い額に汗が浮いていた。

2

檜枝岐村は変わった村だった。

東北地方にありながら、その一画だけ、東北地方から独立していた。まず、ことばがちがう。東北地方特有の濁りがない。発音は澄んでいて、美しい格調を持っている。

平家村と呼ばれていた。

村は幾つかの集落に分かれている。

全村でも戸数は百五十戸前後しかない小村である。標高が九三九メートル。名にしおう豪雪地帯だ。

平家伝説が生きている。日本全国津々浦々にある落人伝説が、ここでは、いまも生きていた。墓地を廟所《びょうしょ》と呼ぶ。平家の定紋である揚げ羽蝶《ちょう》のついた墓がある。姓は平野、星、橘《たちばな》がほとんどだ。平野は平家の後裔《こうえい》であり、星は藤原氏の子孫。橘はいうまでもなく、楠《くすのき》正成《まさしげ》の子孫である。伝説だから、ほんとうに落人村かどうかはわからない。

かつては、男たちはマタギをしていた。会津漆器の木地《きじ》を造る木地屋も盛んだった。

女たちは焼畑づくりを営む。耕地は猫の額ほどしかない。水田は皆無で、穫《と》れるのは、粟《あわ》、蕎《そ》麦《ば》、トウモロコシに限られていた。極端に貧しかった。

いまは、林業が盛んだ。

徳田は檜枝岐の赤法華《あかぼっけ》に辿《たど》り着いた。

赤法華は戸数四十四戸、住人は百四十人弱の寒村であった。寒村だが、昔とちがって、いまは林業で喰える。

むやみやたらに山を歩いているうちに、徳田は赤法華の伐採現場に足を踏み込んだのだった。

そこには二十人近い男たちが集まって、何かを騒いでいた。

会釈をして通りすぎようとした徳田は、男たちの中に一人の男が蹲《うずくま》っているのをみた。腹を抱えてうめいていた。

「どうかしましたか」

傍に寄って、訊いてみた。

急激な腹痛を起こしたのだという。何か薬は持っていないかと訊かれた。

薬の持ち合わせはない。徳田は、首を振って、苦しむ男の貌をみていた。青ざめている。下腹を抱え、冷や汗を浮かべて、男は唸《うな》っている。最初は、腸閉塞《ちょうへいそく》か何かかと思った。腸閉塞なら、触ってみればわかる。触ってみて、腸閉塞なら放ってはおけない。口から糞《ふん》を吐くようになれば、大事にいたる。

徳田は、男の傍に割って入った。山中であった。医師行為をしたところで、別にどうということはない。通りすがりにすぎないのだと思う、気易《きやす》さがあった。

男を寝かせて、腹を押えてみた。

腹が張ってはいるが、腸閉塞の感じはなかった。

「通じは？」

男に訊いてみた。

男は苦しげに、首を横に振った。ここ、二、三日便通がないのだという。それなら、問題はなかった。腹の張りはガスのせいである。

押してみると、ガスが充満しているのがはっきりとわかる。

徳田は、立った。男たちにそのことを告げた。

「しかし、何か応急手当てはありませんか」

男の一人が不安そうに訊いた。村までは遠いのだという。担ぎ下ろすにしても半日はかかるという。

「応急手当て、ね」

徳田は周りを見回した。男たちが自分を医師だと思っているのかどうかは、わからない。

梓の木の伐り倒したのが目についた。

梓はカバノキ科に属する落葉高木だ。深山には多い。樹皮が容易に剝《は》がれる。材質が固くて粘り強いから、細工物《さいくもの》などに用いられている。かつては、弓も造った。それを梓弓という。枝の内皮にサリチル酸メチルを含んでいて、そのために特有の臭気があることで知られていた。サリチル酸は医薬に用いる。防腐剤として日本酒に混入されているのは、よく知られている。

「あの梓の皮を叩き潰《つぶ》して、液汁を絞るといい。それと、苦蓬《にがよもぎ》を捜しなさい」

徳田は、そう答えた。

自分でも無責任な助言だとは思った。

梓の含む液が腹痛に効くかどうかは、わからない。効くかもしれないという気はする。苦蓬を混ぜるのだから、刺激が強い。強い刺激で腹の中を搔《か》き回せばよいのだ。少々、毒気に当たるかもしれない。それでもよい。毒でもって腹痛を制すればよいのだ。ただし、どんな味になるかは、徳田にも見当がつかない。

男たちが梓の内皮を潰しにかかった。凹《くぼ》んだ石の上において、捜してきた苦蓬と混ぜて石で叩き潰している。

腹痛の男はうなりつづけている。

徳田は石に腰を下ろしてみていた。

液汁を飲ませたら、逃げ出そうと思っていた。効けばよいが、効かなければ気性の粗《あら》い山男たちに袋叩きに遇いかねないおそれがある。

男たちは徳田を医師か医術の心得のある者だと思っている。医師が登山しているのだと思っている。なんの疑いもなしに梓の樹皮と苦蓬を潰しているのが、それを示していた。

思うのは、先方の勝手だ。

叩き潰した樹皮と苦蓬を男の一人がタオルに包んで絞りはじめた。ドロリとした液汁が滴《したた》り落ちている。

弁当箱に受けた液汁を、徳田は嗅《か》いでみた。吐き気を誘う悪臭であった。

「飲ませなさい」

無造作に命じた。

腹痛の男は、液汁を飲み乾した。口の周辺を緑色に染めて、徳田をみた。

「それでは、わたしはこれで」

徳田は腰を上げた。

「先生」傍の男が、徳田の腕を把《と》った。

「容態を見届けてやってくださいよ」

「見届けるもなにも、あなた……」

徳田は、語尾を呑んだ。

浅黒い貌の男が、ゆっくり、首を左右に振っていた。意志の強そうな貌だった。

握った手首の力の強さが、徳田をおびえさせた。

「逃がしはしませんよ。先生は薬をこしらえてくれた。しかし、梓の皮が腹痛に効くというのは、初耳です。もし、毒だったら、どうします？」

男は冷たい目で徳田をのぞきみた。

「毒だったらというて――しかし、あなたがたは仲間に飲ませたじゃないですか。毒かもしれないと思いながら、飲ませたのですか」

「先生が、そういうたからです」

「そういったからって……」

「先生には、責任があります」

腹痛の男の唸《うな》りが高くなっている。

徳田は黙った。

男たち全員が徳田を囲んでいる。理不尽なというか、徳田は、何かの罠《わな》に嵌《は》まった気がした。男たちには何かの目的があって、徳田を待ち受けていたような気がした。

中年の男たちだった。どの貌も精悍《せいかん》そのものにみえる。筋骨は隆々としている。そして、表情には猜疑《さいぎ》を浮かべていた。

腹痛の男は唸りつづけた。

徳田は石に腰を下ろして、見守っていた。

男たちもそれぞれに腰を下ろしている。

タバコを喫《す》ったり茶を飲んだりしながら、徳田と腹痛の男を見守っていた。

奇妙な男たちだと、徳田は思った。仕事に戻ればよいのだ。仲間が腹痛を起こしたからといって、全員が傍についていることはない。ついていたところで何にもなりはしないのだ。

別に看病するわけではない。

ただ、ぼんやりとみているだけだ。

徳田を監視しているのかもしれなかった。そこが徳田にはわからない。通りがかった旅の男が、腹痛に苦しむ仲間を診察した。その手つきや何かで旅の男を医師だと思うのは、しかたがない。

だが、投薬の効果があらわれるまで旅の医師を引き止め、監視するというのが、解《げ》せない。

丁重に礼を述べて見送るべきではないのか。それとも、男たちは梓の樹皮が毒だと承知していて、仲間がもだえ死ぬのを待っているのか。死んだら、徳田をとらえて処刑しようというのか。

猿の集団のようなぶきみさがあった。

意志の通じないぶきみさがあった。猿の群れが人間の皮をかぶって、何かの儀式をしているような気がした。

十数分が過ぎた。

ふいに腹痛の男の唸りが熄《や》んだ。唸りをやめて、男は猿のように這《は》った。ものもいわずに、繁みに消えた。

男たちは沈黙していた。

じきに、男は戻ってきた。

戻るときには立って歩いてきた。唸りはやんでいる。晴ればれした表情になっていた。

「先生、ありがとうございました」

男は、徳田の前に深々と上体を折った。

男たちが傍にやってきた。

「いや、わたしは、医師ではない。家内が看護婦だった。それで、見様見真似《みようみまね》で……」

徳田は、あわてた。傍に集まった男たちのかもす雰囲気に妙な図々しさを感じとっていた。

医師だとわかると、とんでもないことになりそうな予感があった。

「奥さんが、看護婦……。ほんとですか」

腹痛の男は橘《たちばな》真吉《しんきち》と名乗った。その橘が、男たちの頭分《かしらぶん》のようであった。

疑わしそうな目で徳田をみた。

「ほんとうですよ」

「で、その奥さんは？」

声にねばりがある。

「そんなこと訊いて、どうします。家内とは死に別れましたよ」

多少は、声を荒らげた。

「そりゃ、お気のどくに」

気のどくそうな表情などは微塵《みじん》もない。

「それで、先生――いや――」

「徳田です」

「で、徳田さん、ここへ何をしに」

絡みつくような感じだった。

いやな男にかかわったと、徳田は思った。

「家内の菩提《ぼだい》を弔《とむら》うために、旅をしています。ここへ来たのは、別に意味はありませんよ。偶然です。ただの」

「見受けるところ……」

橘は徳田の服装や持ち物をじろりとみた。

「かなり、くたびれていなさる様子ですな」

「ほっといてくださいよ」

徳田は、肚《はら》をたてた。

「いや」橘は首を横に振った。「あなたは恩人だから、放っときはしません」

ニコリとも笑わない男であった。偏執狂のような目で、徳田をみた。

目醒《めざ》めたとき、そこがどこなのか徳田にはわからなかった。

流れの音がした。布団に入っている。あまり上等の家とはいえないが、一応は家の中にいた。ぼんやりと天井をみていた。天井には板はなかった。太い梁《はり》が通っていて、剝《む》き出しの垂木《たるき》が左右に伸びている。全体が黒く煤《すす》けていた。

すこしずつ、記憶が戻りかけていた。

山を下りて、男たちの招待にあずかったところまでは、はっきりしていた。濁酒《ドブロク》を飲んでいた記憶がある。強烈なドブロクであった。そこから先は、模糊《もこ》としている。悪い男たちではなかったとの思いがある。

檜枝岐村は無医村であった。

医師のいない村の悲哀は、徳田にもわかる。とくに、男たちの住む赤法華は奥山にあった。急病人が出ると車で会津若松《あいづわかまつ》まで運ばねばならなかった。冬季には雪で道は途絶する。そうなると、離島と同じだ。治る病でも治せずに死に追いやることがある。人間が住むところ、何よりも必要なのは医師であった。

男たちは、徳田の手つきをみて放浪の医師だと思った。なんらかの理由で警察に追われている医師だと、受け取った。登山姿でもないし、酔狂で山を歩いているにしては、山が深すぎた。

医師なら、たとえ殺人罪で追われていようとかまわない。強請して、村に腰を落ちつかせる気だった。

だが、徳田は医師ではなかった。看護婦である嫁の見様見真似だとわかって、男たちは失望した。失望はしたが、橘真吉を救《たす》けた礼はしないでは済まされない。

ドブロクでの宴会となったのだった。

徳田は、起きた。酔いが後頭部に残っている。しかし、悪い宿酔《ふつかよ》いではなかった。

家人に挨拶《あいさつ》しようと、部屋を出た。

どこにも家人の姿がなかった。

家人どころか、無人の家のようであった。

囲炉裏や、土間に造られてある竈《かまど》に、埃《ほこり》が積もっていた。そういえば妙に黴臭《かびくさ》い気がする。

家を出て、目の前の渓川《たにがわ》に下りた。冷たい流れで顔を洗った。久しぶりに顔を洗ったような気がした。

東京を逃げだしたのは夏も盛りの八月の下旬だった。いまは九月末近い。みちのくはすでに晩秋の気配が深まっている。その間、旅館に泊まったのは数えるほどしかない。ほとんどが、野宿だった。

野に臥《ふ》しながら、旅に病み、夢は枯れ野をかけめぐるとのうたを、思っていた。

実際に、徳田は旅に病んでいた。

みる夢は悽愴に包まれていた。野を吹く風の音に泪《なみだ》することもあった。

どこかに棲みつきたいとの思いが日増しに強くなっていた。だが、歩いてみて、徳田は、どこにも棲むべき里のないことに気づいた。

棲んで、何をすればよいのかとなると、その答えが出ない。棲むにはその地方のひとびとの了解がなければならない。どこから流れて来たのか。棲みついて、何をして暮らそうというのか。それらが明らかになって、はじめて、連帯意識の中に溶け込める。

流れ歩くしかない自分が、哀《かな》しかった。

振り返って、一夜の宿をかしてくれた家をみた。あまり上等の家とはいいがたいが、こんな家に棲みつくことができたらと思った。

「おーい、徳さん。飯だ、飯だ」

ふいに、声がした。

昨日の腹痛男の橘真吉だった。

橘真吉の家は渓川の傍にあった。

橘家の家族は五人だった。四十前後にみえる嫁と老父母、それに小学生の男の子がいた。

徳田は橘家で朝食を馳走になった。鮭《さけ》と味噌汁《みそしる》と漬《つ》け物の朝食であった。流浪の徳田にはひさしぶりに口にする馳走であった。味噌汁にはワカメがたっぷり入っていた。

流れの水を飲み、それでこしらえた即席料理ばかりを喰ってきた徳田には、そのワカメは貴重なものに思えた。また、その量のたっぷりしているのが、定着した生活のたしかさに思えた。

「ここで働く気はないかね、徳さん」

食事中に、真吉がそういった。

「働く？」

働くということばの意味がよくわからなかった。働くといえば、徳田には医療行為しか考えられなかった。

「山仕事をしてみないか」

「山仕事――」

「人手が足りんのでね」

真吉は説明した。

赤法華は高地で、平地がないから農業はできない。全戸が山林業で喰っていた。山林業といっても自営ではない。大地主がいた。村長を兼ねている平野鉄太郎《ひらのてつたろう》であった。

平野の所有する山林は広大であった。年間に伐り出す木材が二億円強である。片端から伐って、伐ったあとに植樹する。一巡してきた頃《ころ》にはその植樹したのが伐採できるようになっている。それほどの広大な山林所有者だった。

赤法華の住人は全員が平野家の林業で喰っていた。終身雇用にひとしい。

平野家の林業に従事しているかぎりは、生活の心配はなかった。だが、若者はそれを嫌った。

中学を出ると例外なく、村を出てゆく。一つの村を一人の人間が支配しているとの意識が、若者にはなじめないのだった。

とうぜん、年々、労働力が落ちていた。赤法華を出るに出られない中高年層ばかりになっていた。補充の見込みがたたなかった。村外から雇うにも、交通の不便さがたたってきてがないのだった。

もし、徳田が働くなら、十五万の月収を約束する。それに、昨夜、泊まった家をただで提供すると、誘った。

徳田は、自分に山仕事などができるだろうか、と訊いた。できると、真吉は答えた。下手間のような楽な仕事をすればよいという。

徳田は深くは考えなかった。味噌汁のワカメを喉《のど》に流し込みながら、うなずいていた。

定着への渇望《かつぼう》があった。これまで、徳田はそのことばかりを思いながら流れ歩いていた。どこかに住む家があればと思った。喰うだけを稼げる仕事があればと思った。

だが、どこにもそのささやかな条件を充《み》たす土地はなかった。

渡りに舟だと思った。やってみることにした。家の中に眠れるだけでもよかった。毎朝、味噌汁が飲めるだけでもよかった。働くことへの渇望もあった。

額に汗して働いての食事のうまさを思うと、心が豊かになれた。

それに、ここなら、鬼の牛窪勝五郎もやっては来るまいと思う安堵《あんど》があった。いくら執念深い悪魔でも、この山奥の赤法華を突きとめることは不可能であろう。

3

徳田が山林伐採人夫になってから、半月が過ぎた。

徳田は、満足していた。仕事はらくではなかったが、仲間たちとの連帯感が楽しかった。

平野家に常雇いとなっているのは三十六人であった。その三十六人の貌もじきにおぼえた。

最初に出遇ったときには妙な男たちだと思ったが、それは、思いちがいであった。気のいい男たちであった。

村人のもっともおびえているのが怪我や病気であった。無医村で僻地《へきち》だから、大怪我でもするといのちを落とすことになる懸念があった。医師のいる町まで車で運ぶにも片道四時間以上もかかる。途中で死亡した例があるのだった。

急病にも同じことがいえる。

それに、冬場、道路が雪で塞《ふさ》がれることへの恐怖があった。そんなときに急病人でも出てはたすかるものでもたすからなくなる。

徳田が最初に男たちに出遇ったときに感じた異様さは、そこからきていた。

村には、病人を共同で介抱する習慣があった。病人が出ると、多勢が集まるのである。集まったところでどうなるわけではない。ただ、病人に力を落とさせないために集まるのだった。

苦しんでいるのは自分一人ではない。村人が心配して寄り集まってくれているとの連帯意識が、病人を力づけるのだという。

腹痛男の橘真吉を仲間が取り囲んでいたのも、そのせいだった。

それを知って、徳田は感心した。たしかに、病人には力づけが必要である。自分一人ではないと思う連帯意識が、奇蹟《きせき》を生む可能性もないではないのだった。何もできなくても相つどって慰めるのは医療の根源といえる。医療はそこを出発点としている。かつては、人間はそうであったのだ。

いまは、ひとびとは病人が死んだときのみに、連帯意識を持って集まる。

通常は病院に預けきりである。

無医村が必然的に生んだ人間の絆《きずな》が、この赤法華にはあった。人と人のふれ合いの暖かさが、ここにはあった。

徳田にはそれが愉《たの》しくてならなかった。これまで、徳田は孤独な生活を自身に強《し》いてきた。偽医師をはじめてからはよけいだった。友人知己をつくることを慎重に避けた。どんなことから偽医師がばれるかもわからないとのおびえがあった。

結婚した妻にも、偽医師であることは隠した。一つのことを隠すためには、大変な労力を使う。関連したものごとにまで気を配らなければならないからだった。とうぜん、裡《うち》に籠《こも》ることになる。内向的で暗い、孤独を好む性格になる。

笑顔で話し合える人間を、徳田は一人も持たなかった。

終始、迫り来る影におびえて暮らしていた。

ここではその必要がなかった。昼飯は全員で喰ったし、夜はたいていだれかの家で酒を飲んだ。ひとびとは徳さん徳さんと呼んだ。山仕事に素人の徳田を軽蔑《けいべつ》するでも笑うでもなかった。

生まれてはじめて、徳田は自由な生活というのを知った。自分でも、表情からこれまでの暗いものが消えつつあるのがわかった。

牛窪のことも思い出さなかった。

行き場がなくて旅に病んでいる悽愴感のこもった夢も、ほとんどみなくなった。

小鳥の声で起きる朝の目醒めが、爽快《そうかい》であった。

赤法華に徳田が住みついてからあっという間に一か月が過ぎた。

季節は晩秋であった。いや、初冬といったほうがよいかもしれない。山からはすでに紅葉が去っていた。赤い氷河といわれる紅葉は山頂から下りて麓《ふもと》に向かう。文字どおり赤い氷河の移動であった。

過ぎたあとにはひっそりと冬が蹲っていた。

山々から化粧が消えて裸木林のみが残るのである。常緑樹林もその緑から生気が失せて、灰色じみてみえる。

夜。

徳田は眠っていた。

朝からの豪雨が家を包んでいる。低気圧が接近していた。暴風雨が家を揺すっている。仕事にはならなかった。昼間から仲間と飲んだ濁酒《ドブロク》が効いて、正体もなく眠り呆《ほう》けていた。

夢の中で、だれかが戸を叩いている音をきいていた。執拗《しつよう》に叩いている。夢ではないらしいと悟って、徳田はもがいて、夢を破った。

「起きろ！　徳さん！」

橘真吉の声だとわかった。

ねぼけ眼で土間に出た。雨合羽を着た真吉が懐中電灯を点《つ》けて立っていた。

「どうした？」

「どうしたもこうしたもない。村長が危篤だ。すぐ来てくれ」

そういい残して、真吉は豪雨の中に走り出た。

——危篤、か。

徳田は水瓶《みずがめ》から柄杓《ひしやく》で水をすくって飲んだあとで、つぶやいた。

赭《あか》ら顔の平野鉄太郎を思い浮かべた。平野は血圧が高かった。六十近い歳で毎晩六、七合の酒を欠かさないのだから、とうぜんであった。肥満していて、貌は酒で灼《や》けて赤く、つるつるした肌を持っていた。

支度をして、家を出た。

徳田が着いたときにはすでに男たちが全員、集まっていた。

平野は大広間に寝ていた。襖を取り払って造った大広間だった。全員が平野を囲んで坐《すわ》っている。異様な緊張が充ちていた。徳田は末席に坐った。

「医師は迎えにやったのですか」

傍の為造に訊いた。

平野には主治医がいる。高血圧で危篤というのだから絶対安静が必要である。車で運ぶわけにはいかない。医師を迎えるしかなかった。大金を積めば、豪雨の真夜中でも来てくれよう。

「それが……」

為造は青ざめていた。

朝からの豪雨で四キロほど先の道路が崩れ落ちて、通行が不通になっているのだった。電話線も切れていた。

病人を運び出すことも、医師を迎えることもできない状態であった。

「そうですか……」

徳田はうなずいて、寝ている平野に視線を向けた。

坐る前に、徳田は平野が蟹《かに》のように泡を吹いているのをみていた。

中腰になって、病状を窺《うかが》った。徳田の位置からは平野の足しかみえない。中腰になると、どうにか赭ら顔がみえる。

その赭ら顔が痙攣《けいれん》をはじめていた。肩から手も痙攣しているようだった。傍についた家人が拭《ぬぐ》っても拭っても、あとからあとから、泡を吹いている。

白目を剝いているようだった。

徳田は、腰を下ろした。

取り囲んだ男たちの声が跡絶えている。臨終だと思っているようだった。医師からもらってある薬は飲んでいる。それで、こうだから、臨終と思うのは、無理はなかった。

暴風雨は熾烈《しれつ》さを増していた。

平野の意識は混濁したままだった。

平野の嫁のかね代がすすり泣いている。その声だけが部屋に流れている。

床を取り囲んだ身内も、それを取り巻く村人も、無言だった。細いすすり泣きがつづいている。

徳田は、大きな薬罐《やかん》から茶を注《つ》いだ。村人一同に座布団と茶が配られている。

さっきから数杯目の茶であった。しきりに喉が乾いていた。ドブロクの飲み過ぎもあった。

だが、理由は、もう一つある。

足が疼《うず》いていた。しびれをきらしたのではない。平野の容態をみたい誘惑に堪えるのに、精一杯なのだった。

足が疼き、腰が浮き上がろうとしている。

無理に抑えて、茶を飲んだ。

容態をみたところで、どうにもならないかもしれない。徳田は外科が専門だ。それも、内臓外科である。脳外科が専門なら、適切な処置がとれよう。だが、容態をつぶさにみれば、徳田にも助言できる部分があるかもしれない。

平野が意識混濁のまましきりに泡を吹いて痙攣しているのが、徳田には気になった。脳溢血などの症状とはちがうものがある。だが、徳田は、自分を抑えた。

列車の中で子供の怪我の手当てをしたために、太平洋岸の砂丘に死に神の牛窪勝五郎を招き寄せた。そして、郁子を失った。牛窪の巨根に郁子を奪い去られたのである。二度と医療行為はすまいと誓っていた。すれば、あの片腕の、ぜいぜい男がゆっくり歩いてやって来る。哀しい流浪の末にどうにか摑んだ幸せを、またも、牛窪にもぎ取られるのだ。ここを追われたら、二度と安住の地は得られまい。

目を閉じた。

かね代の泣き声がつづいている。

暴風雨は荒れ狂っていた。

どれほどの時間がたったのかわからなかった。

男たちの私語で、徳田は目を開けた。

数人の男が、ひそひそと話し合っていた。真吉が中心になって、何かを提案しているようだった。

やがて、真吉が、徳田の傍に来た。

「決死隊をだして、医者を迎えに行く。徳さんも手伝ってくれ」

「決死隊——何をすればいい」

「全員で、板や丸太を運んで、崩れた道路に橋を渡すんだ。このままでは、危い」

真吉の貌が引きつれていた。

「この嵐《あらし》の中をか」

徳田は、呆《あき》れた。この暴風雨の中で橋など渡せるものではない。まして、急造した橋に車を通すのなどは論外だ。

「やってみるしかない」

「しかし……」

「しかしも、へちまもない」

押し殺した声で、真吉は押えた。

「わかったよ」

徳田は、うなずいて、立った。

かりに橋を渡して車を通したところで、医師が来てくれるかどうかもわからない。強引に連れてきても、医師は、その橋は渡るまい。

そうは思ったが、拒《こば》むわけにはいかなかった。

立ったついでに、平野をみた。

平野は剝いたままのまばたき一つしない白目で、虚空《こくう》を睨《にら》んでいた。痙攣がつづいている。

徳田は、視線を平野に向けたままだった。

男たちが、全員、立っていた。

どの貌も悲壮感に溢《あふ》れていた。唸りながら叩きつけてくる暴風雨を衝いて、崩れ落ちた道路に橋を渡そうというのだ。たしかに、決死の作業といえる。一つまちがえば、犠牲者が出る。

「おい、徳さん」

真吉が、徳田の腕を把《と》った。

男たちが部屋を出かけているのに、徳田だけが突っ立って、平野を凝視していた。

「待って、くれ」

徳田の声が、かすれていた。

徳田は病人の枕《まくら》もとに坐った。

そのときには、徳田は医師に戻っていた。医師以外の何者でもなかった。

「懐中電灯を」

平野を覗《のぞ》きながら、命じた。

にみた。


「おい、徳さん——」

真吉の声が、ふっと、ふるえた。真吉は、いままでの徳さんとはまるでちがう徳さんをそこにみた。

瘦せぎすの徳田が急に大きくみえた。どっしりとしてみえた。

徳田は懐中電灯を受け取った。

瞳孔《どうこう》反射をみた。

徳田には平野の病名がわかりかけていた。

「箸《はし》か何か、先の尖《とが》ったものを持って来なさい」

だれにともなく、いった。

だれかがあわてて箸を持ってきた。それを受け取って、徳田は平野の足に回った。足の裏を箸の尖ったほうで強く引っ搔いた。

ふつうなら、足の指が内側に曲がる。しかし、平野の足の指は外側に反った。そして、指と指との間が開いた。

だれも声を発しなかった。

深い静寂が占めていた。

すさまじい暴風雨の音だけが家を包んでいる。

徳田は、箸を置いた。平野の病状は顕著なバビンスキー反応を示していた。脳障害から来るものだった。病名は高血圧脳症。

足を折り曲げてケルニッヒ反射を調べた。つづいて、アキレス腱《けん》反応や膝蓋腱《しつがいけん》反応も調べてみた。高血圧脳症にまちがいなかった。

徳田は、前に回った。

平野を抱え起こして、首を前に曲げてみた。首はカチカチになっていた。石膏細工に似ている。

典型的な頸部《けいぶ》強直であった。

徳田は、平野を横たえた。

真吉が、あえいだ。

「徳さん――いや、先生！」

「決死隊は、やめだ。その必要はない」

徳田は、笑顔をみせた。

「しかし、病気は――」

「ほっとけば、いまに治る。たんなる高血圧症だ。癲癇《てんかん》と同じだよ」

「先生――」

真吉は、膝を突いた。

「先生は、よしてくれ。徳さんだよ。それより、ドブロクでも出してくれないか」

徳田は、鷹揚《おうよう》に構えた。

家人が酒を取りに走った。

ひとびとに声が戻っていた。

徳田がやはり医師だったとわかった驚きが、部屋に渦巻いた。

徳田はその渦巻きに体を沈めていた。陶酔とおびえが相なかばしていた。麻薬を注射したときの感じに似ていた。陶酔はあるが、麻薬がいのちを蝕《むしば》む毒だとの認識はあった。

陶酔の中に、凶事の忍び寄る跫音《あしおと》を、徳田は聴いていた。

血だと、徳田は思った。

アメリカのある統計によると、名外科医の血筋からは凶悪犯罪者の出る率が高いとある。外科医は血に対するおびえがない。

凶悪犯罪者も、同様であった。

かつては、血が尊いものとされた。そこから、赤色への信仰めいたものが生まれた。高貴な色だとされたのである。いまは、血液信仰はない。赤色が尊ばれることもない。

徳田の家系に外科医はいない。かつてはどうだったのか知らない。家系図などのある家ではなかった。あるいは、先祖に凶悪犯罪者がいたのかもしれないと、徳田は思っていた。

アメリカの統計を知って、そう思ったのだった。医師への捨てがたい恋着が、そう思わせた。

もと、徳田は診療所に勤める衛生検査技師であった。偽医師になったのは、人手不足の院長にすすめられて患者の肛門《こうもん》手術をやらされたのが原因であった。

だれにしろ、肛門などはいじくりたくはない。その院長は乱暴な男だった。検査技師に肛門手術をやらせるのは何も徳田だけではなかった。辞めた検査技師もたいていはやらされていた。偽医師になる原因は肛門手術をやらされたのがきっかけというのが多いのだった。

徳田が最初にあてがわれた患者は、三十なかばの人妻だった。かんたんな手術だった。教わったとおりに、患部に光るメスを入れた。こわごわだったが、ぷるんとめくれた皮膚の中から溢れ出た一条の血が、美しかった。

盛り上がった白い尻《しり》よりも、すっと滲《にじ》み出た血液のほうが、きれいにみえた。心の奥にその光景が刻み込まれた。

それが病みつきだった。

一年ばかり、肛門を切った。難しい技術もマスターしていた。

院長と同格の腕になるまでに半年もかからなかった。一年を過ぎたあたりからは、メスを肛門から他の部分にものばしていた。

医学書を読み漁《あさ》った。

もともと、向学心のある徳田だった。検査技師にドイツ語は必要ではないが、独学で勉強していた。医師へのコンプレックスもあっての独学であった。偽医師をはじめてから、徹底して、習熟した。原語で医学書が読めるまでになった。

いまにして思えば、何かに取り憑《つ》かれたような数年間であった。いくらドイツ語をおぼえ、メスの腕が冴《さ》えても、医師になれるわけではない。それを承知しての、猛勉強だった。

無我夢中の当時は、何も思わなかった。

血筋への疑念が湧いたのは、偽医師として堂々とあちらこちらの診療所、病院を渡り歩いた頃からであった。

危険を悟りながら、どうしても偽医師を辞められない自身の血に、疑念が湧いた。

その疑念は、いまも、ある。

黙っていれば済むものを、何かに魅せられたように平野の枕もとに足を運ばざるを得なかった自分を、徳田は突き放してみていた。苦い、陶酔であった。

凶事をもたらす跫音《あしおと》が聴こえる。

牛窪勝五郎の跫音が聴こえる。

牛窪の巨根の奴隷になった妻の狂態がみえる。その巨根を体に呑み込んで牛窪にしがみついた十四歳の少女の肢体が、みえる。

4

平野利恵《りえ》は未亡人であった。

赤法華で未亡人は利恵だけだ。歳は三十二歳になる。夫と死に別れたのが去年の九月であった。

夫の平野俊一は村長の平野の甥《おい》にあたる。やはり平野家の常雇いであった。材木を運ぶ途中、車の運転を誤って、渓川に落ちて死んだ。

利恵は赤法華を出ようと思っていた。夫を喪《うしな》った未亡人は赤法華では生きてゆけない。生活の面倒は平野家がみてくれる。業務中に死亡したということもあるが、それよりもここではひとびとの連帯意識のほうが強かった。赤法華で暮らすかぎり、面倒はみてもらえる。

問題は性の処理にある。利恵は女盛りだった。男なしで過ごせる自信はなかった。かりに性はなんとか処理できるにしても、このまま、平野家の温情に縋《すが》って生きるのは、わびしかった。そんなわびしい一生を送りたくはなかった。

町に出ようと、利恵は思った。町に出て何をするというあてはなかった。身についた職があるわけではない。しかし、なんとかはなるだろうと思った。料理屋か何かに女中として勤めるのなら、利恵にもできる。

町には男が多い。どんなきっかけから、いい男に見染められないものでもないと思う希《のぞ》みである。美人というわけではないが、男を惹《ひ》きつけるだけのものは備えていると、利恵は自負していた。

利恵が平野鉄太郎に呼ばれたのは、低気圧の通過した日の夜であった。

　鉄太郎は酒を飲んでいた。昨夜、泡を吹いて死にかけたことは、きれいに忘れていた。赭ら顔が濡《ぬ》れて光っていた。上機嫌の証拠だった。

「どうだ、利恵、元気か」

　鉄太郎は濁《だ》み声で訊いた。

「ええ」

「まあ、いっぱい飲め」

　鉄太郎は盃《さかずき》を突きつけた。

　利恵は盃を受けた。世間話をしながら、何杯か飲んだ。

「ときに、利恵」鉄太郎が、ふっと、声を細めた。「おまえ、そのう、男が欲しくはないかな」

「………」

　唐突な質問だった。利恵は貌を赧《あから》めるばかりで答えられなかった。

「俊一が死んで一年になる。もう、男をつくっても、俊一は化けては来るまい」

「いやですわ、旦那さま」

「いやではない。今夜、夜這《よば》いに行かないか」

　鉄太郎は、笑った。

「夜這い？」

「そうじゃ」

「旦那さま、冗談を……」

「冗談ではないぞ。本気だ。相手の男は、徳田先生よ」

鉄太郎は笑いをひそめていた。

「あの先生のところに……」

利恵の首筋が、赤くなった。

「先生は、いま、真吉の家で飲んでおる。へべれけに飲ませる手筈《てはず》になっとる。そこへ、おまえが夜這いをかけるのだ。先生も、女なしの生活だ。決して、拒むまい。かりに拒んでも、手練手管を駆使して、何がなんでもものにするのだ。とにかく、ものにしさえすればよい。あとは、わしに任せておきなさい。どんなてを使うてでも、わしが、おまえを先生の嫁にしてやる。ともかく、ものにすることだ。わかったな。おまえの腕に、赤法華の悲願がかかっておる」

鉄太郎の表情は真摯《しんし》そのものだった。

じっと、利恵をみつめた。


利恵が自宅を出たのは、夜の十一時前だった。鼓動が高鳴っていた。足に力が入らない。どういうのか、大地は踏みごたえを失っていた。

利恵が徳田に夜這いをかけるのは、村の重だったひとびとは承知していた。

徳田が医師なのは疑う余地がなかった。流浪の医師である。流浪するにはそれなりの理由があるのであろう。犯罪を犯して逃亡中かもしれない。それは、赤法華にはどうでもよいことだった。

赤法華には医師が必要であった。その一語に尽きた。医師でさえあれば、人間性は二の次である。詮索《せんさく》する余裕はない。犯罪を犯しているのなら、かえって、好都合であった。脅迫して赤法華に住みつかせることができた。問題は、いかにして徳田を押え込むかだった。正面きってものを申し込めば、徳田は逃げ出すかもしれない。医師でありながら、わびしい流浪をつづけなければならないわけを背負っているのだから、慎重にことを運ばねばならない。

徳田をうむをいわせずに押え込めるのは、女しかなかった。

徳田は女に飢えているはずであった。利恵を抱いたが最後、蜘蛛《くも》の網にかかった昆虫同然だった。網にかかるかどうかに、僻地の無医村である赤法華の悲願がかかっていた。

利恵の体が小刻みにふるえていた。

鉄太郎の命令はいやではなかった。流浪しなければならないわけはあるにせよ、医師と一緒になれるのは、願ってもない幸運だった。

利恵が徳田と関係をつければ、村は徳田と利恵を夫婦にしてくれるという。村で徳田を匿《かくま》ってくれるという。

利恵は医師の妻として、尊敬を受けることになるのだった。男が欲しくての夜ごとの疼きも、解消できる。

眠られない夜があった。眠りの中に男が出てきたりした。犯されて、もだえ叫ぶ夢もみた。想像に男根が出て来た。たいていは巨根であった。思うまいとしても、それは執拗につきまとった。

村の男とねられないわけではなかった。喪《も》があけると、男たちが夜這いに来た。黙って、眠ったふりをしていれば、性欲は充《み》たされる。

その気になれば、毎晩でも交替で男を迎えられるのだった。

一度は、眠ったふりをして際どいところまで弄《もてあそ》ばせた。男が呼吸をふるわせながら、太股を撫《な》で、股間《こかん》に掌《て》を入れてきた。利恵はわれを忘れそうになった。男にしがみつきたいと思った。怒張した男のものを口にしたいと、絞り込むような欲望に衝き上げられた。だが、そうはしなかった。目醒めたふうを装って、男を叱《しか》った。男は無言で組みついてきたが、利恵のたてた叫びで、退散した。結局、自分で処理するしかなかった。

だれかとねると、すぐに男たち全員に知れ渡る。つぎからつぎとやって来る男を拒めなくなる。拒めないままに、堕《お》ちてゆく自分を思うと、哀《かな》しかった。いずれ、共同便所とのあだ名がつくのだった。

徳田と夫婦になれるというのは、利恵には望外のことだった。

赤法華の悲願もかかっている。

一年ぶりに男を迎えるのだと思うと、昂《たか》ぶりは抑えきれなかった。

徳田の家の前に立った。月明が皓《しろ》く周辺を染めていた。冬を告げる虫が庭先で澄んだ声をたてていた。

利恵は鼓動を無理に鎮《しず》めて玄関の戸に手をかけた。鍵《かぎ》をかける習慣のない村である。

戸は音もなく開いた。

胸が苦しかった。

手探りで忍び寄った家屋に、ドブロクに酔っぱらったらしい徳田の高鼾《たかいびき》がきこえた。

利恵は床に這い寄った。呼吸が乱れて、かすかにあえぎが出ていた。布団の傍に寄った。ガラス窓から月明りが忍び込んでいる。あえかな月明りの中に、徳田の寝姿がみえた。

布団をはねのけて大の字になって眠っていた。浴衣《ゆかた》が乱れて毛脛《けずね》が剝き出ている。

長い間、利恵は見守っていた。

徳田は醒める気配がなかった。深い眠りに落ちていた。たいていのことでは目を醒ましそうにない眠りのようだった。

利恵は手を伸ばした。そっと、剝き出た徳田の毛脛《けずね》に掌を置いた。

平野鉄太郎から、失敗は許されないぞと念を押されていた。とにかく、理屈より先に女の体で絡め取るのだと指示されていた。犯罪者か逃亡者かはしらないが、相手は学問のある医師だ。考える余裕を与えると、厄介なことにならないともかぎらない。

掌を置いたままでいた。暖かい肌だった。ややあって、利恵はすこしずつ、掌を上に這わせた。絡め取れといわれても、どうしたらよいのかわからない。中途半端に目を醒まさせたら、驚きの余りに飛び出して逃げるかもしれない。考えられることといえば、目を醒ましたときには、もうどうにもならないところに持ってゆくことだった。

太股に、ゆっくり掌を這わせた。

徳田の鼾はやまない。

鼓動の高鳴りを押えて、浴衣をめくった。

男が夜這いに来たときと同じだった。男は、寝息を窺《うかが》いながら、すこしずつ、すこしずつ、女を剝いてゆく。ちがうのは、女は眠ったふりをして、男の指が触れるのを肌をちぢめて待っているが、徳田は高鼾をかいていることだった。

パンツをはいていた。徳田は足を開いている。脱がすのは容易ではなかった。脱がそうとすれば、いくらなんでも、目醒める。それを慮《おもんぱか》って、利恵は剃刀《かみそり》を持ってきていた。男が夜這う場合も、そうする。剃刀で音もなくパンティを切り裂くのだ。剃刀の刃を当てて、ゴムを切った。つづいて、布をすこしずつ、切り下げた。

じきに、徳田の股間が剝き出された。暗いからそれがどうなっているのかはみえない。

利恵の貌が火のように火照《ほて》っていた。指がふるえている。

そっと、触れてみた。死んだ蛸《たこ》のようなものに指が触れた。その感触が、利恵に悪寒に似たものを生んだ。一年ぶりに触れる男根であった。いまに、死んだ蛸は甦る。女を突きつらぬくべく、雄大に頭をもたげるのだ。指で包んだ。真綿《まわた》で扱うような扱いだった。生暖かいものを指で挾《はさ》んで、ゆっくり、かすかに、擦《こす》りはじめた。片手は睾丸《こうがん》に当てた。

利恵は、喘《あえ》いでいた。どうなるかの境目だった。目が醒めて、驚きのあまりに逃げ出すか、それとも、わけをきいて怒り出すのか。目が醒めたときには、すでに怒張していて、相手が狐《きつね》の化けた女であろうと、もう、押し倒し突きつらぬくほかにどうにもならないところまで持って行けたら、利恵の勝ちだった。

利恵は祈った。祈り、喘ぎながら、愛撫《あいぶ》をつづけた。

徳田の高鼾はやまない。

鼾をかきながら、徳田のものは膨《ふく》れはじめていた。すこしずつ、すこしずつ、利恵の掌の中で甦りはじめている。

ふいに、徳田が、何かいった。

利恵は、硬直した。

徳田のものは、半分ばかり膨れていた。鼾がやんでいる。利恵は掌を当てたままだった。離すと、悟られそうなおびえがあった。

徳田は何かいっていた。何をいっているのかわからない。うわごとのようなことばをはきながら、右手を自分の股間に下ろしてきた。自分のものを握った。利恵の手の上からだった。利恵は竦《すく》んでいた。徳田は利恵の手の上から自分のものを二、三度、擦《こす》った。その擦った手で胸を引っ掻いて、また、鼾をかきはじめた。

利恵の肌に、汗が滲み出ていた。ゆっくり、擦りはじめた。こんどは、待っていたように徳田のはみるみるうちに膨れ上がった。利恵の指が弾《はじ》かれるほどの怒張であった。

利恵の脳裡に炎が燃え狂った。制禦《せいぎょ》の方法のない炎だった。怒張したものがいとおしかった。夢にまでみた男根であった。それが自分の掌の中ではち切れんばかりになっている。利恵は夢中で口をつけた。口に含んだ。喉の奥に届くまで含んだ。逞《たくま》しい男根だった。眠っていながら、怒り狂っている。もう、目を醒まそうが、かまわないと思った。昂《たか》ぶりきっていた。はげしい勢いで吸い、舐《な》めた。

徳田の鼾がやんだ。やんだが、利恵は吸うのはやめなかった。片手で睾丸を愛撫しながら、夢中で貌を上下させた。

徳田は、混乱していた。郁子の夢をみていた。郁子と性交をしている夢をみていた。射精しそうになって、目が醒めた。醒めてすぐは、夢と現実の境がわからなかった。夢のつづきのような気がした。いつものように、郁子が懸命に舐めているのだと思った。

ドブロクの酒酔いの中で、ぼんやりしていた。

徐々に、夢ではないことに気づいた。しかし、ここがどこなのかを思いだすまでに時間がかかった。最初は、芸者を買ったのかと思った。男根を喉まで呑んでいるのは女だった。女の感触が股間全体にどっしり蹲っていた。

流浪を思い出し、偽医師を思い出し、牛窪を思い出したそのあとで、赤法華が浮かんだ。ドブロクに酔って眠ったことを思いだした。だれか、どこかの人妻が夜這いに来たのだと思った。それ以外に考えられなかった。どうしようかと思った。声をたてるべきかどうかに迷った。声をたてても逃げる気配はなかった。

女は傍若無人に吸い、舐めていた。

徳田は、考えていた。逃げられては大損をすると思った。殺されてもかまわないと思うほどの快感が襲いかかっている。声が、口を衝いて出そうになっていた。たまりかねて、そっと手を下ろしてみた。

その手が、途中で摑まれた。摑んだのは、やわらかい女の手だった。それで、徳田は、安心した。吸っているのが男かもしれないとの危惧《きぐ》がないわけではなかった。変態野郎のオカマ野郎がいて、夜這いに来たのかもしれない。だいたい、人妻が夜這いに来るなど、できすぎているという気がしたのだった。

女は吸いつづけている。すばらしい舌と唇と歯であった。絶妙の口技だった。女は、握った徳田の手を自分の胸に導いた。その間も、口は休まなかった。

徳田の手は、重苦しいほどの乳房に導かれていた。夢中で、乳房を摑んだ。

——狐かもしれない。

狐でもかまうものかと、徳田は思った。ともかく、終わるまで人間の女でいてくれればよい。

ああと、徳田は、うめいた。

5

徳田は、目が醒めた。

陽が昇っていた。ガラス窓から陽光が射し込んでいる。

目が醒めた瞬間に、昨夜の女のことが甦った。だが、たしかめるまでもなかった。女は徳田の腕の中で眠っていた。互いに素裸だった。女は、徳田の足を太股に絡め取っている。

徳田は安心した。

狐ではなかった。

昨夜、徳田と女は狂い回った。女は、何も訊かないで抱いてほしいといった。異存はなかった。はてて、女と抱き合って眠ったのだった。

ドブロクの酔いが残っていた。目が醒めた女が、徳田にしがみついてきた。陽の光でみる女は、美しかった。わりと整った容貌の持ち主であった。体は昨夜、みていた。隅から隅まで舐めた記憶がある。豊かな肢体を持っていた記憶がある。

女の貌をみているうちに、女の素性を思いだした。

村でただ一人の未亡人である平野利恵であった。貌を見知っていた。利恵だとわかって、徳田は安心した。何かわけがあって、人妻が夜這いに来たのだろうと思っていた。先方から忍んで来たとはいえ、人妻なら、ただでは済まない。そう思いながら、抱いて眠った。

酔いが、どうでもいい思いにさせていた。

未亡人なら、どうということはない。

「有難うよ」

徳田は、利恵の腰を抱き寄せて、礼をいった。

「いえ。礼をいうのは、わたしのほうです。それに、お詫《わ》びを……」

利恵は陽の光の中で貌を赧らめた。

「夜這いのかね」

「ええ」

「よく来てくれた。わたしは、有難いと思っているよ。詫びることはない」

唇を重ねた。利恵は舌を差し入れてきた。つぎには徳田の舌を求めた。貪欲に吸いつづけた。

吸われているうちに、徳田はふたたび、燃えた。

利恵は男に飢えていた。愛撫のしかたで、それがわかる。狂い回るようなはげしさであった。

口と舌を使って男をたしかめずにはいられないという粘液質の昂ぶりであった。

吸いながら、手を徳田の股間に入れてきた。徳田は布団をはねのけた。起きて、怒張したものを、利恵の貌に近づけた。利恵が口を開けた。徳田は利恵の貌に被《かぶ》さって、含ませた。飢えているのは、徳田も同じだった。

じきに、徳田は、利恵の股間に入った。貌をつけた。利恵があえぎはじめた。むせび泣くような低いあえぎ声が、部屋を埋めた。

徳田は、利恵をうつ伏せにして、尻に口をつけた。汚いとは思わなかった。女の体は尊かった。爪先《つまさき》から頭まで、尊くないところはなかった。できるものなら、女の生殖器の中に体ごと入ってしまいたかった。その中に棲みたいと思った。

流浪の荒野が消えていた。荒涼の野に結ぶ悽愴《せいそう》の夢が、消えていた。

利恵が白い尻を打ち振って、もだえた。徳田は、その尻に乗った。利恵の両手を手綱がわりに把《と》った。利恵は背をのけぞらせ、乱れた髪を打ち振って、もだえた。

脂の凝《こ》り固まったような真白く盛り上がった尻が、突き動かされて揺れていた。

やがて、徳田は、はてた。はてても、しばらくはそのままでいた。

「先生。わたしを捨てないで」

徳田を呑んだまま、利恵が細い声で哀願した。

捨てはしない。これほど貴重なものをだれが捨てるものかと、徳田は自分にいいきかしていた。

だれかの訪《おとな》う声がした。

利恵にそっとしているようにいっておいて、徳田は土間に出た。

土間に出て、驚いた。

羽織袴《はかま》姿の平野鉄太郎が立っていた。その背後に、これも正装姿の十数人の仲間が並んでいた。男たちは酒と料理らしいものを抱えている。

「いったい、これは……」

徳田はわけがわからなかった。

仕事にも出ずに、陽が高くなっても利恵とねている。だれかが、仕事をさぼったことを怒るか、利恵とねたことを知って怒鳴り込んで来るのならわかる。

鉄太郎の厳粛な貌と正装をみて、何事が起きたのかと思った。

「おめでとうございます。先生」

鉄太郎が土間で深々と頭を下げた。

男たちがそれに倣《なら》った。

「おめでたい――何がです」

「隠しちゃ、いけません」

鉄太郎は、表情を変えない。

「隠す――何を」

「出てきなさい、利恵」

鉄太郎は、奥に向かって呼んだ。

利恵が出て来て、徳田の傍に三つ指を突いて、一同に丁重な辞儀をした。

「これから、夫婦固めの宴会を開かせていただきます。むろん、異存はございますまいな」

鉄太郎の赭ら顔が徳田を睨んだ。

「夫婦固め……」

「それとも、利恵は、一夜、弄んだだけだとおっしゃるのですか。わが赤法華には、平家落人の昔からのしきたりがございましてな。村の女を犯した者は容赦なく制裁することになっておるのですぞ」

「しかし……」

「ただし、犯された女が独身であって、その男を好きになり、結婚すると意思表示するなら、別です。利恵に訊いてみよう。いかがかな、利恵」

「先生と、結婚します」

「ほら、みなさい」

鉄太郎はまた、徳田を睨んだ。

徳田は、黙っていた。仕組まれた罠だったのを、ようやく悟っていた。そういえば、利恵の夜這いは異様だった。かりに、男に飢えて我慢できずに忍んできたにしても、終われば暗いうちに帰るはずであった。

「いかがです。制裁のほうを選びますかな」

「制裁というと」

「村人全員が青竹で一人十回ずつ打ちのめします。その上で、警察を呼ぶことになっとります」

恫喝《どうかつ》のこもった目だった。

「…………」

「もちろん、夫婦固めをすれば、先生はこの村では丁重にもてなされます。医師としてね。これは断言しておきますが、当赤法華だけの医師です。いうなれば、秘密の医師です。そこのところの意味は、おわかりになりますな」

「ええ」

うなずくしかなかった。

鉄太郎は、鞭《むち》と飴《あめ》の両方で徳田を慴伏《しょうふく》させようとしていた。得体《えたい》の知れない策士にみえた。蟹のように泡を吹いて死にかけていた鉄太郎とは別人にみえた。

「それでは、決まりましたな」

ようやく、鉄太郎は笑った。

「一つだけ、注意しておきますが、夫婦固めをした以上、逃げ出すことは許されませんぞ。そういう不誠実な人間は、警察に届けることになっとります。お忘れないように」

何かを心にねじ込むような目で、徳田をみた。

徳田は肚《はら》をたてた。凶悪犯罪者か何かと思っているようだった。二言目には警察を持ち出す狡猾《こうかつ》さが、いやらしかった。だが、反発する気力はなかった。罠にかかった兎《うさぎ》であった。どうなるものでもなかった。

徳田と利恵は夫婦になった。

利恵の家で住みはじめていた。

手頃《てごろ》な広さの家であった。庭もあった。野菊《のぎく》と葉鶏頭《はげいとう》が咲いていた。葉鶏頭はすでに枯れようとしている。季節の深まりが感じられた。

徳田はすることがなかった。山仕事からは放免されていた。ときに、病人が訪ねてきた。リュウマチ、腰痛、怪我、腹痛など、病名はさまざまであった。徳田は話し相手になって、助言を与えた。老人たちは一時間でも二時間でも喋《しゃべ》った。自分の一代を喋る者もいた。喋り終えると、病気は忘れたように晴ればれとした表情で帰った。

ふつう、医師の診察は数分である。大病院なら、二、三分だ。患者は訴えたいことの十分の一も訴えられない不満を抱いている。医師が一時間でも二時間でも話をきいてくれるというのは、想像のほかであった。晴ればれした貌になるのはとうぜんであった。

病気を深めるのは鬱屈《うっくつ》した精神状態である。徳田は、それを心得ていた。

薬が必要な病人には、病状を丁寧に説明してやって、町の医師にかからせた。その必要のある病人はめったになかった。

赤法華が必要としているのは、医師そのものではなくて、医師がいるという安心感であった。

徳田は、自分の専門は内臓外科だと平野に話してあった。もちろん、内臓外科でも内科もこなせば、産科もこなす。痔《じ》も治せば、ウオノ目も取る。専門外のことにも知識がなければ、医師は勤まらない。

専門は話したが、過去は話さなかった。村人の想像にまかせた。しかし、だれも、そのことについては訊こうとはしなかった。ただ、鉄太郎とは固い約束が交わしてあった。絶対に、徳田のことは村の外に洩《も》らさないという約束であった。

鉄太郎は胸を叩いて、請け負った。

安寧《あんねい》そのものの日がつづいた。利恵はよく尽くしてくれた。陽の当たる縁側に寝転がっていると、傍に来て、膝枕をしてくれる。耳掃除をしてくれる。鼻毛を切ってくれる。徳田がうたたねをすると、目を醒ますまで膝枕をしていてくれた。

することがないから、昼間からたわむれた。陽の射す濡れ縁で、利恵を裸にして弄ぶのだった。そんなとき、徳田は放心して利恵の白い裸身をみつめていることがあった。信じられないような平穏であった。それを、ぼんやりとみつめていた。

利恵は徳田には徹底して従順であった。求めれば、どんなことでもしてくれた。そして、引き締まった体はほどよく美しかった。

陽の中に横たえた利恵の重い乳房を吸ったり、ふくら脛《はぎ》や太股に唇をつけていると、ふっと、その平穏さが徳田を放心に誘い込むのだった。利恵はそんなときには、心配そうに徳田の目を覗いた。縋りきった女の不安が瞳《ひとみ》に出ていた。夫婦固めはしたといっても、籍に入ったわけではなかった。

徳田は前身を何も語らない。それが不文律だから利恵も訊《たず》ねることはしない。何も訊ねないで懸命に尽くそうとする利恵の心が、哀れだった。

ある日、徳田は、濡れ縁で利恵を抱いていた。利恵に縁に両手を突かせて、差し出させた尻を抱いていた。その恰好《かっこう》が利恵も徳田も好きだった。だれにも覗かれはしないが、家の中とはちがうスリルがあった。

利恵が声をたてている。それをききながら、徳田は、尻を抱いていた。美しい尻だった。背筋の凹《くぼ》みも美しく真っすぐに走っていた。

突きたててはてようとしたとき、徳田は何かの黒い影が利恵の背をよぎったのをみた。

徳田の体が硬直した。尻を抱きしめたまま、周囲を見回した。

何も変わったことはなかった。

徳田は悪寒を溜《た》めていた。

何ものかの影が利恵の白い背をかすめたことはまちがいなかった。だが、どこにも、なんの気配もない。

「どうかなさったの？」

利恵は濡れ縁に手を突いているから、自身の背をかすめた黒い影はみていない。

「いや、別に」

錯覚だったのかもしれないと、徳田は思った。影はたしかにみたのだが、その影は自身の心に生じたものだったかもしれない。

平穏な日々がつづいている。衣食住にはなんの心配もない。女まであてがわれている。徳田にはもったいないような女だ。村人からは尊敬されている。

駘蕩《たいとう》とした日々が流れていた。偽医師へのおびえもない。ここでは偽医師であろうが犯罪者であろうが、問題にはならない。必要なのは医師の腕であった。

牛窪勝五郎へのおびえもない。

牛窪に追われて行くあてもなく流浪していた哀しい日々から較べると、この平穏は貴重であった。二度と失いたくはない。二度と流浪生活には戻りたくはないとの思いがある。この思いが生んだ影だったのかもしれない。

はたしていつまでこの幸せがつづくものかとの疑念がある。現状が幸せすぎると、ひとは、いつかは去って行く幸せを思う。時は移り過ぎるものだし、吉も凶も移り過ぎるものである。ゆるぎのない磐石《ばんじゃく》の幸せなどというものはないと、承知している。

幸福な日々であればあるほど、いつかはやって来るであろうまがごとを思うのが、人間である。

黒い影はそれであったかもしれない。

徳田は、利恵の白い尻を責めはじめた。

豊かな尻だった。責めながら、徳田は、黒い影のことは忘れようと思った。おびえは人を不幸に引きずり込む。まがごとをみる者は、まがごとを招き寄せる。

利恵が低い声をたてていた。

徳田はふと、利恵のすすり泣きに似た声に、よろこびにふるえる白い体に、女が秘めている背徳を感じた。

女は背徳の中に生きているという気がした。利恵は夫とも同じことをした。夫の生きている間は、ほかの男にこのようなことをさせるとは思わなかったにちがいない。

妻が、そうだった。牛窪の女になるなどとは、想像もできなかった。妻自身も驚いたにちがいない。牛窪の奴隷になって、自らを燃やした。

燃えたたせた炎は背徳である。女としての倫理に背《そむ》いていると思う心が、女に炎を生みつける。妻は牛窪の巨根に溺《おぼ》れたのではない。自分自身の背徳に溺れたのだった。

女とは便利な生きものだと思う。屈辱を受ければ受けるだけ、それが身を灼《や》く炎となる。利恵は白日の庭先で、徳田に尻を差し出している。その姿態が、利恵を昂ぶらせている。

本質的には、女には相手はだれでもかまわない。男でありさえすればよかった。男に屈辱的な姿態をとることで、欲情が昂まる。女は男根にではなく、自身の背徳に炎を掻きたてられる。

女は信頼できない。だれにでも、こうして尻を差し出すことができる。そして、信頼できないからこそ、男は、女に、どうにもならない身を滅ぼすような嫉妬《しっと》を抱く。信頼できないからこそ、女は尊い存在となる。

徳田は、女を憎んで、女の白い体を憎んで、突きたてた。

6

平野貴子《たかこ》は赤法華に里帰りしていた。

貴子は、二十七歳になる。結婚して、会津若松に住んでいた。

その日は、父母が親戚《しんせき》の不幸で大阪に出掛けたあとの留守居に戻ったのだった。

翌日は夫が来ることになっていた。

夜。

貴子は独りで寝ていた。

何かが足に触れて目が醒めた。それまで、夢をみていた。足に何かが触れているのは夢の中にも出ていた。夫が足を愛撫しているのだと、貴子は夢の中では思っていた。

醒めて、自宅ではないことを思いだした。暗闇《くらやみ》の中で、何者かがふくら脛を撫でていた。

悲鳴をたてながら、貴子ははね起きた。だが、悲鳴は短かった。無言で、拳《こぶし》が腹に打ち込まれていた。

気づいたときには、縛られていた。後ろ手に縛られている。全裸にされていた。その上、口にはガムテープが貼《は》られている。明りはついていなかった。真の闇だった。

その闇の中に男が潜んでいた。

貴子は尻で這って逃げようとした。犯された上で、殺されるかもしれないと思った。男は、赤法華の人間ではあるまい。昔から夜這いの習慣はあったが、盗みや、強姦などの犯罪は皆無だった。村の男で、こんなことをする者はいない。

貴子は引き倒された。男は無言だった。闇の中だから、姿はみえない。息だけが荒い。

貴子は観念した。せざるを得なかった。家にはだれもいない。それに、深夜だ。どうなるものでもなかった。

男の手が乳房を握った。貴子はあお向けに転がされている。男は両の乳房を揉《も》みはじめた。じきに、男は乳房を吸った。

貴子は、男が素裸になっているのを知った。硬直した男根が太股にあたっている。男は乳房を吸いながら、貴子の左足を挾んで、擦っていた。

男が胸に乗った。男は、自分のものを乳房に挾んで擦りはじめた。

それが済むと、男は部屋を出た。

貴子は逃げることを考えた。足は縛られていない。走って出れば、あるいは逃げられるかもしれない。

男は帰ったのではなかった。射精はまだだった。目的をはたさずに帰るとは思えない。何かを企《たくら》んでいるのだ。

逃げるならいまだと思った。

だが、貴子は、立たなかった。

素裸だった。それはいいとしても、後ろ手に縛られている。追われたら、かんたんにつかまる。怒らせてはまずい、殺されるおそれがある。そう、自分にいいきかせた。

水の音がしている。男は水を飲んでいるようだった。やがて、男は戻ってきた。

貴子は引き起こされた。男が貴子の両足を持って開いている。何をされるのかわからないままに、貴子は足を開いた。

男は、貴子の腰を持って、屈めと、意思表示した。

貴子は中腰になった。男の手が股間に入っている。そのときになって、水の音がした。貴子は男が何をしているのかに気づいた。男は洗面器に水を汲《く》んできているのだった。

男は洗いはじめた。貴子は尻を水に落としていた。男はたんねんに洗いだした。一つ一つ、ひだを洗っている。貴子は諦《あきら》めて男のなすがままになっていた。逃れるすべのないのは最初からわかっている。こうなれば、男に従うしかなかった。

男の指が器用に動いている。反応だけはするまいと、貴子は思っていた。

しかし、それがあやふやになりかけていた。

男が、股間に貌を埋めている。

貴子は、いまは、完全に男に征服されていた。男は執拗に舐めつづけていく。軽く嚙んだり、吸ったりが十分近くもつづいていた。

貴子は自分を失ってしまっていた。堪えることは不可能であった。抑えようとしても、体の芯《しん》から快感が湧《わ》いて出て、自制をはねのけた。どうなってもかまわないと思った。早く、男につらぬかれたかった。

男は舐めつづけている。

体から、何かを吸い取られてしまいそうなおびえがある。男が股間から貌を離した。貴子はガムテープの下でうめいていた。どうにもならない快感に、うめいていた。男はとっくに貴子が反応しているのは承知しているはずであった。舐められながら、貴子は腰をくねらせていた。

男が、ガムテープをはずした。

「おねがい。あなたの思いどおりになります。絶対に逆らわないから、テープを貼らないで」

貴子は哀願した。

男は答えなかった。終始、無言だった。

黙ったまま、貴子の両手を前で縛りなおした。縛りなおして、男は貴子の貌の前に立った。押しつけられたものを、貴子は口に含んだ。夢中で含んだ。喉まで、入れた。

男があお向けに横たわった。

貴子は男の股間に入った。縛られた手で男のを擦り、舐めた。

男が、かすかにうめいている。やがて、貴子は這わされた。男が尻を抱いて、挿入してきた。大きいと、貴子は思った。完全に男のものは貴子を塞いでいた。

「ああッ」

貴子は尻を振って、声をだした。男が責めはじめる前に、貴子は昇りつめていた。

貴子は縛られていた。

針金で後ろ手に柱に縛られている。逃れようともがいたが、針金の切れる気配はなかった。素裸だった。股間に男の放出した精液が溜まっている。人生が終わったのを、貴子は知った。

男が去ってから四、五時間になる。

夜が明けはじめていた。

決してだれにも告げないから、縛らないでほしいと哀願したが、男は答えなかった。黙って、縛りなおした。その上、口にガムテープを貼った。

そして、出て行った。

夫が昼過ぎに来ることになっていた。夫にだけはこの姿をみられたくなかった。その前にだれかに解いてもらわねばならない。だれに解いてもらおうと、夫には知れる。ただ、この姿は、みられたくなかった。

貴子は告訴するつもりだった。許せなかった。犯しただけなら、許す。許すも何もない。貴子は男に狂ったのだ。なんども、なんども昇りつめた。最後には、失神さえした。

失神から醒めたときには、男はまだ尻に乗っていた。貴子は男に責められているうちに、ふたたび、快感に襲われた。

自分をおそろしく感じた。

異様な感覚が貴子に取り憑いていて、そこからはてしがないように黒い炎が裂けて燃えあがるのだった。男を恨む気持ちなどはかけらもなかった。どうせだれもいない家である。そのまま、男に朝まで抱かれてねたかった。男をいとおしくなっていた。男が望むなら、ずっとつき合いたいとさえ思った。生まれてはじめての、自分を壊しそうな思いのするほどの快感を、男に植えつけられたのだった。

だが、男は、縛った。貴子が凌辱《りょうじょく》されたことを村人にも夫にも知られざるを得ないように、縛り上げて帰ったのだ。

男は、その必要はないのに、貴子の人生を壊そうとした。

それが狙《ねら》いだったような気さえした。

貴子は人声か足音を、待っていた。

夜は明けている。

深い自己嫌悪があった。嫌悪というよりも憎悪だ。犯されただけなら、まだしも救われた。どうするすべもなかったのだ。

だが、洗面器で洗われているうちに、男の指に屈伏していた。しかたがないのだから屈伏しようと、思った。反応するのが正常なメカニズムなのだと、自身を納得させた。そうなってからは、われを忘れた。その自分に、深い、どうにもならぬ憎しみがある。

男がだれかは、わからない。告訴をすれば警察が割り出そう。犯人が捕えられたときには、貴子は対決しなければならなくなる。そのときのことを思うと、心が萎《な》えた。

犯人は貴子を征服している。貴子は征服されて、もだえ、泣いている。おぞましい自分だった。そのことを犯人に指摘されたらとの、おびえがある。

舌を嚙み切って、死にたかった。

だが、死ねないことはわかっていた。一晩中、考えた結論が、そうであった。

男に復讐《ふくしゅう》をしなければおさまらなかった。そのためには、自分が破壊されることも覚悟の上であった。縛りさえしなければ何事もなく終わったものを、男は貴子を破壊させるために縛ったのだ。自分が壊されるのなら、男も、壊してやる。貴子のとる道は、それしかなかった。


赤法華は大騒ぎになった。

貴子が強姦されたことはたちまち村中に伝わった。ひとびとが走り回った。

徳田は、橘真吉に事件を教えられた。

「徳さん。えらいことになった」

真吉は息を切らして、走り込んできた。早口で、事件を説明した。

「村長が、村人全員に足止めを命じた。町の警察がじきにやって来る。だれ一人として家を離れるな。警察の捜査に協力するのだ。どんなことをしても憎むべき犯人を割り出す——村長は、そう怒鳴っている」

「それで、犯人の心当たりは？」

徳田の眉《まゆ》が曇っていた。

「わからん。犯人はひとことも口をきかなんだそうだ。暗闇だから、人相も年頃も不明だ」

真吉は興奮していた。

「そうか……」

「ただし、現場に犯人の遺留品があったそうだから、警察が来れば、わけなく犯人を割り出そう」

「遺留品？　なにかね、それは」

「妙な鋏《はさみ》だ」

「妙な鋏？」

「変てこりんに曲がったやつだ。犯人はそれで、貴子の下着を切ったらしい」

「そうか……」

「えらいことになるぞ、こりゃ」

真吉は目を炯《ひか》らせていた。

徳田は、真吉を見送った。

真吉の姿が消えると、すぐに家に入った。

リュックを引き出して、詰められるだけの食糧を詰めた。

庭に出て、周辺を窺った。

徳田の家は庭の先が森になっている。人の気配のないのをたしかめて、森に走り込んだ。あとは夢中で走った。息のつづくかぎり、走った。

遺留品の鋏は外科の手術用に使うものだった。

——利恵が戻ったら、どう思うか。

利恵は昨夜は留守だった。

会津若松で催された高校時代の同窓会に出て、そのまま一泊していた。

走って逃げながら、利恵の動転する貌を思い浮かべた。

利恵が赤法華に戻ったのは、朝の十時過ぎであった。

家に数人の警察官が待ち受けていた。村長の平野鉄太郎もきていた。

警官をみて、利恵の足が竦んだ。夫の徳田の身に何かあったのだ、と悟った。徳田の過去がばれたのだと思った。

「徳田は、どうした」

平野が最初に訊いた。

「知りません。でも、いったい、何が……」

貌から血の気が失せていた。

「ゆうべ、平野貴子が強姦された。現場に、外科医の使う鋏があった。この村では、あんな鋏を持っているのは、徳田だけだぞ」

平野は怒気を浮かべていた。

「それで、うちのひとは……」

「朝は、居《お》った。しかし、いまはどこにも姿がみえん。逃げたのだ。わしは、飼い犬に手を噛まれたことになる」

「でも、まさか、あのひとが……」

「わかりはせんぞ。やつは医師のくせに、流れ歩いとった。たちの悪い凶状を背負っておるのだ。わしの親切をよいことに、行きがけの駄賃に貴子を嬲《なぶ》りおってからに……」

肚立ちで血圧が高くなり、貌が赤黒くなっている。

「捜せ。家の中を。やつが逃げたのかどうかをな。おまえになら、わかろうが」

平野は、徳田の身分を明かさないとの約束は無視した。捜査員が来て、鋏をみて、外科医の使うものだと断言した。それをきき、徳田の姿がないときいて、平野は逆上した。

村の人間で貴子を犯す者はない。百歩を譲って、だれかがやったのだとしても、素裸にして縛ったままで帰るようなことはしない。そんなことをすれば、貴子の生涯をだいなしにする。

徳田にちがいなかった。徳田は凶状を背負っている。何かで村を逃げださなければならないことになったのだ。行きがけの駄賃に貴子を強姦したのにちがいない。あるいは、徳田は貴子が独りだと知って、出来心を起こしたのかもしれない。ちょうど、利恵は留守だ。ひとことも喋らずに暗闇で犯せばわかるまいと思った。だが、鋏を忘れてきた。その失策に気づいて、逃げだしたのだ。貴子を縛ったままにしたのは、徳田が変質者だからであろう。

医師のくせに流れ歩かねばならないくらいだから、悪質の変質者であって、おかしくはない。

平野はそのことを捜査員に告げた。

捜査員は徳田の人相を署に告げて緊急手配を要請した。

犯人は徳田だと鵜《う》呑《の》みにした。鋏のことをきいて逃げだしたのだから、まちがいない。

村は湧きかえっていた。

徳田は山に逃げたものとみられた。

激怒した平野は追跡隊を集めていた。人数が揃いしだい、出発させるところだった。

利恵は家に入った。

手足がふるえている。まさかあのひとが、まさかあのひとがと心につぶやきながら、部屋を見て歩いた。

動転していて、何がなくなっているのかわからなかった。

「どうなんだ」

平野が入ってきて、嚙みつくように訊いた。

「なにも……」

利恵は体をちぢめて、首を振った。

「食糧をみるんだ！　やつが山に逃げたのなら、食糧がなくなっているはずだ。さっさと、調べろ」

怒鳴られて、利恵は冷蔵庫を開けた。

立ちくらみがして、ドアに縋った。

ほとんどが空《から》になっていた。

7

徳田の行方は知れなかった。

逃亡とほとんど同時に警察が各地に検問を設けたが、徳田は網にはかからなかった。

平野が集めた追跡隊が山狩りに出たが、これも足跡を得ることはできなかった。

消えたまま、数日が過ぎた。

利恵は終日、家にいた。ぼんやりと過ごした。警察の調べで、徳田の身許《みもと》がわかっていた。

偽医師だった。十年以上にわたって堂々と偽医師をしていた。最後は江古田病院に勤務していた。そこで手術に失敗した。患者は暴力団員である。廃人同様にした。報復をおそれて、徳田は逃げだしている。偽医師摘発がきびしくなりかけてもいた。

新聞がそのことを記事にした。

〈偽医師・婦女暴行で追わる〉

そのタイトルが大きかった。強姦容疑のほかに、医師法違反で徳田は警察に追われることになったのだった。

利恵は終日、ぼんやりと庭をみて過ごした。幸せの衣を剝ぎ取られて素裸にされたような寒々しさがあった。急転直下ということばが思いだされた。

平野に命じられて徳田に夜這いをかけたのが、つい昨日のことのように思える。村人総出の盛大な夫婦固めの宴が偲《しの》ばれる。新婚の生々しい生活が、網膜にある。倦《う》みもせずに毎日毎日求め合ったはげしい恋が、網膜にある。

いまは、何もない。利恵は裸にされて、放り出されている。決して戻らない幸せの夜だった。二度と、徳田と遇うことはない。強姦容疑と医師法違反で追われている人間に安住の地はない。

みつめる庭に、冬が忍び寄っていた。

なんどか、この庭で白昼、徳田に尻を差し出して愛を求めたことがある。身心を灼き尽くさねばおさまらないような炎があった。いまは、その炎は蓋《ふた》をされている。

永遠に蓋をされたままで終わるかもしれないおびえがある。

鱗粉《りんぷん》が剝げ落ちて死にかけた蝶《ちょう》が一匹、枯れ草に止まっている。

――なぜ、そんなことをしたの。

利恵は徳田に問いかけていた。

徳田がなぜ貴子を襲ったのかが、わからない。徳田は利恵を愛していた。それは、まちがいない。一緒になって一か月足らずだ。魅力が褪《あ》せるほどの月日が流れたとはいえない。それとも、徳田はその性格に獣性を秘めていたのか。

貴子の膣《ちつ》から検出された精液および現場に落ちていた陰毛、頭髪などから得た血液型は、O型であった。徳田もO型であった。鋏のこともある。徳田の犯行とみるしかなかった。

哀しみと憤りと絶望が、皮膚を染めていた。

村を出るしかあるまいと思った。

徳田が逃げ出て九日目であった。

利恵は、布団の中で目を醒ましていた。

冬の風が戸や障子に鳴っている。時刻は夜半をだいぶ回っていた。眠れなかった。

事件以来、ほとんど家を出てなかった。逼塞《ひっそく》したままの日々だった。夜になるのがこわかった。心が塞いでいて、眠りが訪れないのだった。

風の音に混じって、何かが家に忍び込んだような気がした。戸を開けて、閉めたらしい。かすかな物音を利恵はきいた。だれかが夜這いに来たようだった。

利恵は闇の中で瞳を開けていた。

だれなのと誰何《すいか》するだけの気力がなかった。どうでもよいと思った。それほどまでに男が自分をほしいのなら、自由にさせてやってもよいではないかと思った。どうせ、近いうちに村を出る利恵だった。

闇の中に男が這い寄っていた。

息を殺し、物音を殺して、這い寄っている。

利恵はおだやかな寝息をたてていた。男に、自由にさせるつもりでいた。惜しむ体ではなかった。

体には深い、癒《い》やしがたい傷を受けていた。その傷は、男に体を与えている間は忘れられる。夜這いに来た男に体を与え、相手もわからぬままに自分ももだえるその屈辱で、徳田に刻まれた傷を消してしまいたいとの思いもあった。自身をいとう気持ちが、利恵にはなくなっていた。むしろ、傷つけたかった。

男が、足もとに来て、蹲っている。やがて、男は、足もとから布団をめくりはじめた。動くか動かないほどの慎重さであった。

ふつう、夜這いは真夏のものである。布団を被って眠るようになると、夜這いは絶対に成功しない。もちろん、夏でも成功するとは限らない。たいていは、失敗する。それを承知で夜這う。酒を飲んでのレクリエーションであった。笑い話の種をつくるのがその目的の一つでもある。

男がこの季節に忍んで来たのは、異例であった。

男が何を考えて来たのかは、利恵にはわかる。利恵の夫は偽医師で強姦犯人だ。利恵は身が竦むほどの肩身の狭い思いをしている。その上、男に飢えている。そうした思いを背景に、くみしやすしとみて、男はやってきたのだ。

たしかに、肩身の狭い思いをしている。季節外れの夜這い男を叱責《しっせき》するだけの気力すら失っている。矜恃《きょうじ》が失せている。男の狙《ねら》いは正しかったようであった。

布団が膝までめくれている。男は、なおも慎重に剝がしつづけた。太股まで上がり、そこでいったん止まって、ふたたび剝がしはじめた。

利恵は寝息をたてていた。男がだれかは、わからない。あれこれと貌を思い浮かべた。

利恵に執着している男が一人いた。橘《たちばな》英二《えいじ》という男だった。利恵の前夫が死んでから、執拗につきまとっていた。機会があるごとに夜這いにも来た。利恵は英二がきらいであった。酷薄なところがあるのだった。退けとおしてきた。その英二かもしれない。英二の思いつきそうなことであった。英二でも、かまわない。

男の指がパンティにかかっていた。剃刀で切り裂いている。ふるえる手で、男はパンティを切り下げている。布の切れる音が異様に高い。

男が息を吞んだ気配がした。

股間はあらわにされている。男はそこに懐中電灯を向けていた。掌で覆って、光がどこにも洩れないようにしている。光の熱が股間をあたためていた。男は凍りついたようになって、そこをみていた。

利恵は寝息をやめていた。そこまできては、演技は無用であった。布団を剝がされ、腰から太股を剝き出されているのだから、寒さで目が醒める。醒めねばならない。男も、そのことは承知していた。利恵が受け容れたものと思っている。ここまでくれば失敗はあり得ないものと思っている。それでも、夜這いの仁義は守って、ひそかに行為を進めようとしていた。

男の指が、そっと花芯に触れた。

利恵の体を戦慄《せんりつ》が走った。充分に、懐中電灯でみられていた。光熱で暖まるほどみられていた。みられることへの快感が疼きを生んでいる。

男の指は、思わずうめきたくなるほどのするどい官能をもたらした。

息づまる沈黙が支配している。

男の手が太股にかかった。足を拡げてほしいと懇望している。

利恵は、ゆっくり、太股を拡げた。

男は懐中電灯の光の中で利恵を弄んでいる。いまは、大胆になっていた。

懐中電灯を布団の上に置いてそこに照射させ、両手で弄んでいた。息づかいが荒くなっている。

利恵は男の手の指図に合わせて、いまは、足を拡げきっていた。男に股間全体をみられている。いまは、男のものになりきっていた。男の占有物になりきっていた。どんなことをされても、もう、逆らう気はなかった。

脳裡に黒い炎が転げ回っている。

「あぁッ」

低い声をたてた。堪えられなかった。

男が裸になっている。

男が、利恵の股間に入って、両足を抱えた。利恵は、うめき声をたてた。

男の汗臭い体臭が鼻をついた。利恵は両手を伸ばして男の肩に爪《つめ》をたてた。男は緩慢に責めている。

利恵がそのことに気づいたのは、間もなくだった。

男は利恵を這わせて、尻をかかげさせていた。男は尻から責めている。責められる快感の中に、短い疑惑がかすめた。男の両手の位置だった。ちょっとした癖だった。男の左手は利恵の臍《へそ》の周辺の肉を摑みしめている。右手は股間にあてて、愛撫している。

「ああッ、ああ――」

利恵は、泣き声をたてた。

尻から責めているのは、徳田であった。徳田にまちがいなかった。そうと気づいてみると、何から何まで徳田であった。

利恵はかかげた尻を打ち振った。

徳田は無言で責めつづけている。


利恵は男に抱かれて横たわっていた。

はてたばかりだった。男は、ものをいわなかった。懐中電灯を点けて、利恵の股間を拭ってくれた。済むと、無言で利恵を抱いて横たわった。

男は足で利恵を絡めとるように抱いていた。

利恵は抱えられて男の胸に顔を埋めていた。お互いに全裸だった。貌をみたわけでも声をきいたわけでもない。だが、利恵には男が徳田だとわかっていた。徳田でない可能性は万に一つ、あるかないかだと思っていた。男がどう思っているのかは、わからない。利恵が、徳田だと知らずにいると思っているのかもしれない。そうなら、複雑な心境であろう。

早く気づいてよかったと、利恵は思った。男は無言だった。左手が利恵の尻を弄んでいる。

「ねえ」ややあって、利恵が口をきいた。「いままで、どこにいたの」

「おれだと、わかっていたのか」

重苦しい声だった。

「わかっていたから、じっとしていたんじゃない。入ってきたときから、体臭でわかったわ」

「そうか……」

「会いたかった」

利恵は、しがみついた。徳田は、尻を摑んだ手に力を入れて、引き寄せた。

わかっていなかったと、徳田は思う。途中で、一瞬、利恵の体が硬直気味になった。そのときに気づいたのだ。それからあとは、利恵の体は馴《な》れなれしくなった。闇の中で奔放に狂った。

しかたがないと、徳田は思っていた。夜這いだと知って体を開いたその心境がわからないわけではない。苦しみ通したのであろう。

「どうして、貴子さんを襲ったりしたの」

「おれではない。どうして、おれが、そんなことをしなけりゃならんのだ」

徳田の声は怒りにふるえていた。

「あなたじゃないの」

「ちがう」強く、徳田は否定した。

「だれかが、おれを陥《おとしい》れようとしたのだ」

「だれかって？」

「鋏を盗んだ男だ」

罠をしかけられたのを、徳田は鋏のことをきいた瞬間に悟った。鋏がなくなっていることは知らなかった。持ち出そうと思えば、だれにでもできる。

犯人は貴子を犯しただけではなく、素裸のままで縛り上げて出た。強姦事件を、いやが応でも村に知らせるためだった。

つまり、徳田を追い出すためだ。

「そうだったの」

「おまえは、おれだと思ったのか」

「最初は、信じられなかったけど……」

「だろうな」

無理はない。現場から外科用の鋏が出る。徳田は風をくらって逃げ出る。血液型も合えば、偽医師の過去も明るみに出た。

犯人だと思わないほうが、どうかしている。

「これから、どうするの」

犯人ではないとわかっても、利恵に幸せが戻るわけではなかった。警察に出頭すれば、強姦容疑はともかくとして、偽医師で逮捕される。徳田にも利恵にも失った前途は還らない。

「あてはない」

「そお……」

「どこかに流れてゆくしかない。おれは、今日まで山の洞窟に隠れていた。持ち出した食糧を喰いのばしてな。でも、それも、尽きた。どこかに行こうと思った。しかし、その前にどうしてもおまえに一目だけでも会いたかった。おまえの肌が恋しくて、泣き叫びたい思いがした」

「……」

「もうじき、出て行く。迷惑をかけた。ただし、信じてくれ。おれが偽医師なのはたしかだ。しかし、おれはたいていの医師には、技術では劣らない。それだけの猛勉強をしてきた。最後に手術で初歩的なミスを犯したのは、偽医師摘発がきびしくなっていて、そのことをぼんやりと考えていたためだ」

「そうだったの」

利恵は、薄い胸毛をいじった。

「おれは、何千人もの患者を救ってきた。免許はなくても、患者は救える。それが、おれの唯一の自負だった。免許を持った医師にもできないことをしてきたと、おれは、そう信じている。だが、いくら患者を救っても、法律はおれを許してはくれない」

「わかります」

「短い月日だったが、幸せだったよ」

ややあって、徳田は、つぶやいた。

「もう行くの」

「暗いうちに、山に戻らねばならん」

「そうね……」

うなずくほかに、利恵にはことばがなかった。引きとめるすべがない。そういう運命を背負っていたのだと諦めるしかなかった。

「一つだけ、たのみがある」

「なんなの」

「気が済むまで、お尻を舐めさせてもらえないか」

「いいわ」

「ありがとう」

徳田は泣き声になっていた。利恵の尻を掻き抱いた。二度と利恵には遇えない。呆《ほう》けたように尻を舐めて、それを思い出にしたかった。

ここを出たら、どうなるかわからなかった。山には木枯《こが》らしが吹きはじめている。はてしのない流浪がつづくのだった。

徳田は利恵の尻を舐めはじめた。

利恵はうつ伏せになって徳田に尻を与えた。徳田は半分は嚙み、半分は舐めている。腰から太肢、尻とたんねんに舐めていた。執念のこもった舐めかたであった。

利恵はその執念の中に徳田の哀しみを汲みとった。

男の哀しみであった。

女には、それはない。別れがたいからといって、堪能するまで男のものを舐めさせてくれという女はいまい。女には、男の体は欲望を満足させてくれるためにある。体そのものをそれほどいとおしいとは、思わない。

だが、男には女の体は別の意味を持つ。女の体は男の精神そのものを蝕む力を持つ。欲望を満足させるためだけにあるのではない。本能が、どうにもならない憧憬《どうけい》を生む。徳田の舐めかたをみていると、いとおしいというよりも、人肉嗜好《しこう》に近い感じがする。できるなら咬《か》み取りたいもどかしさがある。

徳田は追われている。明日をもしれぬ身だ。そのおびえと、流浪に出なければならない哀しみが、利恵の尻を求めさせている。男の弱い一面なのかもしれない。

女の尻に苦艱《くかん》を忘れ、いっときの安息を求めているのかもしれない。

求めたところで求め得ないもどかしさが、歯をたてようとする焦燥に出ている。

堪能するがいいと、利恵は思った。それでわずかでも元気がでるなら、舐めるがいい。訣別《けつべつ》できる気になるまで充分に舐めるがいい。そして、その味を胸に秘めて旅に出るがいい。

利恵にできる餞《はなむけ》は、それしかなかった。

徳田は舐めつづけている。

舐めさせているうちに、しだいに利恵は哀しくなっていた。それほどまで利恵を愛している徳田に、なぜもっと世間は寛容でいられないのかと思った。徳田は強姦犯人ではないという。弁解をきいて、利恵は信じた。また、徳田がそんなことをする人間だとは思わなかった。

強姦犯人でないのなら、徳田の罪は偽医師だけだ。それは、徳田もいうように、利恵にも罪とは思えなかった。

徳田は必死になって勉強をし、腕を磨いたという。かねを儲《もう》けるためではなかった。医療行為が好きだからだ。何千人もの患者を救《たす》けてきたという。患者が救われるなら、それでよいではないかという気がする。

医師は極端に不足している。にもかかわらず、良識があり、経験豊かな徳田のような人物を、国家は権力で追おうとしている。

赤法華では医師でありさえすれば人殺しの過去を持つ人物でもかまわないとの、悲願がある。腕のある偽医師を獄に送ることには熱心でも、国家権力は赤法華には見向きもしない。だれの責任なのか。

徳田は木枯らしの吹く山に出て行こうとしている。おそろしくて、さみしくて、利恵の白い尻に貌を埋めている。

利恵の口から、嗚咽《おえつ》が洩《も》れた。

徳田は、舐めるのをやめた。

利恵が、徳田のあまりのめめしさが哀しくなって泣きだしたのだと思った。

「いいの、舐めて。もっと舐めて。わたし、あなたが可哀そうでならないの。わたしのお尻ですこしでも気が晴れるのなら、もっと、おねがい、舐めて」

利恵は泣きはじめていた。
「ねえ、お尻、抱いて。おねがい」
泣きながら、徳田を待った。
徳田が尻を抱えて、挿入してきた。
――あなたを救けてあげる!
利恵は胸中に叫んでいた。

第三章　鬼

1

利恵が貴子を訪ねたのは、十一月のなかばだった。

貴子は会津若松に戻っていた。夫のもとに戻ったのだった。

貴子は離婚を覚悟していたが、夫のほうが承知しなかった。狂犬に咬《か》まれたのだと思えばよいとの寛容さであった。

マンションを訪ねて貴子に会った。

貴子は気持ちよく利恵を迎えなかった。強姦《ごうかん》犯人は利恵と同棲《どうせい》している徳田兵介である。わだかまりなく会えるわけはなかった。

「犯人は徳田ではないんです。そのことでお願いがあってきました」

のっけから、そういった。

真犯人を捕えるためには、貴子の協力が必要であった。徳田は、だれかが自分を陥れようとしたのだという。いわれてみればたしかにそう思えた。

犯人は目的を遂げたのだから、貴子を縛る必要はなかった。かりに縛っても、自力で解けるように軽く縛ればよい。そうすれば、貴子も訴えはしない。何事もなくおさまるのだ。

針金で柱に縛り、外科用の鋏《はさみ》を残したのは、目的がはっきりしすぎている。

――だれが、徳田を陥れようとしたのか。

陥れるには、それだけの動機がなくてはならない。赤法華には医師が必要である。赤法華に住む者なら徳田を村から追い出せばどうなるかを承知している。

それでも追い出そうとするのは、強い利害関係がなければならない。徳田がいれば自分が損をするという利害関係である。

その動機を持った男がいるかどうかを考えてみたが、そんな人物がいるわけはなかった。考えられるのは、利恵に横恋慕《よこれんぼ》している男ではないかということだった。

利恵には、しかし、心当たりがない。利恵に惚《ほ》れている男は何人かいる。未亡人になった利恵にいい寄る男は多い。山深い村で、ドブロクを飲むことくらいしか娯楽がないのだから、若い未亡人が興味の対象になるのは、とうぜんであった。そのていどのことであった。

医師を追い出すことも辞さないほど利恵に惚れている男は、いない。すくなくとも表面だってはそうである。

だが、恋はときに男を狂わせる。表面には出さないが、日夜、利恵の肢体を、貌《かお》を思って、悶々《もんもん》としている男がいないとはかぎらない。

もし、そんな男がいれば、徳田を快く思うはずはなかった。赤法華の悲願はどうでもよい。

盲目になっている。徳田さえ追い出せば、利恵が自分に体を許すかもしれないとの妄想を抱い

ている。

妄想を暖めていると、それは、やがて、現実味を帯びはじめる。妄想とは思わなくなるのだ。
精神異常者にそれが多い。犯人は精神の一部に異常をきたしている人物であろうと、徳田の分
析であった。そうかもしれないと、利恵は思った。

気色が悪かった。それほどまでに自分を思ってくれているのだからと割り引いて考えること
はできなかった。気の狂《ふ》れた男に狙《ねら》われていたのだとのぶきみさしかない。

精神に異常をきたしているのだとの分析は、的を射ている気がする。犯人は執拗《しつよう》に貴子を犯
して、そののちに素裸で柱に縛りつけている。

同じ村に住む人間のすることではなかった。利恵を得るためには貴子の生活が破壊しようと、
恥じて死のうと、そんなことはどうでもよいという無惨さがある。

おそろしい男であった。

「偽医師が犯人でないという証拠は、あるの」

貴子は冷たい瞳《ひとみ》で利恵をみた。

利恵にうらみがあるわけではない。おなじ村の出身であった。ただ、犯人の女だとの思いが

ある。

「あります」

利恵は瞳に強い光を浮かべていた。

徳田を救えるとしたら、それは、貴子の協力一つにかかっていた。犯人がわざとらしく鋏を置き忘れたこと。その必要もないのに貴子を縛りあげて事件にしたことの二点を、話した。

その二つは、徳田を陥れるためにほかならないことを、話した。警察が徳田を逮捕しても、精密に調べれば血液型その他で犯人ではないとなるかもしれない。だが、それでも、犯人は目的だけは達せられる。徳田の秘めた過去が暴かれるからだ。

「………」

貴子は黙ってきいていた。表情は硬い。

「わたしは、徳田の無実を信じています。徳田は山の中の洞窟《どうくつ》でつらい生きかたをしています。無実を証明したいために、飢えと寒さに堪えているのです。お会いになっていただきたいのです。それでも徳田が犯人だと思えば、警察に引き渡してください。もし、わずかでも、別人かもしれないとの思いがおありなら、ご協力いただきたいのです」

「何を、協力しろというの」

「いいにくいことなんですが、犯人の体の特徴やその他で、警察に話していないことがあれば、教えてほしいんです」

「すべて、警察に話しましたわ」

冷たい口調だった。

「わたしは、犯人は村の男だと思います。犯人を割り出すためになら、わたしは囮《おとり》になる覚悟です。犯人はわたしを狙っています。わたしは、その男に体をゆだねて、罪を暴く覚悟をしています」

「………」

「おねがいします」

利恵は深々と頭を下げた。

貴子が警察に話していないことは、あるはずであった。性交のいっさいを述べるのはむずかしい。たとえば、貴子が感じたかどうかなどは、正直にはいえまい。利恵が、夜這《よば》いに来た男に体をゆだねているうちにその体位と癖で徳田だと気づいたようなことも、あるはずであった。

「徳田を救《たす》けてやってください。あなたのほかには、だれにもできないことなんです」

警察は頭から犯人は徳田だと決めている。すでに捜査は完了している。

徳田逮捕だけが残っていた。利恵の訴えは、無視される。

「わかったわ」

貴子は、うなずいた。

警察には根掘り葉掘り訊《き》かれた。背丈は、体格は、体臭は、体位は、特徴はと、警察は徳田に焦点を絞って、訊問《じんもん》した。

鋏のことを知って、貴子も徳田を犯人だと信じていた。誘導訊問に乗って、徳田を犯人だと断定できるような答えかたをしていた。利恵に懇願されてみると、その断定に不安な要素の多いことに気づいた。利恵は真犯人を暴くために、犯人に体をゆだねるという。無実の人間を罪に落とそうとしていたのかもしれないとの不安に駆られた。

「ありがとう」

利恵は両手を突いた。

「わたしは、女です。女同士です。教えてください。その男のあらゆることについて」

「ええ」

貴子は、うなずいて、視線を空間に向けた。

生々しい光景がそこに描かれていた。

貴子は、瞳を閉じた。

男の姿は闇《やみ》に溶けている。その闇の中から、男の体の各部分を拾い集めた。警察も利恵と同じ要求をした。だが、答えるわけにはいかなかった部分がある。警察では訊き出せなかった部分がある。

一つをいえば、男根の大きさだ。貴子は、ふつうだと答えていた。ふつうがどのサイズなのかは、貴子にもわからない。夫と比較してのものであった。

しかし、それは、正直な答えではなかった、夫のよりは大きかった。夫のものを口に含むと、喉《のど》を塞《ふさ》がれる。完全には呑《の》み込めない。だが、男のは確実にそれ以上であった。口が裂けそうな不安があったし、呑み込んだ男根は一握りほどは余裕を残していた。

警察には、それは、とてもいえなかった。夫のより大きかったというのは、抵抗がある。どうして計ったのかと問われると答えに詰まる。挿入されたときの膣《ちつ》の感じだとは、答えたくはなかった。

縛られ、嬲《なぶ》られ、その上で犯されたのだと、貴子は答えていた。

だが、そうではない。貴子は男に股間《こかん》を洗われているうちに、黒い炎に取り憑《つ》かれた。自分から、男のものを口にした。夢中だった。喉まで口にして、残りの部分を握った。睾丸《こうがん》も愛撫《あいぶ》した。強姦されて女が感じるのかどうかには、いろいろな意見がある。恐怖と屈辱でそれどころではないという意見が強い。たしかに、それはそうかもしれない。だが、時間が長ければ別であった。そのことを貴子は、身をもって知った。堪えることは不可能であった。とくに、素裸にされて縛られ、洗面器を跨《また》がされて男の指でたんねんに洗われるのは、強烈すぎた。

愛情はなくても、女の体ははげしく燃える。男も女も変わりはない。

「男に屈伏したことが、あさましくて……」

貴子は、声を落とした。

「わかります。わたしでも同じです。その場は、犯人に縋《すが》りついただろうと思います」

「夫のがふつうサイズなら、犯人のは巨根だったと思うわ」

「徳田のは、ちがいます。まったく、ふつうの大きさです。ギュッと根元まで押えて計って、二握りはないわ」

「だったら、ちがうわ」

「証明するために、大きくさせて、あなたに握ってもらってもいいわ」

「ええ」

貴子の表情から硬さがとれていた。赧《あか》みが出ていた。

「指は、どうだったの？　洗われるときの感触では」

「労働者の指だと思ったわ。太かった。それに荒れていたし、その荒れが……」

貴子はその感触を思いだしていた。警察には、そこまではおぼえてないといってあった。だが、太い指だった。

荒れた皮膚が快感を引きずり出したのをまざまざとおぼえている。

「睾丸は、どうだったの？」

「それは、別に……」

「舐《な》めた？」

「ええ。自棄《やけ》になって……」

貴子は、恥ずかしそうに笑った。

「毛深いほうだった？」

「胸には、毛はなかった。太股《ふともも》にも」

「徳田には胸毛があるわ。わずかだけど」

「それも、ちがうわね」

「ええ。で、腰の使いかたは？」

男には二通りある、挿入したままで動くのと、出したり入れたりするのとがある。もちろん、両方を使うが、癖でどちらかに偏る。

貴子はいろいろのことを思いだした。

背丈がどのていどだったのか、太り肉《じし》か痩《や》せ型か、指から手足の頑健さていどなど、利恵に一つ一つ訊《たず》ねられているうちに、自分が予想外のことを感じとっているのに驚いた。

背丈は一メートル六十四、五センチ。痩せ型であった。ただし、筋肉質。胸毛はなく、太股にも毛はなかった。陰毛はふつう。男根は巨根に近い。全体に強靱《きょうじん》な感じが強かった。締めつけられたときの骨の砕けそうな感じが、それを物語っていた。

男は、貴子を這《は》わせて尻《しり》を抱き、その体位ではてている。

利恵はそれだけ訊きだしていた。それだけわかれば充分だと思った。徳田兵介のいうように、男が利恵を狙って貴子を犠牲にしたのなら、男は、いつかは利恵に迫るはずであった。体をゆだねれば、だれが犯人なのかがわかる。問題は、何人もが利恵に迫るかもしれないことであった。正面からは来ない。来るとすれば、夜這いであった。

徳田が消えて独りになったいまは、時さえたてば何人かが夜這いに来る。犯人をみつけるまでに何人もの男に体を与えなければならないことになりかねない。

しかたがあるまいと思った。徳田を救うためには避けては通れないことであった。ただ、貴子の描いた人物を発見したとして、どうやって白状させるかがある。並みたいていのことでは自白はしまい。それは、平野鉄太郎に相談することにした。

「あなたが、夜這いに来た男を、全部、引き受けるの」

貴子が心配そうに訊いた。

「願わくは、犯人が最初に来てほしいけど……」

「そうね」

貴子は、うなずいた。放心したような視線を空間に向けていた。

貴子が、憤りとは別に男から受けた快感をぼんやりと思っていることを、利恵は知った。強烈で無残な体験であった。語りながら、貴子はなんどか貌を赧らめた。どうにもならなくて、なんども昇りつめたことを自白した。夫との性交渉では得られない炎に体を灼《や》いたのだ。

村人に知れるように縛って帰ったことに憎しみを抱きながら、男が与えてくれた快感は、忘れがたく思っている。利恵を羨《うらやま》しく思ってさえいるのかもしれない。貴子は抱かれたがっているのかもしれない。もう一度、同じような犯されかたをしたいと希《のぞ》んでいるのかもしれない。

利恵にも、それがないとはいえない。

徳田を陥れた犯人を憎みながら、それほど貴子を狂喜させた男に犯されることへの期待めいたものがないではない。何人もの男に体を与えねばならないことになるかもしれないとのおびえの裏に、ドロドロとした戦慄《せんりつ》がある。

脳裡《のうり》の闇から浮いて出る戦慄であった。女であることの業《ごう》であった。男に業があれば、女にもそれはある。口にできないだけに、女の業は深い。

「こんなことが何かの役に立つのかどうかわからないけど……」

貴子が視線を戻した。

「なんでも、教えて」

「あれを含みながら、睾丸をいじっていたの。つぎにはそれも含んだけど。右の睾丸のどこかに、小さな、まるい突起物があったわ。脂肪の塊りだと思うの。ふっと、思いだしたんだけど」

「ありがとう。たすかるわ。ほんとうなら、貴子さんにねてもらえば確実にわかるんだけど……」

「……」

貴子は、答えなかった。

ほうけたような視線を利恵に向けていた。

2

平野は激怒した。

「たしかに、貴子がそういうたのか」

利恵に念を押した貌が、昇った血圧で赤黒くなっている。

「はい。まちがいなく」

「そうか」

平野は太い腕を組んだ。

強姦犯人は徳田だとなっていた。警察はそう断定している。貴子が供述した体の特徴をはじめ、何から何までが徳田の犯行を指していた。それが、徳田ではなくて、徳田を陥れようとした村の人間だという。貴子は、警察の誘導訊問に調子を合わせて供述したのだという。警察も貴子も徳田が犯人だと思いこんでいるから、そうなったのだという。

「ふざけおって」

平野は、うめいた。

事件当日に、平野は徳田追跡隊を出していた。犯人が徳田でなければ、平野の顔がたたなくなる。

徳田のことは外部に洩《も》らさないと固い約束をしていた。それを裏切ったことになるだけではない。無実の強姦罪を押しかぶせて、天下に公表したことになる。

「いったい、犯人はどこのどやつだ」

八つ裂きにしてやりたいと思った。

「わたしにいい寄ってくる男は、四、五人はいます。でも、そのうちのだれだかは……」

貴子が描いた体恰好《かっこう》に合う男は、その中に三人いた。英二、好夫、高行の三人であった。

その三人のうちの一人にちがいなかった。

利恵はそのことを平野に告げた。

「英二、好夫、高行の三人か。不届千万《ふとどきせんばん》なやつらだ。警察を呼んで、血液型を調べてやる。どいつでもいい、犯人だとわかったら、このわしが、ただでは済まさん」

声がふるえていた。

いまだかつて、赤法華から犯罪者が出たことはない。夜這いはあるが、それは犯罪とはいえない。コソ泥一つないのだ。

前代未聞の不祥事であった。

「警察はいけません」

「警察がいかん？　なぜだ」

「犯人が用心します。まさか警察でも、容疑者を裸にして調べるわけにはいきません」

かりに裸にはできても、勃起《ぼっき》はさせられない。それもできるとしても、たんなる特徴だけでは犯人と決めつけるわけにはいかない。自白に追い込まなければならないのだった。それを説明した。

「すると、何か。おまえが、ねるというのか」

「徳田を救うためです。徳田は洞窟にいます」

「何、洞窟だと。この寒空の下でか」

「ふるえながら、無実を主張しています」

「それはいかんぞ、それは」

声が高くなった。

「ですから……」

「わかった。わしに任せい。そくざに、山に小舎《こや》を建ててやる。徳田はそこに住まわせるのだ。隠密裡《おんみつり》にな。無実だとわかっても、徳田が警察から追われることにかわりはない。おまえも山小舎で暮らすとよい。なにがなんでも、徳田は、村で匿《かくも》うてやる」

「ありがとうございます」

「問題は犯人の野郎だ。おまえがねてたしかめるのはよい。しかたがあるまい。だが、どうやって自白に追い込むかだな」

平野は空間を睨《にら》んだ。

「おまえ、台所に行って酒をつけてこい。酒がのうては、よい知恵はでん」

視線を戻して、利恵に命じた。

そして、ちくしょうと、つぶやいた。


利恵は忍んで来る男を待った。

膳立《ぜんだ》てはしてあった。

夕刻、平野が小宴を設けて、男たちを集めた。

利恵は手伝いに出て、英二、好夫、高行の三人に流し目を送っていた。

だれかは来るはずであった。

時刻は夜の十時を過ぎている。

隣室には貴子が寝ていた。平野が貴子を口説いたのだった。

心も体も昂《たか》ぶっていた。徳田が逃げて八日目になる。体が男を求めていた。

隣室には貴子が息をこらしている。忍んで来た男に体を開けば、気配を悟られる。襖《ふすま》一枚の隣りだから、気配どころではないかもしれない。

三人ともに体を開くことはない。利恵のほうで男を探って、ちがっていれば、追い返す。犯人だとわかれば、受け容れる。

声をたてないで済ませられるかどうか、自分にもわからなかった。

あれこれを思い描いていた。その思いが、凍った。

物音がした。利恵は体を硬くして、男の忍び寄るのを待った。畳を擦《こす》る音がする。そのかすかな音が、布団の傍に来て、熄《や》んだ。

神経の凍りそうな思いがある。男が布団の裾《すそ》をめくっていた。利恵は三人の男に流し目を送っている。三人のうちのだれかなら、忍んで来ることは暗黙の了解がなっていると思っている。そうは思っていても、夜這いにはそれなりのやりかたがある。巧妙にやらねばならない。女が目を醒《さ》まさないうちに、のっぴきならないところに持ち込むのだ。女の自尊心を傷つけないように、相手が眠っているものと了解して、仕事をする。

すこしずつ、男は布団をめくっていた。

足に冷たい夜気がまといついている。浴衣《ゆかた》が乱れていて、夜気が太股近くまで来ていた。

男の布団をめくる動きが止んだ。すでに布団は腰まで剝《は》がされている。

わずかずつ、浴衣が剝がされている。両方の太股が出ている。

男は懐中電灯を太股から股間に向けていた。光の部分に熱が感じられる。闇がわずかだが染められている。

利恵は瞳を閉じていた。眠ったふりをつづけた。

男がパンティを切りはじめた。剃刀《かみそり》で切っている。じきに、パンティは腰の両側に落とされた。男は懐中電灯を向けていた。息を吞んで、みつめている。

男にきこえそうなほど鼓動が高鳴っていた。

昂ぶりが利恵を染めていた。男は見守っている。

利恵が起きていることを、男は、承知している。起きて、眠ったふりをしていることを承知している。

男の掌が陰毛に触れた。利恵の体を悪寒《おかん》に似たものが走った。男は、すこしずつ、弄《もてあそ》びはじめていた。そこまでくれば成功である。真夏の夜でも、そこまでされて目の醒めない女はいない。動かないのは、女が許可を与えていることになる。

しだいに、男の手に力がこもりはじめていた。片手で陰部をまさぐり、片手は太股をつかんでいる。その太股を摑《つか》んだ手に力がこめられた。足を拡げろとの意思表示であった。

利恵は寝返りを打つ恰好をして、足を開いた。荒れた男の掌が太股を撫でている。もう片方の手の指は、そこに喰い込んでいた。

利恵の脳裡に消しがたい炎が燃えていた。

利恵も無言なら、男も無言だった。

気の遠くなるような長い愛撫が過ぎて、いまは、裸になった男が股間に入っていた。

探れと、なんどか、利恵は自分に命じた。しかし、手は動かなかった。男の呪縛《じゅばく》にかかっていた。つらぬかれるしかないところに追い込まれていた。

男が利恵をうつ伏せにしようとしている。

利恵は男の力に合わせて、寝返りを打つふうを装って、うつ伏せになった。男は尻をなではじめた。両手で撫でている。隈《くま》なく、たんねんに指を這わせ、掌で感触を愉《たの》しんでいた。隆起の谷間に指が這っている。うめき声を、利恵は、歯を喰《く》いしばって堪えていた。

男が、尻に乗った。男はあてがって、ゆっくり挿入してきた。利恵のそこは濡《ぬ》れていた。男のものを苦もなく呑み込んだ。

——ちがう。

貴子の話した巨根ではなかった。徳田のと同じ大きさであった。貴子は、這わされて尻を抱えられたときの感触も話していた。割れ目を完全に塞《ふさ》いで、痛いほどだったという。

男のは、ふつうであった。

ちがうとわかっても、そこまできては、どうにもならなかった。魂を売ったのも同様だった。

男が尻を抱え上げた。利恵は這って、尻を高くかかげた。それでも、黙っていた。眠ったふりをしていた。

男が責めはじめた。

それを、貴子は隣室でみていた。

みえはしない。だが、荒い息づかいは手に取るようにわかる。

貴子は闇の中に瞳を見開いていた。ひめやかな音と、荒い息づかいが闇にたちこめている。

体が炎のようになっていた。犯人が来ているのだと思った。犯人でないとわかれば、利恵は男を帰らせることになっていた。闇の中に、犯されたときの情景が甦《よみがえ》っている。男のものにつらぬかれている利恵の白い尻がみえる。貪欲に男を呑み込んで妖《あや》しげにうごめいている尻が、みえる。

ああと、低い声がきこえた。ああ、ああと、つづいている。利恵の声だった。どうにもならなくなって、貴子のことを忘れている。

震動が伝わってきていた。貴子の体がふるえた。手が股間に下りた。貴子も男に犯してもらいたかった。利恵と交替したかった。利恵が終わったあとで、自分に襲いかかってほしかった。最初から、利恵に替わって自分が男を迎えるのだったと思った。利恵が、責めの苦しさに、泣きはじめていた。細い、間欠的な悲鳴だった。

貴子はその姿態を思いながら、自身を慰めつづけた。犯して、犯してと、心の中で叫びながら、昇りつめていた。

利恵は、横たわっていた。

男が帰ったばかりだった。

悔恨が押し寄せていた。体の中にある欲望がおそろしかった。ちがうと知りながら、男を突き放せなかったのが、みじめだった。貴子がきき耳をたてていると知りながら、喘《あえ》ぎ、うめいたのだった。男の放出したものが股間に溜《た》まっていた。

「どうしたの」

襖がすこし開いて、低い声が訊いた。

「ちがっていたの。でも——ごめんね」

利恵は詫《わ》びた。詫びて、のろのろと体を起こした。

3

利恵は、目が醒めた。

男が帰ってからどのくらいたったのかわからなかった。

正体もなく深い眠りの淵《ふち》に沈んでいた。

目醒めたのは寒くてであった。布団が外れている。かけようと伸ばした手が、止まった。素裸にされているのがわかった。足が拡げられている。

鼓動が停まった。

男が懐中電灯で股間を照らしていた。さっきの男が長い時間をかけて弄んだ股間だった。二人目の男が、そこをみている。男は、利恵が目を醒ましたのを知っても、動じる気配がなかった。男の掌が陰毛に下りた。

どうしたらよいのか、利恵は迷った。堪能している。もう、男を迎えたくはなかった。一晩に二人が来るとは思わなかった。夜這いをかけても、先客があるとわかれば断念する。成功するわけがないからだ。そのために、先客はその家の戸をすこし開けて、そこに自分の履物を置いておく。

二人目が来るとは思いもよらなかった。この分なら、三人目もやって来るかもしれない。

男は女のツボを指で揉《も》んでいる。別の手は股間の割れ目にあてられていた。自信のある行動だった。

利恵が目醒めたと知って、かえって大胆になっていた。

利恵は、体の力を抜いた。

男は舐めはじめていた。舐めたり、軽く嚙んだりしている。執拗なほど、それをつづけた。肛門《こうもん》も舐めた。ところかまわずという感じだった。徳田のいった精神異常者ということばを、利恵は思いだしていた。この男が、利恵を狙っていた男かもしれない。

利恵は困惑して闇をみつめていた。

男は狂ったように舐め、吸っている。犯人かもしれないと思うおびえの中から、炎が湧《わ》きはじめていた。女のそこにはかぎりのない炎が棲《す》んでいると思った。業《ごう》が棲んでいると思った。夫でなくても、愛する人でなくてもよかった。男でありさえすればよかった。男ならだれでも、闇に姿をくらませさえすれば、女をおのがものにできる。

絞りこむような快感がある。

男の立つ気配がした。ズボンを脱いでいる。

男が傍に来た。

利恵は黙っていた。犯されるしかなかった。体はふたたび男を迎える準備ができている。心もそうだった。男につらぬかれるときの昂ぶりを思い描いて、おののいている。

男が、利恵の手を把《と》った。

利恵の手は男の股間に導かれた。利恵は男根を握らされた。巨根であった。掌からはみ出ている。それが屹立《きつりつ》していた。

擦《こす》れと、男が手で合図した。利恵は擦りはじめた。逆らう気持ちはなかった。何かに握りつぶされた思いがあった。

男が立った。立って、男は利恵の貌に跨った。

男は利恵に自分のものを誇示したのだった。誇示して充分に納得させておいてから、含ませようとの魂胆であった。

利恵は、男のものを含んだ。貴子がいったとおりだった。口が裂けそうなおびえがあった。

利恵は両手で睾丸をまさぐった。睾丸には小さな突起物があった。太股には体毛がなかった。脛《すね》に毛があるだけだ、筋肉質の引き締まった体だった。睾丸をまさぐりつづけた。

やがて、男は貌から離れた。その場で利恵を転がして、這わせた。

「あぁッ」

利恵は悲鳴をあげた。

男のものが、利恵を塞いでいた。

男は、ゆっくり責めている。

恐怖と、その恐怖をつらぬく快感がないまじっていた。

恐怖は徳田のいった精神異常者であろうとのことばからきていた。男がだれなのかはわからない。精神異常者であることだけはたしかだ。利恵を得るために徳田を追放した。とくに、用いた手段が酷薄であった。男は長い間、利恵を狙いつづけたにちがいない。精神異常者の執念で、それとは悟らせずに、じっと利恵を狙っていたのだ。

ようやく、男は利恵を掌中にした。舐め回したときの執拗さの中に、男の精神構造が感じられた。獲物《えもの》を引き倒した肉食獣の残忍さがある。尻を摑みしめている指に、するどい力がこもっていた。

利恵を塞いだ男根の巨《おお》きさに、それしかない男の執鬼がこもっていた。利恵は布団を握りしめていた。

このまま、男の占有物にされるのではあるまいかと思った。二度と、男は利恵を離さないのではないのか。狂気しかない男に永遠に従う自分の姿態がふっと、かすめた。

恐怖と相なかばする快感が利恵を襲っていた。貴子は犯されて狂ったといった。狂わずにはいられないものを、男は蔵していた。叫びだしそうな思いがある。

男は、責めつづけた。

利恵は布団に貌を伏せた。両手は布団を摑みしめていた。感覚が麻痺《まひ》しかけている。尻は男に抱えられている。鷲《わし》に摑まれた小鳥の感じだった。安定感のあるのはそこだけであった。

ほかは、どうなっているのかわからない。

利恵は、うめいていた。布団に口をつけて、男に突かれるたびに、ああッ、ああッと、かん高い声でうめいていた。貴子のことは忘れていた。なんどもなんども昇りつめている。小さな波が押し寄せては、裂けていた。いまに、大きい波が来る。それが砕けたら、気を失う。

平野鉄太郎は眠っていた。

鈴の音で目が醒めた。枕《まくら》もとに吊《つ》るした鈴が鳴っている。

はね起きた。そして、わめいた。隣室に慎吉とほかに四人の男が寝ていた。平野をはじめ、全員が服を着たままで眠っていた。

平野は棍棒《こんぼう》を持って走り出た。

利恵の家から糸を引いていた。犯人がわかれば、利恵が糸を引く手筈《てはず》になっていた。

利恵の家から男が出たところだった。

「だれだ！　きさまは！」

平野が棍棒を振り上げた。

慎吉が男に懐中電灯を向けた。

「きさまか、英二！」

「村長、いったい、これは何事ですか」

英二の声は、おののいていた。

「覚悟を決めろ、英二！　強姦犯人めが！　きさまなど警察に渡すまでのことはない。わしが、天誅《てんちゅう》を下してやる！」

平野の声も、おののいていた。

「強姦――だれをですか」

「知れたことよ。貴子をやったのは、きさまだ。きさまは、徳田先生を追い出して利恵をものにするために、鋏を盗んで、現場に置いてきた。この恥さらしめが！　よくも、この赤法華の住人に恥をかかせてくれたな。わしの天誅を受けて、くたばれ！」

「ま、まってください！」英二は悲鳴をあげた。「わしは、わしは、貴子などしらん！　なんの証拠があって――」

「証拠だと！　盗っ人ずうずうしい野郎だ！」

平野のわめき声が闇を割《さ》いた。

「きさまは、この家に何をしに入った！」

平野の怒声が英二を叩《たた》いた。

「夜這いです」

英二は動揺から自分を取り戻そうとして、声だけはどうにか、平静に戻った。

「それで、利恵とねたのか！」

平野は怒声はやめない。

「ねました。それが、何か……」

「バカめ。きさまのねたのは、貴子だ。きさまは、罠《わな》にかかったのだ！」

「貴子——まさか」

「まさかもヘチマもあるか。利恵はわしの家に来ておる。きさまは性懲《しょうこ》りもなく、また、貴子を襲ったのだ」

「……」

「出てきなさい。貴子」

呼ばれて、浴衣姿の貴子が出て来た。

「いうてやれ、貴子。この英二がおまえを強姦した男かどうかを」

平野は勝ち誇っていた。

「まちがいなく、この男です」

英二を指した貴子の指がふるえていた。

「取り押えて調べてください。この男は人並以上のあれを持っています。わたしは、この男に睾丸をいじらされました。この男の右の睾丸には脂肪の塊りのような突起物があります。絶対に、犯人はこの男です。警察へでもどこへでも出て、わたしは証言します。女にはわかるんです。この男にちがいないんです！」

一気に、貴子は喋《しゃべ》った。喋るというよりも叫びに近い声だった。英二が犯人だと知って、憎悪が戻っていた。

英二は貴子の生家の二軒隣りに住んでいた。四十二歳になる男だった。無口な男だった。陽気な人間の集まりに思える赤法華では、英二は陰気で知られていた。家族は嫁に子供が二人いる。よくも、隣人の英二がと思った。犯人が闇に潜んでいるうちは、犯されたときの情景がしきりに甦った。

思うと、昂ぶりが湧いた。もう一度、犯されたいとさえ思った。

闇が払われたいまは、それはない。

明るみの中に憎悪だけがある。

「どうした！　英二！」

平野が棍棒で英二の肩を打ち据えた。

「わしは、わしは、知らん」

よろめいて、英二は、喘いだ。

「ぬかすな！　出してみせい！」

「そんな――」

「そんなもこんなもあるか！　きさまに犯された貴子のことを思うてみい！　死ぬほど辛《つら》かったことが、きさまにはわからんのか！　いまからきさまを裸にして、縛りつけて調べてやる。慎吉、やれい」

命令で、四人の男が英二に襲いかかった。英二はたちまち裸に剝《む》かれて、庭木に縛りつけられた。

「これから、村中の人間を集める。きさまの女房もだ。その前で、貴子にきさまのものをいじらせて、おっ立ててやる。貴子のいうたように、人並外れて大きいかどうかをみようじゃないか。キンタマの突起物も調べてやる。その上で、わしが天誅を下す。赤法華の住人を代表してな。体中の骨をバラバラに叩き折ってくれるわ。慎吉、村人を集めい」

「まってくれ！」

英二は、泣き声をあげた。

「待たんぞ！　わしは！」

平野は、わめいた。

「許してくれ！　たのむ。許してくれ」

英二はふるえ声で懇願した。

貴子はものもいわずに、平野から棍棒をもぎ取った。

「この、けだもの！」

叫びながら、腹に棍棒を力のかぎり、叩きつけた。

4

冬景色が周りを埋めていた。

雪が赤法華を覆うのは十二月に入ってからだ。あとひと月とない。

徳田は山小舎の窓から周辺を眺めていた。すでに、紅葉は落ち尽くしている。黒々とした裸木林を風が渡っていた。

わびしげな風の音だった。

裸木林の向こうにある針葉樹林も色彩を失っている。黒ずんで生気のない緑が重たげに横たわっている。

徳田に安寧が戻ってから十日近くになる。橘英二は逮捕されていた。

平野は約束どおりに、山小舎を建ててくれた。

赤法華の男たち全員が働いてくれた。山小舎だから殺風景なものだった。それでも、逃げ場を失って洞窟にこもっていたのと較べたら、天国であった。三度の食事に暖かいものが食べられる。テレビもあればコーヒーもある。茶もある。その上、利恵が一緒だった。

その目でみれば風流の極致かもしれない。板張りの壁には生活必需品がずらりとかかっている。

二十畳ほどのワンルームの中央には大きな囲炉裏が切ってある。吊るした、煤《すす》けた鉄瓶《てつびん》からは一日中、湯の滾《たぎ》る音がしている。その隣りには、利恵と差し向かいになれる掘り炬燵《ごたつ》がある。炬燵にはあざやかな緋《ひ》色の布団がかけてあった。台所にはたっぷり食糧がある。軒下には一冬分の薪《まき》も積み上げてある。

やがて、雪が来る。赤法華からはかなり離れた奥だった。それでなくても名にし負う豪雪地帯である。雪は山小舎をすっぽり覆うものと思われる。雪に埋まっても、不自由なことはない。ひっそりと、利恵と暮らせる。

思い患うことなく、利恵の白い肌を賞《め》でられる。これ以上の風雅はないのかもしれない。

赤法華から守られている。村人は徳田と利恵が山小舎に住むことはたとえ口を割かれても口外はしないと、保証してくれていた。

警察につかまるおそれはなかった。

村に病人が出れば、迎えに来る。雪を分けての村との往復は骨が折れるが、運動不足を解消するには、ちょうどよかった。ただ、いつまでこの生活がつづくのだろうかとの不安がある。赤法華が徳田を必要としているかぎりは生活に心配はない。

しかし、いつまでも好意に縋っていてよいものかどうか。行く先への不安がある。齢《とし》を取ることへの不安がある。明るみに出られないことへの不安があった。

その不安を、冬景色の中にみていた。

冬の気配は哀《かな》しいものに思えた。もっとも、逃亡者にとって哀しくない景色というものはない。

徳田が逃亡の旅に出たのは春だった。草木の萌《も》え出《い》ずる春の魁《さきがけ》も哀しかった。爛《た》けた春も、そうだった。懈怠《けたい》さのただよう夏も、そうだった。

秋はなおさらに感傷を深めた。

安住の地を持たない者には、季節の移り変わりは、哀しみの色としてしか映らなかった。どこで人生をまちがえたのだろうかと思った。

夜も眠らないほどに勉強をし、だれにも負けないほどに腕を磨いても、しょせんは医師になれるはずのなかった自分を、振り返っていた。

あの情熱を別の途《みち》に向けるのだったとの悔いが、深い。

医師になるには医大を出なければならず、医大を出るにはそれだけの家庭に生まれてこなければならなかった。徒手空拳《としゅくうけん》にひとしい自分にできることといえば、限られていたのだった。

医師になろうとしたばかりに安住の地を失った自分を、徳田は冬景色の中にみつめていた。

徳田は山小舎を出た。

利恵が村に下りていた。途中まで迎えに行くつもりだった。冬景色の山腹を縫って歩いた。

歩きながら利恵のことを思っていた。利恵は英二とねたという。夜這いに来た英二に体を任せたという。徳田を救けるためだった。貴子を口説いて、貴子が警察にも話してなかった犯人の性器の特徴を訊き出した。

そして、男を待った。

やってきた英二に体を自由にさせながら、睾丸をまさぐって脂肪の塊りのあるのをたしかめた。

英二は巨根の持ち主だったという。犯人とわかりながら、その巨根に自身をつらぬかせた利恵の白い肢体が、みえる。

よかったのかと、徳田は訊いた。犯人だとわかって、こわかったからと、利恵は答えた。だが、徳田は信じなかった。自己嫌悪をおぼえながらも、訊かずにはいられなかった。

結局、利恵はありのままを説明せざるを得なかった。

徳田の脳裡にその光景がある。英二は利恵に巨根を含ませたあとで、利恵を這わせて尻から責めている。英二のものは完全に利恵を塞いだという。その光景が灼きついていた。

貴子を隣室にひそませていることも忘れて、利恵は、うめいたという。

徳田には無残な光景であった。

貴子からきいて、利恵は犯人の巨根に期待していたのだと思う。つらぬかれる姿をひそかに思い描いて心を昂ぶらせていたのだと思う。

――女か。

ふっと、牛窪に虐《しいた》げられているかつての妻の肢体が浮かんだ。

想像もできないことが起こったのだった。あの妻が牛窪の奴隷になるなどとは、思いもよらなかった。牛窪の命令にならどんなことでも喜んで従う妻の姿は、いまでも信じがたい気がする。

牛窪は白昼、家に押し入って、妻にドスを突きつけた。妻は屈した。牛窪はそのつぎの日も、またそのつぎの日も、ぜいぜい喘ぎながらやってきて、立ち竦《すく》んでいる妻を無造作に押し倒している。その異様さが、妻をとらえてしまったのだ。夫を殺そうと狙う男に毎日のように押え込まれて、妻は泣かざるを得なかった。

やがて、妻は牛窪の巨根に征服されるたびに、黒い炎を燃やすようになった。

それは麻薬のようなものだった。牛窪は妻を手荒く、奴隷同然に扱った。マゾヒズムの炎を植えつけたのだった。性交にマゾが加わり、サジズムが加わると喜びは心の深みにまで突き刺す。なんともあっけない隷従であった。

女は生来的に強い男の奴隷になって虐《いじ》められたい欲望を持っている。

徳田は、利恵にも同じものをみていた。

利恵は犯人の巨根に思いを寄せていた。徳田を救おうとする心とそれとは、別であった。正体のしれない犯人に夜這われてつらぬかれる期待に、利恵は酔っていたのだ。

徳田が夜這いを真似《まね》て利恵を抱いたときも、そうだった。利恵は途中までは相手を徳田だとは知らずに、受け容れていた。

——女は信用できない。

徳田は、そう思っていた。

利恵が徳田を救けたのは愛があるからではなかった。そのほうが自分にとって得だからだ。その逆なら、利恵は英二の巨根の奴隷になったにちがいない。

利恵が山腹を登ってきている。

徳田は幹陰に隠れてみていた。

利恵が英二の巨根につらぬかれてもだえる姿態が、脳裡から去らない。

一か月足らずの同棲だったとはいえ、利恵と徳田は赤法華の村人の祝福を受けて夫婦固めの式を挙げた、れっきとした夫婦だった。その利恵が、徳田が失踪《しっそう》したとなると、忍んできた男に無造作に体を開いているのだ。

犯人の巨根を思い描いてもいた。

嫉妬の炎が徳田の双眸《そうぼう》に宿っていた。

利恵が近づいている。

利恵が通りすぎるのを、徳田は見送った。利恵はキャラバン・シューズにジーパン姿だった。逞《たくま》しい尻が通りすぎるのを見送って、徳田は幹陰を出た。

先回りをするべく、岩山に向かった。山小舎に向かうにはその岩山を通らねばならなかった。巨岩がゴロゴロ転がっている岩山だった。その岩の一つに、徳田は身を隠した。

待つほどもなく、利恵がやってきた。やりすごしておいて、徳田は背後から襲いかかった。利恵が悲鳴を放ったときには、後ろから首を締めていた。左腕で首を締めながら、用意してきたガムテープで利恵の両目を塞いだ。

夢中だった。暴れる利恵をねじ伏せて、どうにか両手を縛った。口にもガムテープを貼《は》った。転がされたまま、利恵はみえない目で徳田を見上げていた。セーターの下の乳房が大きく波打っている。徳田だと看破《みやぶ》ったのかどうかは、わからない。貌をみられていない自信はあった。首を締めながらすばやくガムテープを貼ったのだ。

傍に屈んだ。

胸を開いて、乳房を剝き出した。

利恵は諦《あきら》めていた。乳房を弄《もてあそ》ばせたまま、盲《めし》いた目で虚空をみつめていた。横顔が白い。頭髪が寒風になびいていた。

徳田はジーパンを脱がした。何をしているのかと、徳田は、自身に問いを発していた。

利恵は諦めて両足を開いている。真白い太股だった。股間にも風が吹いていた。豊かな陰毛が風に動いている。徳田はしばらくそれをみつめていた。

女がそこに凝縮されている。

不倫がそこに凝縮されている。

徳田は凌辱《りょうじょく》にとりかかった。徳田だと悟らせずに、利恵をもだえさせてみたかった。女の、その反応がみたかった。夫以外の男に、女はいったいどのような反応を示すのか、盲《めし》いた利恵がみせる反応は女を象徴していることになる。

無益なことをしているとの思いはある。そうまでしなければならない自身に、嫌悪がある。しかし、抑えることはできなかった。

妻に背かれ、郁子を奪われ、利恵に背かれた徳田だった。女への不信感が鬱積《うっせき》していた。自分の目で女の不倫行為をみたかった。みたところでどうなるものではない。たしかめたところで利恵を叱責《しっせき》できるわけではない。

それどころか、寒風を衝《つ》いてあてのない流浪に出なければならないところを、利恵に救われたのだ。感謝をこそすべきであった。いわれのない凌辱などに自身を追い込むべきではなかった。滅びを招くかもしれない凌辱であった。

陰毛に掌を当てた。

利恵は動かなかった。乳房が大きく息づいていた。

徳田は走っていた。

利恵は後ろ手に縛ったまま、置き去りにしてあった。

縛ったといってもそれほどきつく縛ったわけではない。じきに解けるはずであった。山小舎に走って戻った。

動悸《どうき》を鎮めるために水を飲んだ。鏡を覗《のぞ》いてみた。青ざめた中年男の貌があった。品のない貌になっていた。痩せが目立ち、生気のない肌にまばらな髭《ひげ》が生えていた。自己嫌悪が深かった。利恵に嫉妬したりする齢かと、自身を呪《のろ》った。それを許される男には若さがなければならない。肌が生きいきとしていなければならない。そして、手に職を持っていなければならない。

赤法華の好意でかろうじて生きていられる徳田であった。

自身の内部に棲みついてしまった女への不信感が情けなかった。その不信感は生きる自信のなさから来ていた。手に職がなく、棲むに家のないおびえが、利恵の独占に我執《がしゅう》させるのだった。利恵を失えば生きる方途がないから、嫉妬が湧くのだった。利恵が他の男とねて徳田とねる以上のよろこびを得るかもしれないおびえに堪えられないのだった。

鏡の中の貌には品位がなかった。

嫉妬に醜くゆがんだ中年男の貌だった。窓辺に坐《すわ》って、利恵を待った。

利恵の肢体が残っていた。

利恵は感じていた。大仰な反応はみせなかったが、二度ほど昇りつめた。徳田にはわかるのだった。その前に、徳田は利恵を舐めていた。嫉妬に狂いながら、嫉妬を生み出すその股間を舐めているのは、異様であった。存分に舐めた。利恵はそのときにすでに濡れていた。

利恵が、相手を徳田だと悟ったのかどうかは、わからない。山中で襲われたのだから、悟ったかもしれない。あるいは、村の男が待ち伏せたと思っているかもしれない。村の男だと思っていれば、たぶん、利恵は凌辱されたことは口にするまい。何もなかったふりをするにちがいなかった。

それがみものだった。

男に襲われ、犯されて、利恵は二度も昇りつめた。だが、口を拭《ぬぐ》ってそしらぬふりをする。それが女だった。

不信の源を徳田は探りあてたことになる。

哀しい探偵ではあった。

徳田だとわかっていれば、利恵は詰《なじ》ろう。詰られても、徳田は否定するつもりだった。肯定すれば破綻《はたん》を招きそうなおびえが、いまはあった。

利恵はなかなか戻らなかった。

——村に戻ったのではないのか。

その不安が顔をのぞかせた。

徳田だと承知していて、憤《おこ》ったのではないのか。一緒に生きるに値しない男だと、平野鉄太郎に告げに行ったのではないのか。

しかし、利恵は戻ってきた。

徳田は戸口に出迎えた。

「ただいま」

利恵の表情はふだんと変わらなかった。

徳田は安堵《あんど》をおぼえた。と同時に、女をみたと思った。ふだんと変わらない表情の裡《うち》にしたたかなものが潜んでいた。やはり、利恵は夜這いに来た男を徳田だとは知らずに体を開いたのだった。

「お帰り」

犯人が巨根だと知って、利恵は心をおののかせて待ち受けたのだ。

我執が冷たい塊りになって心の隅に蹲《うずくま》った。

5

平穏な日が何日かつづいた。

徳田も利恵も強姦の件については口を閉ざしていた。

それどころか、徳田はその日の夕刻、利恵に手を出していた。何喰わぬ顔をしている利恵の心の裡を思うと、炎が生じた。

利恵は谷川の水で股間を洗って戻っていた。

徳田が口をつけると、利恵はすぐに声を出した。生々しい声にきこえた。何時間か前の凌辱を思い浮かべているのにちがいなかった。脳裡でそれを追いながら、燃え狂っているのだった。

それを思うと、徳田も異様に昂ぶった。

お互いに相手を求めて、汗にまみれるほどの愛欲が繰り拡《ひろ》げられた。

利恵は相手を村の男だと思い込んでいるようだった。徳田だとは夢にも思ってみないらしかった。

やり得——そのことばを徳田は浮かべていた。

女には愛はない。あるのは性欲だけだと思った。妻がそうだったたし、郁子がそうだった。利恵がそうだ。犯されても訴えることはない。犯されることを希んでいるからだ。

やり得かと、徳田は思った。男も女も、生活にいっさいの心配がなければ、相手かまわずにやりまくる。いや、男にはそれはすくないかもしれない。男には独占欲があるからだ。男は本能的に女は危険な生きものだと悟っている。放っておけば女はだれとねるかもしれない。その不安があるから、男には独占欲が出る。

だが、女には、それはない。女は放縦であった。

何日間か、徳田はつづけて利恵を求めた。精液を注《つ》ぎ込んでも注ぎ込んでも、利恵を征服した気にはなれなかった。結局、女は征服されない生きものだと悟った。とくに精液で女を征服しようとするのは、むなしかった。そのむなしさがよけい、徳田を駆りたてた。

利恵の白い体に気が狂《ふ》れたように自身を埋め込んだ。

熱が醒めたのは数日後だった。

憑《つ》きものが落ちたように、ぼんやりとなった。

荒淫《こういん》で鏡の中の貌が萎《しぼ》んでいた。

費《つか》いはたして精液が出なくなっても女の体を求められるのは、機能的にみて、おかしかった。性欲は精液がもたらすもののみではないのを、徳田は、はじめて知った。

勃起に必要なのは、嫉妬だった。嫉妬さえあれば何回でも女の体に突きたてられる。そのかわり、突きたてても突きたてても、嫉妬のほむらは消えはしない。自身の中に棲む老いた駑馬《どば》を、徳田はもて余していた。

日ごとに冬の気配の濃くなる山々を歩き回ることで、徳田は自身を鎮静させようとした。


利恵は夕食の支度をしていた。

徳田は散策に出て留守だった。毎日、徳田は昼から散歩に出る。食事の支度をしていて、ふっと、利恵は小さな悪寒を感じた。

だれかが窓から覗いていたような気がした。

振り向いてみた。

男が立っていた。

痩せて背の高い男だった。顎《あご》が尖《とが》っている。ほお骨が高い。凹《くぼ》み気味の目が陰鬱《いんうつ》な光をたたえていた。

青ざめた皮膚を持った男だった。

男は無言で利恵をみつめていた。

利恵は血の気を失った。

——牛窪勝五郎。

徳田からきいていた死に神の名前を、思いだした。

利恵は立ち竦んでいた。

包丁を握ったままだった。その包丁がかすかにふるえている。

男は戸口に回っていた。戸には鍵《かぎ》はかけていない。走って鍵をかけようかと思ったが、足が動かなかった。

男は無造作に打ち破って入って来る。その険悪さを表情に秘めていた。

牛窪勝五郎にちがいなかった。

徳田は、牛窪を執念の鬼だといった。もともと殺し屋で、いまは徳田を殺すことだけに生き甲斐《がい》を求めているのだといった。

徳田のいう執鬼が、窓から覗いた男には、あった。凹《くぼ》み気味の目がひどく陰鬱にみえた。尖った顎や高いほお骨の陰に冷たい死の影を溜めていた。

その上、左腕がなかった。

戸が開いた。

ひいっと、利恵は短い悲鳴を放った。

牛窪がのっそりと土間に立った。

肩で息をしている。低い、木枯らしに似た音を口からだしている。休み休み、山を登ってきたにちがいなかった。胸が大きくあえいでいた。

利恵は握りしめた包丁を突き出していた。

「おめえ」牛窪は、喘いだ。「やる気、か」

低い声を押し出して、牛窪は一歩、前に出た。

「来ないで!」

利恵は両手で包丁を握った。

「徳田は、ど、う、した」

「いないわ!　村よ!　村に下りたのよ」

血の気を失っていた。

「おめ、えが、やつの、女か。利恵、か」

牛窪はもう一歩、前に出た。

「ちがうわ!　こないで!　出てってよ!」

「そうか」

うなずいて、牛窪は懐からドスを摑みだした。

「おめえ、から、切り裂いて、くれる」

「やめて！　許して！」

ドスが光をはねたのをみて、利恵は泣き声を放った。ドスが胸に突き刺さる光景がかすめた。

「許して、ほしい、か」

「おねがい、殺さないで」

包丁を落として、その場に利恵は頽《くずお》れた。逆らったら殺される。牛窪の目には重い殺気があった。

睨むだけで人を死にいたらしめそうな、けものじみた光をたたえていた。

「裸に、なれ」

牛窪は傍に来た。足で包丁を蹴《け》って、利恵の前に屈んだ。ドスの腹で、利恵のほおを叩いた。

「それとも、斬《き》られ、たいか」

乳房と乳房の中間にドスを当てられた。

「なります」、
そう答えるしかなかった。

徳田は散歩に出たばかりだ。あと一時間ほどたたなければ戻らない。

殺し屋の牛窪相手にどうなるものでもなかった。

セーターに手をかけた。牛窪は立って、みていた。

利恵は脱ぎはじめた。牛窪は徳田の妻を奴隷にし、徳田が面倒をみていた少女を凌辱したという。徳田のものはそれがなんであれ、奪い尽くさなければ済まない狂気を蔵している。とくに、徳田の女には徳田を殺す以上の執念を注ぎ込んで犯すのだという。

その牛窪がやってきた以上、逃れられるすべはないのだった。

半開きの戸に冬の風が号《な》いていた。

牛窪は立ったままだった。

利恵は牛窪の前に蹲っていた。

一糸まとわぬ裸になっていた。寒気が肌を包んでいる。寒さは心の中にもあった。これから牛窪に凌辱される。わけもなく、暴力に屈したのだ。それも、叩かれ、服をむしられての暴力ではなかった。

命じられて、自分から裸になって男の前に跪《ひざまず》いているのだった。どうにもならないとはいえ、屈辱は深かった。

「舐め、ろ」

短く、牛窪が命じた。利恵は貌を上げた。目の前に牛窪の腰があった。その部分が膨《ふく》れはじめている。

「妙な真似を、したら、容赦、しねえぜ」

牛窪は右手にドスを握っていた。

うなずいて、利恵は、牛窪のバンドに手をかけた。ズボンを落とし、パンツを下げた。

目の前に出たものをみて、利恵は息を呑んだ。

なかばまで勃起しているそれは、雄大であった。その状態でも徳田のものをはるかに上回った。英二のよりも、巨《おお》きい。

掌を添えた。

「どうだ、大きい、だろう」

「………」

両の掌の中で怒張をはじめていた。何か別の生きもののように、急速に膨れ上がっている。

「答え、ねえか」

「はい」

低い声で、答えた。

「そうだ。訊かれたら、答えろ。おれは、徳田の、野郎を、殺す。殺すまでは、ここを、出ねえ。おめえは、奴隷にする」

「はい」

「わかったら、やれ」

利恵は、怒張したものを口に含んだ。喉まで入れても半分以上は残っていた。残った部分を擦りながら、含んだ。

徳田は散歩をやめて小舎に戻った。

妙に胸騒ぎがした。何も起こるはずはなかった。赤法華が守っていてくれる。牛窪もここでは手が出ない。赤法華にやってきても、小舎の存在を知ることは不可能だ。

不測のことが起こるとすれば、警察が嗅《か》ぎつけることだ。

——警察で嗅ぎつけたのか。

まさかとは思ったが、不安は消えなかった。用心をして、樹《き》の幹を伝いながら、小舎に戻った。警官が網を張っていることを考えて、ときどき足を停めて気配を窺《うかが》いながら、歩いた。

小舎のみえるところまで戻って、様子をみた。警官の気配はなかったが、戸が半開きになっていた。小舎は冬景色の中にひっそりと佇《たたず》んでいる。

戸が半開きになっているのは、利恵が出入りしたのだと解釈した。

それでも、足音を忍ばせて小舎に近づいた。

利恵の声が洩れていた。

それをきいた徳田の顔色が変わった。テレビかと思ったがそうではなかった。利恵のあのときにたてる声だった。

忍び寄ってみた。

戸の隙間《すきま》から利恵の裸身がみえた。片腕の男が利恵の尻に跨っている。利恵は布団を握りしめていた。貌をのけぞらして、しきりに短い悲鳴を放っている。ああ、ああ、とも、おう、おうともとれる、悲鳴だった。大気を掻《か》き裂くようなするどい悲鳴だった。

片腕の男は緩慢に責めている。

突きたてられる真白い尻を、徳田は凝視していた。

徳田は身じろぎもしなかった。

視界が凍っている。

凍った視界の中で男と女だけが動いていた。浅黒い体と真白い体が絡《から》み合っていた。

男が尻から離れて、立った。女が起きて、男の怒張したものに縋りついた。

女は夢中で口に含んでいる。女の片手は男の尻に回されていた。

男が横たわった。女が男の上に這い上がった。女は男の巨大なものを股間におさめて、のけぞった。のけぞったまま、騎乗位で、女ははげしく動いた。乳房が重そうに揺れている。悲鳴が間断なく口を衝いている。

女の尻が貪欲《どんよく》そうに上下している。

小舎は女のうめきで埋まっていた。

傍若無人だった。女は何もかも忘れていた。夫のことさえ忘れはてて、それに身を灼いていた。はげしい炎だった。白い裸身が灼けただれるかと思われるほどの狂乱ぶりだった。

女が崩れるように男の体から落ちた。落ちて、女は大きく足を拡げた。男が、その拡げた足の間に入った。かん高い女の悲鳴が走った。男が女の体に覆《おお》いかぶさった。女の両腕が男の背を抱えた。足が、男に絡んでいる。

すぐに、女は金切り声を放った。

女が動かなくなった。両腕が男の背から落ちた。男だけが動いていた。ゆっくり、男は責めている。女は応《こた》えない。拡げた手足が意思を失って男の責めに揺れていた。

長い間、男は責めていた。

やがて、男は重い咆哮《ほうこう》を放った。

徳田は、小舎を離れた。

足音を殺して、林に引き返した。

林の奥深くに入って、腰を下ろした。

割れそうに高鳴っていた鼓動は、いまは、鎮まっていた。石のように固くなっていた全身の筋肉も、いまは、弛緩《しかん》していた。骨の存在が感じられないほどに、弛《ゆる》みきっていた。力が入らない。

何かを考えようとしたが、何も考えられなかった。利恵の姿態だけが脳裡の闇にかかっている。白い体は、狂い回っていた。巨大な男のものに突きつらぬかれて、おのれを失い、狂乱の世界に舞い叫んでいた。

利恵を切り従えてしまった牛窪の黒々とした巨根が、闇の中に突っ立っていた。徳田はぼんやりとその光景をみていた。

長い間、みていた。ぶるっと体に悪寒が走って、われを取り戻した。悪寒は体の芯《しん》に取り憑いていた。幸せを失い、安寧を失った寒さが、骨を凍らしていた。

牛窪がやってきた。やって来るなり、牛窪は利恵を隷従させた。

悪魔の性をかね備えた牛窪にはそれはなんでもないことであった。どんな女も、牛窪に摑まれたらそれでしまいになる。自分から身を投げ出して隷従したくなるのだ。屈辱意識はたちまち抜き取られる。

利恵の狂乱が、それを物語っていた。

徳田は独りになっていた。利恵を奪われ、小舎を奪われ、生活を奪われてしまっていた。

徳田にできることは、黙って赤法華を去ることだけであった。

寒風の中の流浪が待っていた。

牛窪をどうにかするのは、できない相談だった。赤法華に下りて助力を求めることはできる。だが、男たちがやってきても、牛窪を殺さないかぎり、どうにもならない。叩き出すことはできようが、そうすれば、牛窪は暴力団の仲間を連れてやって来る。

あるいは、警察がやって来る。

警察に知れたも同然だった。

徳田は光を失った目で風景をみていた。

6

夜が迫っていた。

徳田の蹲った林に暮色がただよっている。夜は裡《うち》と外《そと》にあった。

徳田の胸中も外界と同じ暗闇であった。

死んでしまいたかった。

赤法華を出るにも出られないでいた。散歩に出たままだから、一円の持ち合わせもなかった。着《き》の身着《みき》のままだった。どこにも行けない。

村に下りて平野鉄太郎にいくばくかのかねを借りることはできる。しかし、それは一騒動を起こすことになる。それに、片腕の死にかけた男に利恵を奪われて反撃一つできずに村に下りて逃亡のかねをねだるのは、いくらなんでも、つらい。沽券《こけん》などはないにひとしい徳田だが、それでも、つらすぎた。

自嘲《じちょう》に浸っているうちに、夜の帷《とばり》が周辺にたちこめていた。このまま歩いて、山を越して赤法華を去るか、平野鉄太郎に恥を忍んでかねをねだるか、それとも、寒さと飢えを覚悟で何日か小舎を窺い、隙をみて逃亡に必要なものを持ち出すかの、どれかしかない。

徳田はそれを考えていた。

一も二も容易にはできそうにない。三番目は、自分を痛めれば、可能かもしれなかった。利恵と牛窪が何日間も籠《こも》りっぱなしということはないはずであった。

徳田は、体を起こした。

闇にまぎれて森を出た。

小舎のみえるところまで忍び寄った。小舎には暖かそうな灯が入っていた。傷ついた臆病《おくびよう》な狸《たぬき》のように、徳田は近寄った。

戸は閉まっていた。窓に這い寄って、覗いた。

囲炉裏に赫々《あかあか》と榾火《ほだび》が燃えていた。傍の掘り炬燵に徳田の丹前を羽織った牛窪が入っていた。利恵は調理場にいる。素裸であった。その裸の腰に太い針金が結びつけられていた。針金の端は柱に結ばれている。

牛窪は酒を飲んでいた。銚子《ちょうし》が三本、テーブルに出ていた。利恵が料理を持って戻った。徳田と目が合ったが、反応は示さなかった。料理をテーブルに置いて、利恵は牛窪に両手を突いた。

牛窪が炬燵掛けをめくった。利恵は牛窪の両足の間に入った。牛窪が背後から右腕で利恵を抱えた。

利恵がグラスに酒を注いだ。

青ざめた横貌だった。

徳田は、窓から離れた。

どこかで梟《ふくろう》が啼いた。


利恵は牛窪に抱かれて布団に入っていた。夜半にはまだ間があった。牛窪も眠ってはいなかった。一本しかない右腕で背後から乳房をまさぐっていた。男根は利恵の尻に当てられている。利恵は諦めていた。徳田も諦めたし、自分をも諦めていた。赤法華での生活も、もちろんであった。徳田との生活はしょせんは、無理だったのだと思った。徳田は犯罪者だ。こんな山中の小舎住まいの生活がいつまでもつづくわけはないのだった。

自分が哀れすぎた。徳田は利恵が英二とねたことを嫉妬していた。根掘り葉掘り喋らせ、その炎で自身を灼いた。黒焦げになるまで灼き尽くそうとしていた。村から帰る利恵を待ち伏せて強姦したのもそのためだった。神経が異常になりかけていた。

山小舎生活を余儀なくされては、心が痛むのは、しかたがなかった。岩山で強姦されながら、利恵は、遠くない未来からやって来る破局の跫音《あしおと》を聴いていた。

跫音の主は殺し屋の牛窪勝五郎だったが、だれであろうと、同じであった。

牛窪のものが勃起していた。

利恵はそれを股間に挟《はさ》んでいた。牛窪は乳房を揉みつづけている。執拗だった。その執拗さの中に、利恵は右腕しかない牛窪の焦燥をみる思いがした。

失った左腕の分をも、牛窪は右手で愉しんでいるように思えた。

無造作に征服されたが、いまは、悔いはなかった。

悔いてもどうにもならないことだった。何日間、この隷従がつづくのかわからないが、終われば、利恵は赤法華を出る覚悟だった。

いまは、牛窪に仕えるしかなかった。

抵抗して、叩かれたり殺されるよりも、奴隷になって、性を愉しむほうがはるかによい。牛窪との性交はすさまじかった。利恵は体の芯を抜かれた思いがした。わけがわからなくなって叫び狂ったおぼえがある。最後には失神した。

これほどの性交のよろこびを利恵は知らなかった。男のものは大小に関係がないという。それはウソだった。愛さえあればという。それも、ウソであった。愛がなくとも喜びは得られる。愛してはいても、小さなのは物足りなかった。欲望の満足は得ても、精神の満足は得られなかった。女であるかぎり、自分を壊してしまいそうな巨根に、心のどこかでは憧れている。その飢えが充《み》たせない。

心と体は別々に機能するのだった。

牛窪を愛しているわけではないのに、利恵は泣き叫ぶほどの狂いようをした。

いまは、牛窪を拒む気はない。かりに拒めても、その気はなかった。

牛窪が腰を動かしている。すこしずつ侵入してきていた。右手は乳房を揉んでいる。利恵は上体を折り曲げるようにした。そうすると、侵入が容易になる。

牛窪のものが完全に利恵を塞いだ。

そのときには、利恵は陶酔に浸っていた。


徳田は戸に体当たりをくれた。

「殺してやるぞ、牛窪！」

悲鳴のような声でわめいた。

わめきながら、棒を振りかぶって、突進した。

目の前に素裸の利恵が這っていた。高々と尻をかかげている。その尻を牛窪の巨根がつらぬいていた。牛窪は、右手にドスを握っていた。

「来たか、徳——」

牛窪は平然としていた。つらぬいたものを抜こうともしなかった。

「こ、こ、こ——」

徳田は逆上していた。

「殺して、みろ」

牛窪はゆっくり利恵を責めた。

「おめえ、の、女を、みろ。この、とおりだ」

突きたててみせた。

「ちき、しょう！」

利恵は布団を握りしめている。高くかかげた白い尻は、牛窪をくわえ込んだままだ。何があっても離すまいという執念がみえた。

「てめえ、まで、ぜいぜい、いうな」

牛窪が嘲嗤《あざわら》った。

「野郎ッ」

殴りかかろうとした寸前に、牛窪が立った。

「わっ」

徳田は思わず後退《あとずさ》った。

利恵を責めていた濡れた巨根が、宙に向けてそそり立っていた。腕ほどある真黒い怪物だった。

牛窪のドスが光をはねたのをみて、徳田は、怪鳥のような悲鳴をあげて逃げだしていた。

「出て来い！　牛窪！　出て来い！　牛窪！」

徳田が小舎の板壁を叩き、戸を叩いて回っている。

利恵はさっきのつづきの姿態をとらされていた。牛窪が尻から責めている。巨大なものが利恵を塞いでいた。

「殺し屋の勝！　きさまは鬼だ！　出て来い！　ぶっ殺してやる！」

徳田は棒で壁を叩いて、血を吐くような声で叫んでいた。

「ああッ――」

利恵はうめいた。うめきつづけていた。

「死に損ないの、勝のバカ！　出て来い！」

徳田は窓から覗いてわめいている。

「どうだ、気持ち、いいか」

牛窪がぜいぜい息を切らしながら、訊いた。

「ああッ、はい、はい、ああッ」

利恵は頭を打ち振った。

「やめろ！　牛窪！　出て来い！　片腕！」

徳田が窓で歯を剝《む》いていた。

「亭主が、泣いて、おる。偽、医者、野郎が」

「やめろといっとるのがわからんのか！　牛窪の死に損いの、肺病野郎！」

「亭主と、おれ、と、どっち、が、いい」

「はいッ、あなたです！　あなたです！」

髪を振り乱して、利恵は叫んでいた。

わけがわからなくなりはじめている。自分がとらされている体位さえ、今はさだかでなかった。

「淫売女！」

徳田が金切り声をあげた。

「おま、えは、いん、ばい、か」

牛窪の喘ぎが高くなっていた。鞴《ふいご》のような喘ぎをしている。

「はいッ、はいッ、はいッ――」

頭を布団に打ちつけて答えた。

徳田は黙った。黙って、覗いていた。利恵が失神している。死体のように力の抜けた体をうつ伏せにしていた。牛窪がその尻に乗って、片腕だけの右手を使って、自分のものを押し込んだ。

狂いそうな目で徳田はみていた。

「出て来やがれ！　ぬすっと！」

徳田が壁を叩いている。

深夜を過ぎていた。

風が鳴っている。利恵と牛窪は差し向かいで夜食をとっていた。

「その飯も、その女も、おれのものだぞ！　きさまはぬすっとだ！　人殺しのぬすっとだ！」

壁を叩きつづけている。

「ひと、殺しは、てめえ、じゃ、ねえか」

牛窪が嘲嗤った。

「そうじゃ、ねえか？　おまえ」

牛窪が利恵に訊いた。

「はい。そうです」

「おめえ、は、もう、おれの、女だ。村の野郎が、来ても、離さねえぜ」

「承知しています。わたしは、あなたの女です」

「裏、切らねえか」

「裏切ろうにも、裏切れないんです」

「だろう、ぜ」

「警察を呼んできてやるぞ！　勝！　きさまは、強姦罪で刑務所行きだ！　刑務所で血を吐いて死にやがれ！」

「バカ、タレ」

一つ喘いで、牛窪はグラスの酒を口に流し込んだ。

「この、豚女！」

徳田が窓を覗いて、わめいた。

「恥を知れ！　淫売女！　夜這い女！」

わめいて、ガラスを叩き割った。

徳田は朝までわめきつづけた。

棒で小舎の板壁を叩きつづけた。

朝がたには叩く力も弱くなっていたし、声も嗄《か》れていた。それでも、わめき、叩きつづけた。眠らさないためだった。一昼夜でも二昼夜でもわめき、叩きつづける。そのうちには、牛窪はふらふらになる。ただでさえ、酸素不足で死にかけている男だ。不眠は、ことによると、ポキリと牛窪のいのちを折るかもしれない。

死なないまでもやがて、寝込む。そのときには躍《おど》り込んで殴り殺してやる。殺せなくても、かねや服を持ち出すことはできる。徳田にできることはそれしかなかった。

いまは、利恵は敵であった。牛窪の奴隷女になりきっている。妻と同じだ。考えられもしないことが起こったのだ。牛窪は魔王だ。その男根も魔性を秘めている。いちどそれでつらぬかれると、女は魔王の奴婢《ぬひ》になる。

蜂の針に似ている。蜂はあの小さな体で大きな蜘蛛《くも》を刺して、生きたまま巣に運び込み、その体に卵を産みつける。卵が孵《かえ》っても蜘珠は生きている。幼虫は蜘珠を貪《むさぼ》って育つ。

牛窪の男根も同じだ。女を生かしたまま心だけを麻痺させ、自分の奴隷にする力を持っている。女は牛窪の男根に刺されると、もう、どうにもならない。

魔女になった利恵に協力は求められない。

悪魔の儀式である性交が終わり、夜食を終えると、牛窪と利恵は明りを消して、寝た。囲炉裏の榾火の明りで抱き合っている姿がかすかにみられた。

眠ったのかどうかはわかない。

二度も悪魔は交じわった。疲れているから、徳田のわめきなどは意に介さずに眠ったのかもしれない。それを思うと、徳田は泣きたかった。いっそ、眠らせておいて忍び込んだほうがよくはないのかと思った。

だが、牛窪の計略かもしれない。一晩中、叩き、わめくしか方法がなかった。

「出て来い！　片腕の、肺病野郎！　淫売女の夜這い女！」

嗄《しわが》れた声で、叩きつづけた。

朝陽が昇る気配をみせはじめていた。

周辺から乳白色の未明の帷《とばり》が消えつつある。

「村人を呼んで来てやるぞ！　強姦野郎の、淫売女！　きさまらは袋叩きだ！　おぼ——」

徳田の体が凍った。

いつの間にか、牛窪が傍に来ていた。ドスはバンドに、手には包丁を握っている。その包丁が陽をはねた。

「ぎゃっ!」

徳田はのけぞった。

包丁が風を切って飛来した。耳をかすめて、飛び去った。ほとんど同時に牛窪が走っていた。ドスを抜いて、異様にすばやい走りかたであった。

徳田は走った。死物狂いで走った。牛窪の足音がすぐ後ろに迫っている。

徳田は首を竦めて走った。ドスが首筋に突き刺さる幻覚がかすめた。

林の中に走り込みながら、振り返った。

牛窪は追うのをやめていた。木の根に腰を落としていた。背を幹にもたせて、体全体で息をしている。草の葉のように青ざめていた。

「そのまま、死にやがれ! 肺なし、野郎!」

木につかまって喘ぎながらわめいているうちに、ふっと、何かもの哀しい思いが徳田の胸中をかすめすぎた。

——牛窪は死ぬのではあるまいか。

死人と同じ顔色だった。

牛窪をそのように運命づけたのは、徳田であった。

牛窪に責任があるわけではない。赤提灯《あかぢょうちん》で徳田は牛窪を知った。左腕のない、一見して暴力団員とわかる牛窪だった。

肺を病んでいて、それが風貌に加わって悽惨《せいさん》な感じを、牛窪は身にまとっていた。だれも牛窪の傍には寄らなかった。牛窪は偏執狂のようにオデンの蒟蒻《こんにゃく》ばかりを喰っていた。体に悪いぞと、徳田は声をかけた。

牛窪と知り合いになりたくて声をかけたのではなかった。その頃《ころ》、偽医師の摘発がきびしくなりはじめていた。自分が偽医師であるおびえが、徳田に、わざと医師とわからせることばの使いかたや何かをさせたのだった。

やがて、牛窪は大怪我をして徳田を訪ねてきた。

徳田が声をかけていなければ、牛窪は徳田に怪我の手術を任せることはなかった。

そして、手術に単純ミスを犯した。

牛窪は生ける屍《しかばね》同然の体になった。

牛窪にはなんの落ち度もない。すべては徳田の責任である。自分を廃人にした偽医師に殺意を抱くのはしかたがない。牛窪の執拗な性格はオデンの蒟蒻ばかりを喰っていたのをみてもわかる。偏執狂なのだ。その偏執狂が徳田殺しに向けられたのだ。

本来なら牛窪に殺されるべきかもしれない。シャウカステンにレントゲンフィルムを表裏逆にかけるというお粗末なミスで、牛窪を廃人同様にしたのだ。

殺されても文句をいえる筋合いではなかった。ひとのいのちを粗略に扱う者は自分のいのちをひとから粗略に扱われてもしかたがなかった。

その牛窪が、死にかけている。

酸素不足で貌を草葉色にさせて体全体で喘いでいる牛窪をみていると、徳田は、自責の念に駆られた。

牛窪はドス一本におのれを託して、ぜいぜい喘ぎながら徳田を追っている。徳田を追うことのみに生き甲斐をかけている。追いついたところで、走ることができるわけではない。

徳田に糞度胸《くそどきょう》があれば、あっさり返り討ちにできるのだ。牛窪もそれを承知で、追っている。死を賭《か》けた追跡だといえる。哀しい執念の追跡だといえる。

逃げる徳田も哀しければ、追い縋る牛窪も哀しい。

牛窪は肩で息をしていた。草葉色の貌が放心したように空に向いている。

「牛窪——」

徳田は、話しかけた。

「どうだ、取引しないか。その体でおれを殺すのは、無理だ。おれも、逃げるのはうんざりだ。そこで、きみにはおれの家の権利書を渡す。妻も差し上げる。おれの持っていたものはすべて渡す。その山小屋もだ。もちろん、利恵もだ。だから、わたしの医療過誤は許してくれ。どうだ、決して、悪い条件ではあるまい。きみも、わたしを殺したら殺人罪で刑務所に入らなければならんのだ」

「………」

牛窪は答えなかった。

「どうだ、牛窪」

「おめえ、に、もらわなく、とも、おめえの、女は、おれの、ものだ。家なんぞは、どう、でも、いい。おめえ、は、生かしちゃ、おかねえ」

青い貌を空に向けたまま、牛窪は答えた。

「わからず屋の、バカ！　死んでしまえ！」

徳田はカッと肚をたてた。

牛窪に哀れをおぼえたのを、後悔した。

「死《し》に損《ぞこ》ないの、強姦野郎！」

わめき散らした。


一時間ほどたって、徳田は小舎に近づいた。

牛窪は小舎に戻っていた。

「出て来い！　肺無しの、片腕野郎！」

遠くから石を投げて様子を窺った。

小舎は深閑としていた。

「こっちから殺しに行くぞ、糞《くそ》ったれ！　淫売女はいるのか！　きさまも殺してやるぞ！」

返る声はない。

用心して窓に近寄ってみた。

利恵が食事の支度をしていた。素裸だった。腰に針金を結わえられたままだ。盛り上がった尻の白いのが、痛々しかった。

牛窪は掘り炬燵に入っていた。テーブルに貌を伏せている。

「眠るな！　人殺し！」

わめくのと同時だった。貌は伏せたままで、牛窪の右手だけが宙に走っていた。石が唸《うな》って、徳田を襲った。石は窓枠に当たって、落ちた。

徳田は尻餅《しりもち》をついていた。あまりの早技に肝をつぶしたのだった。這い起きて、逃げた。

小舎のみえるところに踏みとどまった。昼間は、近寄るのは危険だと悟った。牛窪は物を投げる練習をしていた。正確な弾道を描いて石は飛来した。窓枠がなければ、顔面を打たれて悶《もん》絶《ぜっ》したところだった。今朝の包丁は、未明だったから狙いが狂ったのであろう。昼間なら、顔に突き刺さっていたものと思えた。

執念のほどが思われる。ぜいぜい野郎の牛窪が徳田を捕殺するのは容易ではない。必殺の技が必要だ。礫《つぶて》にそれを求めて、明けても暮れても石を投げつづける姿が思われた。それはまさに執鬼の姿であった。牛窪に取引を申し込んだ自身の滑稽《こっけい》さが、哀しかった。

徳田は小石を集めはじめた。

かかっていた。牛窪を眠らせてはならない。二、三日、眠らせさえしなければ、牛窪は死ぬ。勝敗はそこに

牛窪を倒したら、小舎に乗り込んで利恵に思い知らせてやる。逃げようと思えば、牛窪の出た隙に何かで針金を叩き切って逃げられたのだ。だが、利恵は、そうはしなかった。かつての妻と同じだ。牛窪の巨根の虜《とりこ》になったのだ。ぜいぜい喘ぎながらだが、牛窪は性交だけは悪魔としか思えない巧みさを持っている。その技と巨根が、女を隷従させて、離れさせないのだ。素裸にされ、針金でつながれても、よろこんでいる。

憎悪が利恵に向けられていた。

思う存分に打ち叩いてやる。引っ掻いてやる。その上で尻からつらぬいてやる。そして、赤法華を逃げ出してやる。

山のように、石を集めた。

投げはじめた。

投げながら、暖かい飯に味噌汁《みそしる》と焼き魚の朝食を喰っている二人の姿が思われた。それに引き替えての自身の姿が、あさましかった。腹は減りきっていた。宿主の落魄《らくはく》を悟りでもしたように、一晩で髭が勢いよく伸びていた。懐《ふところ》には一円のかねもない。

「出て来やがれ！　利恵の豚女！　色キチガイ！」

嗄《しわが》れた声で、心で泣きながら、ののしった。

牛窪はさることながら、利恵への憎悪が、いまは深くなっていた。いや、利恵にではない。女にだ。女そのものにだ。女は信用ならない。女は美しい。かぎりなく、美しい。それだけに、信用ならない。

石が板壁を襲っている。ガツン、ガツンと、板壁を叩いている。昨日まで自分の妻だった女が、その小舎で牛窪の前にひれ伏している。飯を終えたら、また、美しい尻を差し出して巨根につらぬいてもらうのかもしれない。

「ちきしょう!」

徳田は、つぶやいた。

徳田は精根を使いはたして、草に寝転がっていた。

石は投げ尽くした。二百個は投げたはずであった。

小舎は深閑としていた。淡い陽の中に沈んでいる。

動いているのは煙突から出る煙だけだ。囲炉裏の榾火が赫々と燃えている光景が思われる。

寒風が徳田から体熱を奪っていた。心の中に吹く荒涼の風も、熱を奪っている。

歯が立たないと思った。卑小感が徳田を押しちぢめていた。どうやったところで、牛窪にかなうわけはなかった。牛窪は徳田の反撃などは歯牙《しが》にもかけていない。利恵に巨根をいじらせながら、眠っているにちがいない。

どうして、こうなのだろうかと思った。どうして、こうも自分には意気地がないのか。腰が据わっていて、腕力のある男なら、無造作に乗り込む。牛窪を半殺しにして叩き出し、利恵を折檻《せっかん》できるのだ。そのかんたんなことが、徳田にはできない。

諦めようと思った。隆車に鎌を振りかざしている蟷螂《とうろう》に似ていた。

雲が北から南に渡っている。白雪に似た雲だった。

——雪か。間もなく、雪が来る。

山野を埋める雪を想い描いているうちに、ふっと、清水郁子のほっそりした白い貌を思いだした。どうしたのだろうか。あのときも、徳田はいまと同じことをした。

太平洋岸の人影一つない砂丘だった。牛窪がやってきて、少女の郁子に巨根を突っ込んだ。徳田は棒を持って、砂を叩いて牛窪をののしった。牛窪は意に介さなかった。ゆっくり、郁子を責めつづけた。それっきりだった。

郁子はそれからどこへ行ったのだろうか。どこかで、自殺をしたのか。それとも、牛窪にどこかの売春宿に売りとばされたのか。

郁子は牛窪に立ち向かった。徳田を殺させまいと、牛窪を追って、ドスをふるう腕にぶら下がった。徳田が生きていられるのはそのおかげであった。郁子だけであった。いのちを賭けて徳田を助けてくれたのは。そのために、少女の域を出ない幼い体を牛窪の巨根でつらぬかれる羽目になったのだった。

「わっ」

徳田は悲鳴をあげて、はね起きた。走る足音が近づいているのに気づいた。

はね起きるなり、後ろもみずに逃げだした。

「待って！」

叫ばれて、走りながら振り向いた。素裸の利恵が走ってきている。手に、リュックザックを下げていた。

徳田は、立ち止まった。

「あなたに必要なものが入っているわ。持って、出てって。おかねも入っているわ」

寒気に肌が引き締まっていた。乳房が喘いでいる。

徳田はリュックを受け取った。

「早く出てって。牛窪が来るわ」

「おまえは、どうするのだ」

声がふるえていた。

「わたしのことは、どうでもいいわ」

「そうは、いかん。一緒に、村に下りよう」

「この恰好で」

「おれのズボンを……」

「やめて」利恵が遮《さえぎ》った。「わたしは、小舎に戻ります。わたしがどうなったか、みたでしょう。男が弱いと、女には方法がないのよ。あなたは生きる能力がないのよ。弱すぎるのよ。もう、いい、早く出てって。わたしのことは忘れて。どうせ、だめな女なのよ！」

叫びであった。叫んで、利恵はきびすを返した。

走って小舎に戻る裸の腰に針金が喰い込んでいた。針金の尾を引いている。

第四章　反　撃

1

徳田兵介は砂丘に佇《たたず》んでいた。

福島県鹿島町の太平洋に面した砂丘であった。人影はない。茫漠《ぼうばく》の海がある。水平線は遠いかなたで鉛色の空に溶けていた。一隻の船も渡っていない。

砂丘は荒れはてた感じだった。風が刻んだ風紋だけが拡《ひろ》がっている。流木と流れ藻が風にそよいでいる。

――郁子。

徳田は胸中につぶやいた。

清水郁子をこの砂丘に連れてきたのは夏の終わりだった。いまは初冬だ。三か月近い日が流れ去っている。

砂丘には徳田と郁子が住んだテントはなかった。その場所に立ったが、痕跡《こんせき》は何一つ、なかった。

痕跡は消える。生きものの残した痕跡はつぎからつぎと消えてゆく。とくに漂泊者の残した足跡はそうだった。


——古人の多く旅に死せるあり。予もいづれの年よりか、片雲《へんうん》の風にさそはれて漂泊の思ひやまず。


そう書き遺した俳人は、多くの詩を後世に遺している。漂泊の思いに誘われて、旅に出た者は例外なく、歌を遺している。記念碑を残している。像を残している。

徳田には、残すものはなかった。歩くあとから、足跡は消えてゆく。歩いた後には、白く乾いた路のような空白が残っている。

妻が消え、郁子が消え、利恵が消えた。

残ったのは、偽医師の追及と、牛窪勝五郎の怨念《おんねん》だけであった。

海に視線を投げていた。濁った双眸《そうぼう》だった。哀《かな》しみに充《み》ちた目だった。

はてしのないうねりの流れる海に利恵の貌《かお》がかかっていた。裸身がかかっていた。利恵は、徳田の弱さを非難した。生きる能力がないといった。男が弱ければ、女には方法がないのだと、叫んだ。その叫びがいまも、脳裡《のうり》にある。

徳田は利恵への恨みを捨てていた。女は信用できないと思った。裏切るのは女のつねだと思った。しかし、利恵は裏切ったのではなかった。かねや、旅に必要なものは、リュックに詰めて渡してくれた。牛窪が徳田を追って出た隙《すき》に用意したのであろう。そして、牛窪が眠っている隙に針金を切って、素裸で走り出て、渡してくれた。

しかたがないのよと、利恵は引きつれた貌で叫んだ。その一言で、徳田の憎悪は氷解した。たしかに、狭い小舎《こや》に牛窪に押し入られては、利恵にはどうするすべもなかった。ひれ伏して、牛窪に体を差し出すしかなかったのだ。犯されてもだえるのは、それが女の生理だから、どうしようもない。

――弱すぎた。

無念の思いがある。生きる能力がないとのことばは、徳田の脳裡に突き刺さっている。山深い小舎に住んで、生活は赤法華にみてもらうことを、徳田は承諾した。利恵も平穏が戻って喜んでいるのだと思った。

だが、そうではなかった。利恵は、わずかばかりの安寧に身をゆだねようとする徳田に、卑小さをみていた。どうしようもない無能力者の小ささをみていたのだった。強姦《ごうかん》した男が自分なのも看破《みやぶ》っていたような気がする。

慙愧《ざんき》に堪えなかった。

――死ぬか。

徳田は、海をみつめていた。

海の広漠さに、身の細る思いがした。

徳田は車窓をみていた。上りの常磐線《じょうばんせん》だった。車窓に流れるのは闇《やみ》ばかりだ。ときに、灯火が流れ去る。

——牛窪勝五郎を殺す。

徳田は、そう決めていた。砂丘で海をみつめて、徳田は、死のうかと思った。死ぬのはたやすいことであった。生きつづけることへの執着はなかった。利恵のことばが執着を断ち切っていた。

人生に甘えすぎていた。徳田が赤法華に提供できるのは病気になった者への助言だけであった。それも、偽医師の助言だ。村にとってどれだけ役に立つのかとなると、疑問だ。診療所があり、医療器具があり、薬が常備されているのなら別だが、徒手空拳《としゅくうけん》であった。

徳田を匿《かくま》うのは、平野鉄太郎のおとこ気からであった。それを思わずに、とうぜんのように好意を受けていた自分のいい加減さを、利恵は突いたのだった。

生きるに価値のない男だと、徳田は自分に判断を下した。

死のうと思った。

ほんとうに死のうと覚悟を決めたときに、ふっと、光のようなものが心に射した。死ぬ覚悟があるのなら、牛窪を殺したらどうだと、だれかが、問うていた。

それもそうだと、徳田は思った。

死ぬ以上の苦しみを牛窪から受けた。たしかに、牛窪には負い目がある。だが、なにもわざとやったわけではない。医療過誤だ。人間が集団で住めばなにかにつけて過誤は生じる。それを、だれもが牛窪のように殺しで解決しようとしたのでは、社会生活は破綻《はたん》する。

牛窪と徳田のどららが悪いかといえば、それは歴然としていた。牛窪が悪い。悪すぎる。いくら徳田を憎んでいるにせよ、徳田の女をまで憎悪の対象にすることはない。いちいち、巨根をぶち込んで女の生活を破滅させることはないのだ。

――悪すぎる。

そうではないかと、徳田は、自身にいいきかせた。そして、そうだと肯定した。まちがいないと。そう思ったとたんに、海の色が明るくなった。

思いがけない変身だった。これまで、徳田は逃げることばかりを考えた。牛窪を殺すなどとは思ったこともなかった。殺して憂いを除こうという積極的な気持ちなどとは無縁だった。

逆襲ということばを思いだした。すると、急激に視界が拓《ひら》けた。恐怖で閉じていた世界が、発想を変えたとたんに、拓けたのだった。

――恐くはないか。

自身に問うた。恐くはないと、答えた。いままでの恐怖はたんに牛窪へのおびえだけではなくて、別の要素があった。ひどく、偽医師の摘発をおそれていた。手術ミスを犯したのも、そのせいだった。ミスを犯しては、もう偽医師の発覚は動かしがたいものとなった。

徳田は逃げた。逃げなければ、牛窪をおそれなくて済んだ。押しかけてきても、まさか殺されるようなことはなかったのだ。逃げたばかりに、牛窪は、ふざけた野郎だと怒り狂った。偽医師のくせに、ひとを廃人にして逃げやがったのだと。

逃げたために、徳田も必要以上に牛窪をおそれるようになったのだった。逃げれば逃げるだけ、罪意識が深まり、牛窪への恐怖が増した。背後に迫る影がしだいに膨《ふく》れ上がった。影を生み、膨れ上がらせたのは、自分だった。

いまは、影は消えている。逃亡をやめると決心したからだ。逆に、きびすを返して影の中に突き進み逆襲してやろうと決心をした。その決心をすると同時に、影は消えた。消えたのは、自身が生み出していた幻影だったからだ。

列車は単調な音をたてていた。

夜半前には東京に着くはずだった。

徳田はウイスキーを舐《な》めていた。

どこから手をつけてやろうかと思いめぐらした。最初に妻の明子の動静を探るつもりだった。妻が牛窪と手を切っているとは思えない。牛窪の奴隷になりきった妻だ。あるいは、牛窪と住んでいるのかもしれない。

それなら、ことは、かんたんだった。隙を窺《うかが》って牛窪を殴り殺せばよい。一緒に住んでいなくても、妻を見張れば、牛窪の根城《ねじろ》はわかるはずだ。牛窪に家族はあるのかどうか。いったい、どこの暴力団に属していて、いままではどのようなことをして来たのか。それらを調べあげてやる。おのれを知り、敵を知れば、闘いには勝てるという。勝てるはずだった。勝つことに疑義はなかった。

ウソのように牛窪へのおびえが消えている。山小舎での闘いで、なぜ、あれほど牛窪をおそろしがったのかと思う。

——逆襲のぶきみさを味わわしてやる。

これまで、牛窪は一方的に攻撃者の位置にいた。自分が襲われることなどは夢にも思わずに済んだ。だが、これからはちがう。

徳田が自分をつけ狙《ねら》いはじめたとわかれば、最初のうちこそは鴨《かも》が葱《ねぎ》を背負ってきたと北叟《ほくそ》笑《え》むであろうが、しだいに、笑みは消える。狙う者と狙われる者のちがいが出るのだ。狙われる者は鼠《ねずみ》のたてる物音にも神経を使うようになる。夜の道路ではただの通行人にも気を配らなくてはならなくなるのだ。

そうなったときの牛窪がみものだった。

——おびえで死ぬかもしれない。

そう思う。やつには片方の肺がない。残る肺も四半分しか機能しない。鯆《ふいご》野郎《やろう》だ。生きているのがふしぎなくらいだ。夜も眠れないようになれば、それが悪い影響をもたらさないわけがなかった。

徳田は車窓の闇をみつめて、笑った。

自分でも不敵に思える笑いだった。偽医師の摘発がきびしくなりはじめた頃から、消えていた笑いだった。

なぜ、もっと早くこの笑いを取り戻さなかったのかとの悔いがある。そうなら、山小舎であっさり牛窪を始末できたのだ。おびえがあったから、牛窪には近寄れなかった。殴り込んで、棒を振り回していれば、難なく殺せたのだ。

利恵も失わずに済んだのだった。

——利恵か。

かりに牛窪を殺して自分は自由の身になったとしても、ふたたび、利恵と一緒になることはあるまいと思った。利恵にも女の意地のようなものはあろうし、徳田は、あさましい光景をみてしまっていた。利恵の尻に突き刺さった巨根が脳裡にある。失神するまで貪欲《どんよく》に貪《むさぼ》った、美しい尻だった。

どうにもなるまいと思う。

針金の尾をぶら下げたまま小舎に向かった全裸の後ろ姿が思われた。逃げれば逃げられるものを、利恵は、そうはしなかった。小舎に戻れば、牛窪に折檻《せっかん》されることは目にみえているのだ。

あえてそれを選んだ利恵の胸中が、わかる気がする。

利恵には絶望しかなかったのだ。

引き据えられ、叩《たた》かれる姿がある。

——だが、仇《かたき》は討ってやる。

徳田は、胸中につぶやいた。

悪魔を殺してやる。悪魔を殺せば、呪縛《じゅばく》から解き放たれる。自由の天地が得られるのだ。ふたたび生きる希望の抱ける明るい天地が。

2

三か月ぶりに、徳田は自宅に戻った。

玄関の鍵《かぎ》はかかってなかった。

徳田は、黙って上がった。太い杖《つえ》を持っていた。万一のときの護身具だった。牛窪がいるかもしれない。いてもかまわなかった。殺すと決めた相手だった。まさか妻のみている前で殺すわけにはいかない。訴えられて殺人罪で追われることになる。

殺すのは、時と場所を選んでやる。牛窪がいたら、打ちのめしてやるまでだ。

居間にも寝室にもだれもいなかった。買い物にでも出たのかと思ったときに、水の音をきいた。風呂場だった。

杖を握りしめて、ドアを開けた。

「無用心だぜ。玄関の鍵を開けたまま、風呂に入るとは、な」

流しに妻の明子が突っ立っていた。乳房をタオルで覆《おお》っている。血の気の失せた貌で徳田をみつめていた。

「なんとかいったら、どうだ」

杖で明子の腹を突いた。

「お帰り、なさい」

低い声が、おののいていた。

「おかえりなさいか。そういえば、ここはおれの家だからな。ところで、おまえの主人の牛窪は、どうした」

「………」

明子は無言で首を横に振った。

「いえよ。どこで、何をしている」

股間《こかん》に杖を通した。

「乱暴しないで。おねがい」

「牛窪は、どこだ」

「あなたを、殺すと、福島へ……」

「そうか」

徳田は杖を抜いた。

徳田が山小舎を逃げ出てから、今日で三日目になる。牛窪は利恵に厭《あ》きるまで小舎にいるつもりのようだった。

「体を洗ったら、裸で上がって来い」

いい置いて、居間に戻った。

冷蔵庫からビールを取り出した。

飲みながら、部屋を見回した。別に変わったところはなかった。見馴《みな》れない小物が幾つか増えただけであった。

湯を使う音がしている。

あっけないものだと思った。牛窪を殺す覚悟を決めただけで、過去が戻りつつある。牛窪の呪縛の中に消えていた過去が、造作もなく戻っている。

自宅でビールを飲んでいるのが、別にどうということではない気がする。妻とはいいがたい明子だが、戸籍上の妻は風呂場で湯浴《ゆあ》みしている。出て来れば、この場に押し倒すことも自由だ。

どうして、こんなふうにあっけないのかと思った。いままで、悪夢の中をさまよっていたような気がした。醒《さ》めてみると、何も変わったことはない。過去はちゃんとつながっている。どこにも、切れ目はない。

ふと思いだして、もう一度、寝室を覗《のぞ》いた。シングルベッドが二つ入っている。徳田のものだったベッドには新しい枕《まくら》カバーがかけてあった。牛窪が使っているようだった。

今日あたり牛窪が戻るかもしれないと、明子は思っているようだった。昼間から風呂に入っているのも、そのためであろう。

明子が風呂から上がってきて、後ろに立った。

「ベッドにするの」

諦《あきら》めた声で、訊いた。

「いや。居間に戻れ」

振り向いて、バスタオルで乳房を覆っただけの明子をみた。

徳田は居間に戻った。

明子がついてきた。

「そこに坐《すわ》れ」

目の前を、杖で指した。

明子は正坐《せいざ》した。青ざめた貌で徳田をみつめた。

徳田は黙って明子をみていた。三か月前までは自分の妻であった明子だ。戸籍上では、現在も妻である。妙な気分だった。

牛窪を殺しさえすれば、明子はふたたび自分のものになるにちがいなかった。その感じが、知り尽くした肩から胸にかけての肌にみえる。

明子は牛窪の呪縛《じゅばく》にかかっている。牛窪が死ねば、呪縛が消えて三か月前の明子が戻りそうな気がする。

「あんなことをして、いまさら、許してはもらえないでしょうけど……」

明子が視線を膝《ひざ》に落とした。

徳田は答えなかった。

女の自信のほどがみえた。明子は、徳田が自分を押し倒すものと思っている。そうなれば、主導権とまではいかないにしても、徳田をなんとか操ることは可能だと思っている。

「わたし、魔が差していたんです」

明子が低い声でつづけた。

「いまも、差しているさ」

「……」

「悪魔と交合した女は、胸に楔《くさび》を打ち込まなければ、死なんそうだ」

杖を胸に当てた。

「わたしを、殺すんですか」

明子は、貌を上げた。

「自分のしたことを、考えるがいい」

「……………」

「おまえは、おれが、挑《いど》みかかるものと思っている。体を開いて、迎え容れさえすれば、男と女の間だから、なんとかなると思っている。しかし、そうはいかん。おれは別に女に飢えてもいないし、かりに飢えていても、悪魔とねた女を相手にするつもりはない。油断して、首筋に牙《きば》をたてられたくはないのでな」

「……………」

「おれは、牛窪を殺す。いままでは逃げたが、もう、逃げん。殺して、この家からおまえを叩き出す。そのつもりだ」

杖で、肩を叩いた。右と左を交互に叩いた。力をいれるわけではなかった。軽く、叩いた。絶対支配者であることを教える杖であった。

明子は貌をゆがめて堪えていた。

「四つん這《ば》いになれ」

命じて、明子を這わせた。

尻を差し出させて、杖で叩いた。豊かな尻だった。五つ六つも叩くと、尻全体に赤みが射した。

「この尻も、武器にはならんことがある。尻が武器にならなければ、女にはなんの価値もない。とくに、おまえのような女にはな」

最後の一打をピシリと打ち据えた。

「わかったか」

「はい」

明子は、答えて、体をよじらせてうめいた。

「わかれば、いい。裸のままで飯の仕度をしろ。素裸でだ。わかったな」

命じて、徳田はビールのグラスを把《と》った。

それ以上、明子を痛めつけるつもりはなかった。憎しみはないわけではなかった。流浪中、明子への憎しみを忘れたことはなかった。しかし、明子をそこに追い込んだのは、自分だとの思いもないわけではなかった。

徳田はおそい昼食を摂《と》った。

明子が給仕をした。明子は命じられたままに、素裸だった。肌が鳥肌だっている。黙って料理をこしらえ、給仕をしている。

「おまえ、おれが牛窪を殺したら、警察に届け出るか」

食後の茶を飲みながら、訊いた。

「そんなこと、しません」

明子は終始、うつむいていた。

「だろうな。おまえは牛窪に手伝っておれを殺そうとした女だ」

「ですから、魔が差していたんです」

「魔か……」

息づく乳房をみつめた。子供を生まないから、崩れてはいない。重たげに、胸を塞《ふさ》いでいる。

「二、三日中には、牛窪が戻る。そのときには、おまえ、おれと牛窪のどっちにつく？」

「……」

「やはり、魔王について、おれを殺そうとするのか」

「あなたに、つきます」

明子は、貌を上げた。

「おれにつく？　本気か、それは」

「ええ」明子はうなずいた。

「目が醒めてはいたんです。でも、あなたは逃亡に出たままです。牛窪は毎夜のようにやって来るし、どうにもならなかったんです。それに、あなたは、わたしのことは何も考えてはくれなかった……」

「……」

明子は瞳に泪《なみだ》を溜《た》めていた。

「わたし、気が狂っていたんです。どうして、あんなことになったのか……」

嗚咽《おえつ》が洩《も》れた。

徳田は、しばらくは見守っていた。明子は畳に両手を突いて泣いている。乳房が揺れ、腹が波打っている。

「わかったよ。もう、泣くな。服を着ていい。おれは、牛窪を殺す。殺したら、おまえにこの家を渡す。そして、おれは出て行く。おまえも悪かったし、おれも悪かった。お互いに、別の途《みち》を捜して、やりなおそう」

明子は答えずに泣いていた。

全面的に明子のことばを信じたわけではなかった。しかし、すくなくともいまのこの場は、明子は真実を述べているものと思えた。廃人同様の殺し屋の女になっていて未来が拓けるわけではない。牛窪に隷従はしながらもその不安はつねにあるにちがいない。

医師法違反で追われてはいても、どちらを取るかとなれば、徳田を取ろう。

わたしのことは何も考えてくれなかったとの一言が、徳田を突き刺していた。

何もしなかったのはたしかだが、何かができる状態ではなかった。それに、明子は当座の生活に困るわけではなかった。妻の座を守り、断固、家を守っていればよかったのだ。牛窪の暴力に屈せず、警察に届け出ればよかったのだ。そうしていれば、いまのこの状況はなかった。

そうは思う傍《かたわ》ら、牛窪の手術にミスをして、報復と偽医師摘発におそれおののいて後もみずに逃げだした自分の弱さを、思わずにはいられなかった。

慟哭《どうこく》する明子をこれ以上、責めるのは、酷な気がした。

「悪かったよ。早く服を着ろ。風邪を引くよ」

徳田は立って、背後から明子を抱え起こした。

明子の体は冷えきっていた。

その夜、徳田は自宅で寝た。

三か月ぶりであった。

明子は寝室に寝て、徳田は居間に寝た。寝るというよりは仮眠であった。服を着たままであった。杖を抱いて横になった。

玄関や窓には鍵を掛けてある。牛窪がいつ戻るかしれない。いつ戻っても眠っている間に踏み込まれるおそれはないが、それでも用心は怠らなかった。

徳田は闇をみつめていた。

明子の肢体が仄白《ほのじろ》く浮いている。服を着なさいと抱え起こしたとき、明子は縋《すが》りついてきた。泣きながら、抱いて欲しいといった。だが、徳田は抱かなかった。

抱きたい思いは、いまもある。抱けば、明子は安心しよう。元に戻った思いになるかもしれない。徳田だとて、同じ思いにならないとはいえない。

そうなるのが、徳田は、こわかった。

牛窪を殺して明子と一緒になれば、やすらぎが戻る。家と土地を売って、どこか別の土地に落ちつくことができる。流浪とは訣別《けつべつ》できるのだ。消えていた未来が自分にも明子にも戻ることになる。

しかし、その安寧を拒むものがあった。

牛窪を殺す決意をしたのは、明子を取り戻すためではなかった。利恵を取り戻すためでもなかった。

死ぬしか能のない男だと自身を蔑《さげす》んだはてに、ふっと湧《わ》いて出た逆襲心だった。利恵に生きる能力のない男だといわれた。そのことばをはね返そうと思った。死んでは、利恵のことばどおりになる。

負け犬で、蔑まれたままに死にたくはなかった。

逆襲はおのれを生かすためであった。

憤怒《ふんぬ》をこめた逆襲であった。

牛窪を殺して、過去を取り戻す気はなかった。取り戻すのは、未来であった。

その未来に、明子や利恵は必要ではなかった。

牛窪は徳田の心に巣喰った悪魔だ。徳田の闘っているのは自分自身であった。自身に打ち克《か》つことであった。希《のぞ》むのは、それだけであった。

牛窪を殺して、明子にはこの家と土地を渡す。明子にはそれで充分であろうし、徳田はまた、旅に出る。同じ流浪でも、こんどは鉄の心を持っている。

心に強靭《きょうじん》さを秘めた流浪なら、それはそれで、別の感慨がある。

片雲の風に誘はれて漂泊の思ひやまず——の心境になり得るかもしれないのだった。

徳田は、目を閉じた。

戸外を車が走っている。

遠くでパトカーの咆哮《ほうこう》がきこえる。

眠りに引き込まれていた。

どれほどかたって、物音で目を醒ました。

醒めると同時に、はね起きた。だれかがブザーを押していた。傍若無人な呼びかただった。押しつづけている。

明子が、寝室から出てきた。

電灯を点《つ》けた。血の気のない貌で徳田をみた。徳田は太い杖を握りしめていた。訊くまでもなかった。牛窪が戻ってきたのだ。

「開けろ」

ささやいた。

明子はうなずいて、玄関に向かった。

徳田は襖の陰に隠れた。鼓動が高鳴っていた。呼吸が苦しかった。

ドアの開く音がした。

「お帰りなさい」

明子の声がきこえた。ふるえを帯びた声だ。

「どうか、したのか」

牛窪のしわがれた声が訊いた。

「風邪を、引いたらしいの。で、徳田は、どうだったの」

足音が居間に近づいている。

「逃げ足の、早い、野郎だ。鼠みてえな、野郎だ」

声が怒っている。

徳田は襖《ふすま》の陰で杖を振り上げていた。牛窪が入って来れば、一撃で殴り殺す。明子が同意しているのだから、ここで殺しても問題はない。死体の処理は、外科専門医だから慣れたものだ。

目を剝《む》いていた。

杖を握りしめた腕が、ふるえている。

牛窪が入ってきた。

「野郎！」

徳田は、わめいた。わめきながら、牛窪の頭に杖を叩き下ろした。

牛窪がよけた。しかし、よけきれなかった。杖が肩をしたたかに打った。

牛窪はよろけて尻餅を突いた。

「てめえ」

尻餅を突いたときには、右手がドスを抜いていた。口から木枯らしのような呼気が洩れた。

徳田は無我夢中だった。二撃目を叩きつけた。しかし、逆上しすぎていて、杖が鴨居《かもい》にぶち当たった。

牛窪が這い起きた。這い起きると同時に、牛窪はドスを突き刺してきた。

徳田は悲鳴を放った。杖は腕から離れていた。手が痺《しび》れている。ドスで刺されたと思った。

何もみえなくなっていた。殺されるのだと、それだけを思った。

気づいたときには、牛窪の二の腕を摑《つか》んでいた。

ドスが宙に浮いている。

徳田は牛窪を壁に押しつけていた。牛窪が目を剝いている。酸素不足で、赤黒くなっていた。

勝ったと、徳田は思った。

ドスは牛窪の右手に握られて、宙にある。そのたった一本の腕を徳田は死物狂いの力で握っていた。それだけではない。体全体で牛窪を壁に押しつけている。

「こ、こ、この、や、や、やろ」

牛窪が、喘《あえ》いだ。

「殺してやるぞ、牛窪」

徳田も、うめいた。

「は、は、はな、せ。こ、こ、この――」

虎落笛《もがりぶえ》のような呼気音をたてていた。

徳田は渾身《こんしん》の力で牛窪の腕を壁に打ちつけた。二度か三度目に、ドスが落ちた。しかし、同時に牛窪の膝が徳田の股間に入っていた。

徳田はうめいて、尻餅を突いた。

その徳田の顔面めがけて、牛窪の長い足が襲った。徳田は一瞬、脳震盪《のうしんとう》を起こした。だが、どうやったのか自分にもわからないままに、牛窪の足にしがみついていた。

牛窪が倒れた。

徳田は、牛窪につかみかかった。わめこうとしたが、顎《あご》が外れていて、声が出ない。その上、唇と鼻からおびただしい血を流していた。

夢中で牛窪にのしかかり、首を締めていた。牛窪の貌に血が流れ落ちている。

牛窪の喉《のど》から気味の悪い音が出ている。

牛窪の手が、のろのろと動いて、徳田の貌を引っ掻《か》いた。それでも、徳田は首にかけた両手を離さなかった。

死にやがれと、胸中でわめいていた。

牛窪の手の指が徳田の顔面をのろのろと這っていた。死にかけているように、のろのろしていたその指が、目を探り当てた。貌を振って避けようとしたが、死にかけていると思った指は、そこで素早く動いた。避ける前に指が左目に喰い込んでいた。

徳田はうめいて、のけぞった。

牛窪の体が一転した。徳田は牛窪の体から転がり落ちていた。突かれた左目はみえなかった。右目だけで牛窪をみた。牛窪は這い起きていた。徳田も這い起きた。だが、牛窪のほうが早かった。足が徳田の腹を蹴《け》っていた。

徳田は腹を抱えて、膝を突いた。

二撃目の足が顔面を襲った。躱《かわ》す隙がない。徳田は自分からその足にしがみついた。

牛窪がまた、尻餅を突いた。尻餅を突いた牛窪は、残っている足で徳田の胸を蹴りつけた。しかし、徳田は抱えた足を離さなかった。腹を蹴られ、胸を蹴られて呼吸が困難になっていたが、足は、離さなかった。這い上がって、牛窪の太股《ふともも》に嚙《か》みついた。いつの間にか、顎はもとどおりになっていた。

牛窪が化鳥《けちょう》の啼《な》くような声をたてた。

徳田の右目に血が入っていた。左目は泪が流れ出ている。盲《めし》いてしまっている。血の入った右目がぼんやりとしかみえない。嚙みついた歯に渾身の力をこめた。服ごと、肉を喰い千切ろうとした。

牛窪の手刀が、徳田の頭を叩いた。

ふたたび、脳震盪を起こして、徳田はその場に転がった。牛窪も、転がった。

明子は立ち竦《すく》んでみていた。牛窪の手から落ちたドスは明子が握っていた。

徳田も牛窪もあお向けに転がったまま、腹で呼吸をしていた。

徳田は昏倒《こんとう》しており、牛窪も白目を剝いていた。牛窪の喉が鳴っている。重症の喘息《ぜんそく》患者を思わせた。いまにも、息が止まりそうに思えた。一本だけの腕がわずかに動いている。いや、腕ではない。動いているのは、指先だけだ。何かを摑もうと、執念だけで動いているようにみえた。

昏倒した徳田の顔面は血にまみれている。牛窪も返り血を浴びていた。

明子はみつめていた。

牛窪の指の動きが大きくなっている。すこしずつ、周辺を手探りしている。頭が動いている。

徳田は昏倒したままだ。

牛窪が、上体を起こしかけていた。気息奄々《きそくえんえん》の状態であった。喉が鳴っている。起きかけては、諦めて倒れる動作を、繰り返していた。

徳田は闇をみていた。最初は暗闇であったのが、すこしずつ、明りが混じりはじめていた。

右目だけに明りがみえる。鎖で縛られたように体が重い。意識も重いものに包まれている。

やがて、何かがみえてきた。

天井だとわかって、徳田の意識が戻った。自分が生きているのを知って、仰天した。気を失って、よく、牛窪に殺されないでいたものだと思った。

死物狂いで、上体を起こした。

牛窪がやはり上体を起こして、喘いでいた。貌が蒼白《そうはく》になっている。幽鬼のようにみえた。

鞴《ふいご》のように喉を鳴らしながら、傍に突っ立った明子に、手真似《てまね》で何かを命じている。

「やるな！」

徳田は、悲鳴を放った。

明子が牛窪にドスを渡そうとしていた。

「やるな！　やるな！」

明子は狂いそうな瞳《ひとみ》で徳田をみた。みながら、牛窪にドスを渡した。

牛窪がドスを受け取って、徳田をみた。

乱れた髪の下で、目が異様に炯《ひか》っていた。

冬の風が夜の住宅街を疾《はし》っていた。

徳田は小さな公園の植え込みの陰に潜んでいた。そこに潜んでから小一時間になる。

すぐ近くに自宅がある。窓から灯りが洩れていた。

十時過ぎであった。小一時間の間に自宅を訪ねた者はなかった。出て行った者もいない。灯りがついているのだから、明子がいるのはわかる。牛窪がいるのかどうかは、わからない。

徳田は灯りをみつめていた。

牛窪と死闘を演じたのは、おとといだった。明子が裏切って牛窪にドスを渡したのをみて、徳田は這って家を出た。

牛窪は追ってはこなかった。怒声を投げつけることもしなかった。ドスは握ったものの、体力は限界まで費《つか》いはたしているようであった。這って逃げる徳田を、喘ぎながら見守っていた。

無念そうな光をたたえた目が、徳田の脳裡にある。くぼんだ眼窩《がんか》に、呪《のろ》い殺すような、あるいは泣きだしそうな光を、たたえていた。

――死んだかもしれない。

逃げだした夜は、その期待があった。あれほど暴れたのだから、死ぬ危険は充分にある。ドスを握ったまま、身動きもしなかったのは、ひょっとしたら死の寸前だったからかもしれない。

死んでいてほしいと思った。

だが、牛窪は生きていた。電話をしたら、明子が出た。牛窪が死んだのなら、明子は弱気になる。だが、明子は強気だった。二度と来ないで。あんたの顔なんかみたくないと叫んだ。

殺されても死なない牛窪だった。

地獄の底からでも這い上がって来る牛窪だった。その認識を徳田はあらたにしていた。

牛窪を殺すには、銀で造った銃弾を射込むか、太い楔《くさび》を心臓に打ち込むかしなければならない。

何が廃人だと思った。右腕一本で徳田と闘ってそれで決着がつかないくらいだから、廃人どころの騒ぎではない。健康人と変わらない。いや、それ以上だ。女を犯すのをみているとそれがわかる。喘ぎながらだが、執念をこめて突きつらぬく。牛窪につらぬかれた女は、例外なく失神に追い込まれる。

牛窪に抱いていた罪悪感を、徳田は捨てた。よく手術ミスを犯したものだと思う。牛窪は悪《わる》の権化《ごんげ》だったのだ。手術ミスがなければ、日本中の人間が牛窪に虐《いじ》められたかもしれない。角《つの》を矯《た》めてやったのだ。矯めてやったからこそ、あそこまでになったのだ。

畜生めがと、思った。闘志をかきたてられていた。これまでは憎悪だった。今は、ちがう。憎しみもないわけではないが、それよりは闘志だ。闘って殺してやるという思いのほうが強かった。

倶《とも》に天を戴《いただ》けない男だ。牛窪が死ぬか、徳田が死ぬかの、どちらかであった。

闇に紛れて、徳田は窺っていた。

牛窪への怖さが消えている。油断のできない死に損ないだが、互角には闘えることがわかった。いや、分は徳田にある。だれも邪魔の入らないところで闘えば、八、九分までは勝てる。

これまで徳田を押しちぢめていた暗雲が取り払われていた。

十一時近くなって、徳田は植え込みを出た。

自宅に向かった。

杖を突いていた。ポケットには石を呑《の》んでいる。牛窪の姿を見しだい、石を見舞うつもりだった。うまく額にでも当たれば、牛窪は死ぬ。

徳田は玄関に立った。

家の中からかすかなテレビの音が洩れている。

ノブを握った。音をたてないように回してみた。鍵はかかってなかった。回しきったままで、徳田は息を殺していた。

——無用心すぎる。

その不安がかすめた。明子だけでも、牛窪が一緒でも、鍵はかけるはずであった。いつ、徳田が殴り込むかわからないのだ。

——罠《わな》か。

その思いが湧いた。

徳田は、ドアを開けた。罠かもしれないとの不安はあったが、開けてみなければどうにもならない。罠であったところで、逃げれば済むことだ。

「やい！　牛窪！　出て来やがれ！」

徳田はわめいた。左手に杖を持ち、右手に石を握っていた。

返る声はなかった。居間からテレビの声が流れている。

「殺しに来たぞ！　勝！」

足で、ドアを蹴とばした。

神経戦であった。明子のいる前で牛窪を殺すわけにはいかない。また、そうかんたんには殺せまい。殺すのは、そのうちでいい。つきまとって、逆襲の怖さを思い知らせてやる。そのための訪問であった。

「臆《おく》したか、勝！　出——」

みなまでは、いえなかった。徳田は走っていた。死物狂いで走っていた。家の中から数人の男がとび出して来たのだった。

それをみた瞬間に、徳田は逃げ出ていた。

「待ちやがれ！　偽医者！」

声が背後に迫っている。乱れた足音も迫っていた。逃がすなという声がきこえる。

殺気が襟首《えりくび》まで来ている。

徳田は小公園を突き抜けた。公園の境は塀《へい》になっている。塀の向こうは電車の線路だ。線路を横切れば、道路に出られる。すぐ近くに交番がある。徳田は、その交番を思い浮かべていた。

交番に逃げ込めば、男たちも諦めよう。

偽医者が自分からとび込んできたのだから、警官は喜ぶかもしれない。たとえ喜ばれても、牛窪を有頂天にさせるよりはよかった。

男たちは暴力団員だ。牛窪の配下か、雇ったものであろう。つかまれば、牛窪の前に引きたてられる。牛窪は徳田の手足をすこしずつ切り裂いて弄《もてあそ》んだはてに、殺そう。そんなことになっては、たまらない。

杖も石も捨てて走った。

公園を突っ切って、塀にとりついた。夢中で塀をよじ登った。

「逃がすな！」

闇の中で叫びが疾《はし》っている。

徳田は塀から転がり落ちた。

線路を這った。追っ手の跳《と》び下りた音をきいた。待たねえか、野郎！　という怒声が首筋に届いている。徳田は締め殺されるような悲鳴を放った。

もうだめだと思った。

線路と道路の境は枕木で造った柵になっている。道路は二メートルほど下にある。その柵を乗り越えたところで、背後から襟首を摑まれた。

「さあ、この野郎」男が、荒い息を吐いた。「手間をかけやがって。逃げられやしねえんだ。組織がてめえを追うことにしたんだ。それを知らねえで、このうすのろ！」

引き戻されそうになった。

徳田は足掻《あが》いた。あがきながら、上着を脱いでいた。男はシャツと上着の襟を一緒に摑んでいる。

徳田は、死物狂いで空間に跳んだ。シャツの裂ける高い音が湧いた。

3

徳田は板橋《いたばし》に来ていた。牛窪の魔手を逃れた翌々日であった。

徳田は失意のドン底にあった。

牛窪殺害の夢が消えていた。牛窪は組織に守られてしまった。それだけではない。牛窪の依頼で、組織が徳田を追いはじめたのだ。

逃亡の旅に出るしかなかった。

組織が動きはじめたら、徳田のいのちは風前のともしびになる。組織はまた別の組織へと徳田発見を依頼するからだ。

——卑怯《ひきょう》だぞ、牛窪よ。

徳田は、胸中で叫んでいた。

牛窪と徳田は倶《とも》に天《てん》は戴《いただ》かない。それは宿縁のようなものである。牛窪は徳田を狙い、徳田は牛窪に逆襲する。二人だけの闘いのはずであった。お互いに認める暗黙のルールがあったはずであった。

それを、牛窪が破った。

——臆したのか、牛窪よ。

牛窪ははじめて、徳田の逆襲を受けた。思ってもみない逆襲であったにちがいない。どちらかの死を賭《か》けて闘った。結果は、引き分けに終わった恰好《かっこう》になったが、牛窪は臆病風に取り憑《つ》かれた。

逆襲されてみると、思いのほかに、徳田は強かった。その上、牛窪殺しを決意しているとわかった。牛窪は気色わるくなったのだ。徳田に昼も夜も狙われてはたまったものではない。それで、応援を求めたのだ。

それだけの男だったのかと、徳田は思った。憎みながら、どこかには牛窪の性格をそれはそれでうなずけるとの思いが、徳田にはあった。

牛窪はぜいぜい息を切らしながら、太平洋岸の砂丘にも、赤法華にもやってきた。つねに独りだった。仲間を連れて来れば容易に徳田は殺せるものを、牛窪は独りでやってきた。

徳田に逃げられては、そのたびに徳田の女に巨根をねじ込んで、鬱憤《うっぷん》をはらした。

牛窪は哀しいのだと思っていた。徳田の目の前で女の股に巨根を突っ込み、ドスを口にくわえ、片腕だけで体を支えて突きまくる姿にはどこか滑稽味《こっけいみ》があった。その滑稽味を支えているのは哀しみだと、徳田は思っていた。

だが、思い過ごしだった。何もかも、思い過ごしだった。牛窪はただの強姦魔野郎にすぎなかった。哀しみもクソもなかったのだ。巨根を自慢したいだけの、哀れで姑息《こそく》な男だったのだ。

徳田を弱い男とみくびっていたから、つねに独りでやってきた。それだけのことだ。哲学も何も持ってはいない男だった。敵が強いとなれば、組織に殺しを依頼する卑劣な男だったのだ。

徳田は目標を失ってしまって、わびしかった。

牛窪を殺せば、未来が拓ける。牛窪を殺さないかぎり、未来は切断されたままだ。ふたたび、人生の切断面がみえてきた。向こう岸に渡る橋がない。歩く背後には闇がたちこめている。砂丘で自殺を考えたときと同じ状況に戻っていた。

逃亡に出たところで、行くあてがない。

追って来る敵は牛窪から巨大な組織に替わっている。

——汚ない男だ。

歩きながら、つぶやいた。

牛窪への憎悪が戻っていた。

清水郁夫とある表札の前で、徳田は足を停めた。ベルを押した。

奥州白河の関で知り合った清水郁子の家であった。

郁子がどうなったのかはわからない。在宅しているのかどうかもわからない。もしも、家に帰っているのなら、一目会ってから、行方知れない旅に出たかった。

清水郁子の義母が応対に出た。

三十なかばにみえる年頃だった。面長な貌だちであった。気性の強そうな感じが表情全体にあった。徳田は来意を述べた。

郁子がどうなったのかがわからない。女の表情を慎重に読みながら、死にたいという郁子の喘息を治療するために、太平洋岸の浜辺に連れだしたと、説明した。

郁子が戻ってなくて、女が怒り出すようなら、逃げ出すつもりでいた。

「そうでしたか。あなたが郁子を」

女は、しかし、驚いたふうはなかった。

徳田は安心した。郁子が戻っていることがわかったからだった。

「家に連絡を取るようにいったのですが……」

徳田は、謝った。喘息を治し、自殺から救うためだが、罪意識は抜け切れない。誘拐ではないかと怒鳴られても、抗弁はできない立場にあった。

「いえ」女は、首を振った。「あの娘《こ》は家出の常習犯ですから」

冷たい口調だった。想像していたとおりの義母であった。

郁子は、母が死んで義母が家に入った頃から喘息の発作が起こりはじめたといった。義母との確執が引き金になったのだった。義母は郁子に敵意を抱き、郁子もまたそうだった。

義母は郁子の父との性行為を隠さなかった。わざと大きな声をだして、郁子にきかせた。終わったあとで、素裸で家の中を歩いたという。

郁子はオーバーな表現をしたのではなさそうであった。この女なら、やりかねないと、徳田は思った。

「それで、郁子さんは？」

「強情な娘で、だれのいうこともきかないんです。家出から戻って、看護婦になるのだといって、ある医院に住み込みで働きに出ました。学校にも行かずに。ま、本人が働きたいのだから、しかたがありませんがね」

「そうですか」徳田はうなずいた。「その医院の住所はわかりますか」

「わかります。新宿にある川田医院です。行ってみますか」

「訪ねても、かまいませんか」

「どうぞ」

突き放したようなもののいいかただった。徳田は頭を下げて、清水家を出た。

公衆電話を捜した。電話をかけたものかどうか迷った。

郁子は怒っているかもしれない。牛窪に強姦されるのを見捨てて逃げた徳田だ。怒る怒らないはともかくとして、蔑《さげす》んではいよう。

迷ったのちに、受話器を把った。太い男の声が出た。徳田は清水郁子の叔父だと名乗った。

郁子が替わって出た。

「白河の宿で出遇った、徳田です」

声が妙にゆがんでいた。

「おじさん！」

郁子の声が変わった。突き放されるかと思ったが、そうではなかった。郁子の声には昂《たか》ぶりがあった。

「ぶじで、よかった。ふっと、思いだしたもので。あのときは大変、申しわけないことに……」

徳田は受話器に頭を下げた。

「いま、どこなの。おじさん」

郁子の声がうわずっている。

「板橋だ。これから、また旅に出なければならんのでね。許されるものなら、一目でもと思って……」

ふいに、目頭が熱くなった。

砂丘での生活が甦《よみがえ》っていた。遠い昔の出来事だと、自分では思っていた。夢だったかもしれないとさえ思っていた。だが、ぼやけた遠景が急に引き戻された。画面の砂浜を、少女の若い体が懸命に走っている——。

「会いたい、おじさん。訪ねて来て。おねがい」

声が弾《はず》んでいる。

「そうか、会ってくれるかね」

徳田は、手の甲で泪を拭《ぬぐ》った。


川田医院は新宿区西大久保《にしおおくぼ》にあった。

内科および産婦人科の看板がかかっていた。

徳田がその看板の前に立ったのは、夕刻であった。

訪ねる前から、川田院長がまともな医師でなさそうなにおいを嗅《か》ぎとっていた。

郁子は十四歳だといっていた。満十五歳未満の児童を就労させるのは法律違反だ。郁子は看護婦になるのだといって働きに出たという。そうであったところで、違反は違反だ。

看護婦になるには二つの方法がある。一つは高校を出てから試験を受けて看護婦学校に通う方法だ。もう一つは中学卒で入る准看護婦養成学校がある。そこを出れば准看護婦になれる。看護婦になるにはさらに上級の看護婦学校進学課程に通わねばならない。

准看護婦学校に通う少女は、たいていは医院、病院に住み込みになる。見習いをさせながら学校に通わせるのだ。

その見習いが曲者《くせもの》である。

慢性的看護婦不足がつづいている。医院でも大病院でもそうだ。猫の手も借りたいほどである。とうぜん、見習いの少女は、酷使される。見習いどころではない。昼は働きづめに働かされ、夜は学校に通わねばならない。

見習生に何がいちばん欲しいかと問うと、いちどでいいから満足に眠ってみたいとの答えが返って来る。それが現状であった。

いまは、学校は昼間だ。夜間はない。立川市にある都立北多摩看護婦専門学校に一日おきに通う。二年間、通ったのちに三年間の実務経験を経て、看護婦学校進学課程に通うことになる。一日おきだから、一日はみっちり働かされることになる。結局は、過労に変わりはない。

医療行政がなっていない。医師にも悪いのが多い。医療業界はそうした下積みの少女たちを酷使することで成り立っているといっても過言ではない。

郁子はその見習いになる資格さえない。中学を卒業していないからだ。労働基準法でも十五歳未満の児童を就労させることは禁じられている。

その郁子を働かせている医師に不穏当のにおいを嗅ぐのは、しかたがなかった。

徳田は、しかし、苦笑《にがわら》いした。

十何年も偽医師をやって、そのはてに警察と暴力団に追われている自分に、医療行政や悪徳医師を批判する権利はない。

川田医院に入った。

診療はすでに終わっていた。白衣を着た少女が廊下などの雑巾《ぞうきん》がけをしていた。その少女がふり向いた。郁子だった。郁子は拭《ふ》きかけた雑巾の手をとめて、徳田をみつめた。喰《く》い入るようにみつめた。

「やあ」

徳田は、不得要領に頭を下げた。

郁子は青ざめていた。痩《や》せが目立って、瞳が大きい。太平洋岸の砂丘で別れたときの陽に灼《や》けた肌はなかった。思っていたのとは逆に、少女そのものにみえた。徳田は当惑して、郁子をみつめた。

牛窪の巨根を受け容れてしのび泣いた郁子とは、別人に思えた。痛々しさがあった。

「おじさん」

郁子は、やっと、腰を上げた。

「待合室にいて。すぐに掃除、済ませます。外出許可を取ってあるんです」

小声で告げるのが、何かにおびえているような感じだった。

徳田は待合室に入った。

二十分ほど待たされた。

医院には独特の臭いがある。また、これも独特の冷たさがある。人間を拒絶する冷たさだ。ひとびとは医院や病院の建物から出ると、ほっとする。よくも悪くも、生きている実感が湧く。

医師は独特の臭いと独特の冷たさの中に生きている。知らずしらずのうちに、そうしたものが血肉に溶ける。

いまの徳田には、それはない。郷愁もなかった。それどころか、医院に入ってみると、うそ寒さのようなものが感じられた。

郁子が入ってきた。ジーパン姿になっていた。

徳田は郁子と肩を並べて、待合室を出た。

出たところで、川田院長に遇った。済みませんと、郁子が頭を下げたので、院長だとわかった。四十なかばの男だった。小太りに太っていた。

徳田は黙って頭を下げた。川田はわずかに会釈しただけだった。

「時間は守るんだよ、きみ」

川田は、郁子にそういった。いいながら、徳田をみていた。

徳田と郁子は医院を出た。

「お茶でも飲むかね」

「いえ」

肩を並べた郁子は首を振った。

「一時間しかもらえないんです。近くに公園がありますから」

「たったの一時間か」

徳田は川田院長の貌を思い浮かべた。

「わたし、おじさんに救《たす》けられて、それで、看護婦になる決心をしたんです。あれほど苦しかった喘息が治ったんですから、医師は偉いと、そう思いました」

「わたしは、偽医師だった」

夕闇《ゆうやみ》が深まりかけている。

「知っています。牛窪に教えられました」

低い声だった。

「あのときは、申し訳なかった。思い出すたびに、死にたいほどの嫌悪に駆られた。謝って済むことではないが……」

「いいんです」

「わたしは、殺し屋の牛窪がこわかった。逃げるのに夢中だった。きみのことを思うと気が狂いそうになったが、逃げるしかなかった。不甲斐《ふがい》ない男だった。その前に、わたしは、家内も家も牛窪に奪《と》られている。きみを捨てて、わたしは逃げた。山奥の村に住みついたが、そこにも、牛窪はやってきた。そこでも、わたしは一緒に住んでいた女を牛窪に奪われた。また、逃げだしたのだ。逃げて、きみと暮らした太平洋岸の砂丘に行った。そこにはテントもなければ、なんの痕跡もなかった。わたしは、死のうと思った。死ぬしか能のない男だと思った」

「………」

「だが、死のうと決心したら、急に生きる考えが湧いた。牛窪を殺したらどうだと。死ぬ気なら、牛窪を殺せると思った。そこで、わたしは三か月ぶりに自宅に戻った。家内は牛窪の女になっている。わたしは、牛窪と闘った。勝負はつかなかった。いったんは逃げ出て、二日後にまた行ってみた。そしたら、牛窪に依頼された暴力団員が待ち受けていた。わたしは、こんどは牛窪ではなくて、暴力組織に追われる羽目になった……」

公園に足を踏み込んでいた。

寒々しい電灯の点《つ》いた、小さな公園だった。

徳田は郁子と並んでベンチに腰を下ろした。

「ふたたび、逃亡の旅に出るしかなかった。東京を出ようとして、ふっと、きみに会いたくなった。会ってもらえるわけはないと、承知はしていたのだが……」

徳田は手短かに説明をした。説明をする声がかすかにふるえていた。

タバコをくわえた。

「偽医師でも、いいんです。わたし、おじさんは偉いひとだと思っています。いまでも、そうです。あのとき、牛窪は、わたしを犯して出て行きました。わたし、おじさんの戻るのを待っていたんです。二日間、じっと、待っていたんです。捨てられたとわかったのは、三日目になってからでした」

「済まない。どうやって詫びたら、いいのか……」

郁子の前に土下座をしたい思いに駆られた。

「会いに来てもらって、うれしかった」

ふっと、郁子の声が明るくなった。

「わたしも、きみの元気な姿をみられて、思い残すことはなくなったよ」

「どこに行くの？」

「あてはない。しかし、心配はしてくれなくていい。わたしも、男だからね。牛窪を殺そうとしたのだから、これで案外、図太い、のかもしれない」

「おじさんと一緒に暮らしたかった、わたし」

郁子の声が湿った。

「わたしもだ。しかし、こうなってよかった。きみには美しい前途がある。わたしといたら、きみまで堕落するところだった」

「………」

郁子は答えなかった。

徳田は、郁子の肩に手を置いた。

その掌から、砂丘での硬い体の感触が甦って伝わった。

感触の甦りは妄念をも呼び醒ましていた。不潔だと思いながらも、その妄念は打ち払えなかった。

砂丘で、徳田は郁子を毎日のように抱いた。郁子は感じているようにはみえなかったが、拒まなかった。抱きたいといえば、すなおに体を開いて迎え容れてくれた。それだけではない。

徳田の男根の愛撫《あいぶ》もおぼえた。指も使い、口も使って、懸命に奉仕した。

その郁子が、いまは別人になっている。性交の経験があるとはとても思えないほどの少女に戻っている。准看護婦になるために、医院に住み込みで働いている。郁子は十四歳だ。准看護婦になるための学校には満十五歳にならなければ通えない。あと一年を医院で酷使されても堪えようとしている。

重なり合わない二つの像があった。掌にその二つの感触が伝わってきている。

いま、どこかに誘えば、郁子は求めに応じて体を開くのだろうか。開くのなら、いちどだけでもいい、郁子をたしかめたいとの思いがある。硬い体を横たえて、思う存分に愛撫したいとの欲情がある。股間に貌を埋めて泣きたいとの、思いがある。

牛窪に犯される郁子の肢体がある。巨根を呑み込んだ白い裸身がある。そのときに郁子が何を感じたのか、訊《たず》ねたいとの、妄念がある。

徳田は自身を持て余していた。

「何を考えているの?」

郁子が訊いた。

「何も、別に」

徳田は、あわてた。

「わたし、おじさんになら、あげてもいい」

「そんな、そんな——」

徳田は、あえいだ。

「でも、時間がないから、だめね」

郁子の口調は曇っていた。


徳田と郁子は、肩を並べて公園を出た。

許された外出時間が切れかけていた。

郁子をうながしたのは徳田だった。

徳田の喉はひからびていた。郁子は抱かれてもいいといった。時間はないが、それは徳田が医院に電話をすれば済むことだ。口実はなんとでもつけられる。

ここで別れたら、二度と郁子とは会えない。抱きたかった。抱いて、体中を舐めたかった。夏も終わりの無人の砂丘でのきらめくような生活の一瞬を、取り戻したかった。

しかし、徳田は自分を抑えた。

妄念を無理に打ち払った。

抱けば、とほうもなく深い自己嫌悪に陥るだけであった。郁子を抱くだけの能力のある男ではなかった。

喉をひからびさせたまま、郁子と肩を並べて、医院に向かった。

「いつか、また……」

いいかけたが、あとのことばがつづかなかった。

自分だけの感情に押し流されているのが、恥ずかしかった。十四歳の少女を抱きたがり、自制し、諦めきれずにことばでもだえているのが、あさましかった。

郁子は、何もいわなかった。

徳田も黙って歩いた。

医院には、じきに着いた。

「それでは」

徳田は、玄関に入った郁子に頭を下げた。

「お元気でね」

細い声だった。

徳田はきびすを返した。

通りに出た。街はまだ宵の口だった。

駅に向かった。足に力が入らなかった。大切なものを落とした思いがした。

でも、時間がないからだめねと、郁子はいった。

ありがたいけどそんなことは考えないほうがいいと、徳田は、ゆがんだ声で答えた。郁子は黙った。

郁子は抱かれたかったのだと、徳田は思った。徳田が口実を設けて、ホテルに連れて行ってくれることを希んでいたのだと思った。

——郁子。

胸中でつぶやいた。

郁子は両親の家には帰れない。あの年頃なら、たいていは高校受験に懸命だ。高校があり、大学がある。その期間がもっとも愉《たの》しいはずだ。友人ができる。旅ができる。恋ができる。だが、郁子には何もない。冷たい医院で酷使されながら暮らすしかない日々だ。満十五歳になれば、一日おきに准看の学校には通える。それまでは暗い日々に埋もれるしかない。徳田に体を与えたがった哀しさが、わかる思いがする。

人生は不公平だと、徳田は思った。

黙々と歩いた。

だれかが背後で走っていた。

その足音が近づいて、止まった。

「おじさん」

声が弾んでいた。

郁子だった。息を切らしている。

「院長先生が、せっかくおじさんがきたのだから、わたしの部屋でなら、いつまで話していてもかまわないって！」

　徳田は手を把られていた。

「ほんとうかね」

　思わず、そう訊いていた。

「小さいけど、お部屋もらっているの」

　郁子は徳田の手を引いていた。

「お小遣いで、ウイスキー買ってあげる」

　明るくて、かん高い声だった。


　徳田は川田医院に戻った。

　郁子がウイスキーとつまみを買ってきていた。

　医院は深閑としている。院長の家族は隣りの建物に住んでいるとのことだった。

　医院の建物にいるのは郁子と徳田だけであった。看護婦は通いだから、夜はいない。

　三畳ほどの狭い部屋が郁子の部屋だった。何もなかった。着替えが壁にかけてあるだけだ。化粧道具もない。布団と洗面道具しかなかった。

　徳田と郁子は向かい合った。徳田はウイスキーを飲んだ。肴《さかな》は烏賊《いか》の燻製《くんせい》だ。それでも華やかな感じが充ちていた。郁子は月に一万円を小遣いとしてもらっているという。

その郁子の奢《おご》りだった。

泪が出るほど、徳田はうれしかった。

小一時間ほど飲んだ。郁子は水で薄めたのをすこし飲んだ。すぐに目もとが赧《あか》くなった。お互いに話し合うことはなかった。郁子は徳田をみつめてばかりいた。みつめられるのとアルコールの酔いとで、徳田は自制心を失いかけていた。郁子の体を抱きたいと、そのことばかりに思いが向いた。

酔うと、郁子から少女が消えた。締まった、みずみずしい肢体が浮かび上がった。牛窪の巨根を呑み込んでもだえた姿態が、脳裡に揺れ動いていた。

堪えかねて、無言で郁子の手を把った。

郁子は逆らわなかった。引かれて、畳に倒れながら徳田をみつめていた。

徳田は逆上した。唇を重ねた。重ねて、郁子の薄い舌を夢中で吸った。吸いながら、乳房をまさぐった。こんもりした乳房だった。

徳田の脳裡で砕け散ったものがあった。郁子の服を剝《は》いだ。剝がれながら、郁子は徳田をみつめていた。

徳田は気が狂《ふ》れたように乳房を舐めた。ほっそりした硬い体は変わらなかった。だが、椀《わん》を伏せたような両の乳房は充分に女の尊さを内蔵していた。女がそこに凝縮しているように思えた。

徳田は足を舐めた。唇を太股に這わせた。わずかだが、太股は当時よりは肉がついていた。

「ああ」

股間に舌をつけられて、郁子が、低い声を洩らした。

徳田は裸になった。怒張したものを、郁子にみせた。郁子は青ざめた貌で、それをみつめた。

そして、握った。握って、上体を起こした。郁子は、口に含んだ。

郁子――と小さく叫びながら、徳田は郁子の頭髪を握った。

じきに、徳田は郁子を這わせた。

尻を抱えた。ゆっくり、挿入した。

強い力で、尻を抱えた。美しい尻だった。利恵や明子のような豊満さはなかったが、それだけに清らかさがあった。徳田のものを収めて、弾力のある肉ひだで締めつけていた。

「郁子！」

徳田は喘いだ。泣き声に似ていた。いや、なかば泣いていた。そのまま死んでしまいたいような安堵感《あんどかん》があった。

少女は姿をひそめていた。徳田を庇《かば》い護《まも》ってくれる女に、郁子は変貌《へんぼう》していた。郁子の中に挿入しているかぎり、徳田は流浪のおびえを忘れることができた。

女の無限の力が徳田に泪をこぼさせていた。

ほとんど泣きながら、徳田は突いた。

郁子の尻が揺れ、上体が揺れている。

女神だと、徳田は思った。幼いがゆえに、郁子は尊かった。郁子自体に喜びがあるのではなかった。男根を呑んではいるが、それは貪欲にむさぼるためではなかった。

自分の体で徳田に人生へのおびえを忘れさせてくれようとしていた。

4

徳田は壁に背をもたせていた。

郁子は街に出ている。徳田も郁子も腹が減っていた。食堂が開いているかどうか、郁子がたしかめに出たのだった。

もの憂い表情で、徳田は空間をみつめていた。

そこに、精液を放出したばかりの郁子の尻がかかっている。肉の硬い、締まった尻だった。

その尻が微妙に動いている。動いているのは、郁子が感じている証拠だった。

——郁子はよろこびを知っていた。

徳田はぼんやりと、そのことを思っていた。

郁子は十四歳だ。十四歳の少女だからといって性の快感がないというわけではあるまい。初潮もある頃だし、女として機能できる肢体にはなっているのだ。

しかし、徳田にはわからなかった。郁子は医院の下働きをしている。冷たくて暗い、街の片隅の医院に住み込みで働いている。雑巾がけや便所などの掃除が郁子の仕事であろう。自分から両親を捨てて、ひとのいやがる仕事をしている。かたくなに思える少女だ。その少女が性の疼《うず》きを知っていたというのが、納得できなかった。性のよろこびを知っているのなら、郁子は他に仕事を捜すことができる。もっと華やかな仕事を捜す。

牢獄《ろうごく》に似た感じの小さな医院に自らを閉じこめることはないのだ。

そこのところが、わからなかった。

性のよろこびを知っている少女が黙々と医師の下働きをしているというのが、異様な気がした。

郁子は徳田を愛していたのではないのか。

その思いが湧いた。郁子に性交を教えたのは徳田だ。郁子はあの砂丘からそのまま徳田について来る気でいた。徳田も郁子を放す気はなかった。自然に、夫婦になるものとばかり思っていた。

牛窪が割り込んできて、別れざるを得ない羽目になった。

郁子は独り、三日間も砂丘で徳田の帰るのを待っていたという。

家に戻ってきて、郁子は学業を放棄して医院に住み込んだ。自らを暗鬱《あんうつ》に閉じこめた。郁子をそうさせたのは、徳田への愛があったからではないのか。

苦しい喘息を治してくれた徳田への愛が、看護婦という職業に向かわせたのではないのか。

動機は徳田への思慕そのものではなかったのか。

下働きをしながら、郁子は、徳田に遇える日を待ち希んでいたのではないのか。徳田に遇えて、徳田に体を与える日のことを思い描いていたのではないのか。その思いが暗い日々を堪えさせていたのではないのか。

徳田からの電話に、郁子はとび立つような声をだした。会ったとき、郁子は体をあげたいが時間がないといった。徳田が強引に連れ出してくれることを希んでいたのだ。だからこそ、郁子は、感じたのだ。幼さの残る尻を微妙に動かして、懸命に徳田によろこびを与えようとし、自身もよろこびに打ちふるえたのだ。

——そうだったのか。

徳田は、何もない空間をみつめていた。

裡《うち》に深い哀しみを抱えた少女だと思った。同時に、郁子の思慕に応《こた》えられない自分が、哀しかった。

玄関の開く音がした。

徳田はさまよっていた空間から戻った。戻るなり、立ち上がっていた。

足音は複数だった。その上、乱れていた。

徳田の体は凍りついていた。

乱れた足音がドアの前に殺到して、ものもいわずにドアが引き開けられた。

そこに、三人の男が立った。

徳田は窓をみた。腰高の小さな窓がある。

その窓の外にも、男が二人、立っていた。

「偽医者野郎」

男の一人が、内懐《うちぶところ》に手を入れた。

「だれだ、あんたがたは」

徳田の声がおののいた。訊くまでもなかった。男たちの容貌《ようぼう》、風体をみれば、瞭然《りょうぜん》だった。

牛窪の意を受けた暴力団員だ。

「牛窪の兄貴のところに、連れてってやるぜ」

男は、ドスを抜いた。

「しかし――しかし――」

徳田は壁に張りついていた。

「おめえも、よくよく運のねえ男だぜ」

無造作に踏み込んで、男が嘲嗤《あざわら》った。

「ここの医師《せんせい》と組とは、ちっとばかし、縁があるんだ。医師はおめえの面をみて、偽医師の徳田兵介だと悟ったのよ。のこのこ、小娘なんぞに会いに来るからこのざまよ。色は身を滅ぼすってな」

「覚悟しなよ。騒いだら、ここで殺すぜ」

男が傍に寄って、ドスを腹に突きつけた。

「わかったよ」

徳田は、諦めた。

逃れる方法はなかった。

牛窪が相手なら、なんとかなる。だが五体満足な暴力団員が相手だ。どうなるものでもなかった。

牛窪の前に引き立てられる。そして、斬《き》り殺されるのだ。

左右から腕を取られた。

足が萎《な》えていた。

引きずられて、部屋を出た。叫ぼうかと思った。声をかぎりに叫べば、だれかが警察に連絡をしてくれるかもしれない。しかし、徳田は叫びはしなかった。黙って男たちの車に乗るしかなかった。郁子が戻る前に医院を出なければならない。郁子が戻れば、郁子も同じ運命に遇う。郁子が警察に通報するに決まっているから、捨て置くわけはない。引き立てられて殺されるか、強制売春組織に組み込まれるかのどちらかだ。

川田医師が共謀しているのだから、どうにもならなかった。おそらく、川田は薬品の横流しかなんかで、組織とつながっているのだ。

玄関に向かう途中に薬品室がある。そこのドアが内から開いて、人影が出た。

徳田は息を呑んだ。

出てきたのは、郁子だった。両手に瓶を握っていた。

郁子は無造作に徳田に近づいた。ものはいわなかった。徳田を抱えた右側の男の貌に、瓶の液体を振りかけた。男が悲鳴を放って、壁に体を打ち当てた。

そのときには、郁子は左側の男に向けて瓶を振っていた。その男も、すさまじい声でわめいて、壁に頭を打ち当てた。

「この女《あま》！」

ドスを持った男が、郁子に向かって突きかけようとして、立ち止まった。

郁子が瓶をかざしていた。

濃硫酸《のうりゅうさん》の臭いが廊下に立ちこめていた。

徳田は郁子の傍に立った。

「ただじゃ、おかねえぜ、てめえ」

男はにじり退っている。

「いいわよ」

答えた郁子の声は、冷たかった。

徳田は、郁子から濃硫酸の瓶を受け取った。

庭に出た。庭には二人の男が待ち受けていた。

徳田はその二人に向けて瓶を振りかざした。

「濃硫酸だ。面《つら》を焼いてやるから、来い！」

建物の中では悲鳴がつづいている。二人の男はドスを抜いていたが、突きかけてはこなかった。

「先に、逃げるんだ。かねは持っているか」

背後の郁子に訊いた。

「持っているわ」

「最初に遇った旅館だ。まっすぐ、そこに……」

医院の電灯が点《つ》いた。川田が来たようだった。ドスを持った男が走り出て来た。

「そいつらを逃がすな！　ぶっ殺せ！」

男は、仲間に加わった。

「早く行け！」

徳田は郁子を押しやった。

郁子は走り去った。

「さあ、来やがれ！」

徳田は叫んで、じりじり門に向かった。郁子が安全地帯に逃げるまで、男たちを引きつけておかねばならなかった。

　三人の男は扇形に徳田を包囲している。

「牛窪にいえ。近いうちに、殺しに参上するとな。そのときには、濃硫酸でつらを焼いてやると」

　男たちは答えなかった。

「来いよ。来たら、どうだ」

　徳田は、肩で息をした。

「逃げられると思っているのか」

　男の一人がうめくような声をだした。

「逃げるだと。逆だ。押しかけるのはこっちだ」

「地のはてに逃げようと、かならず、捜し出すぜ。切り刻んでやる。おめえらは、組の顔に泥を塗った」

「泥ではない。硫酸だ」

　徳田には余裕が出ていた。硫酸とはよく考えついたものだと、郁子の気転に感心した。

　硫酸をかけても死ぬわけではない。貌が醜く焼けただれるだけだ。だが、そのケロイドは永遠に治らない。皮膚の移植手術をしてもだめだ。それだけに、おびえる。ドスや銃よりもその点では威力がある。牛窪殺しに硫酸を使っていれば問題はなかったのだと思った。

しかし、これで郁子も安住の地を失ったことになる。組織が意地にかけても郁子を追うだろうし、硫酸をかけられてケロイドだらけになった二人の組員は生きているかぎり、郁子を追おう。

郁子を巻き込んだことを後悔した。だが、同時に、こうなるさだめだったのかもしれないとも思った。これで郁子を失わずに済んだとの思いもあった。

「皆、来てくれ」

川田が玄関に走り出て来た。

「そんな男どころではないぞ。急いでくれ」

声がふるえている。

「行けよ、ほら。川田は内科医だ。どうせ、ヤブだ。外科医に手当てさせないと、仲間が死ぬぜ。おれが手術してやりたいが、そうもいかんのでね」

「おぼえていろ」

男の一人が捨て台詞《ぜりふ》を残した。

男たちが建物に入るのを見届けて、徳田は濃硫酸の瓶を庭に捨てた。

小走りに、街路に出た。

郁子の姿はどこにもなかった。それをたしかめて、駅に向かった。しばらく歩いてから、足のふるえているのに気がついた。気づくと、急にふるえが上体に這い上がって、肩から指先に落ちた。

5

奥州白河関は冬景色に包まれていた。

夕刻だった。木枯らしが号《な》いている。

強い風が街路の埃《ほこり》を巻き揚げて冬の国に向かって突っ走っていた。

風の中を男が前屈みになって歩いていた。

男はよれよれのコートの裾《すそ》を押えている。コートが風を孕《はら》んで膨れていた。

頭髪が風になびいている。

落魄《らくはく》の気配を、男はまとっていた。しかし、足取りだけは希望を含んだように、たしかだった。

男は、埃にまみれた小さな商人宿に入った。

徳田兵介であった。

出迎えた宿のおかみに、徳田は待ち合わせた客の名を告げた。お待ちかねですと、齢《とし》とったおかみは歯をほころばせた。

徳田は二階に上がった。黙って襖を開けた。

郁子が煎餅《せんべい》布団の上にさみしそうに肩を竦めて坐っていた。

「おじさん！」

徳田をみて、郁子は、はね上がった。徳田が部屋に入る前に、しがみついてきた。徳田は、郁子を抱えあげた。郁子は歯を打ち当てる勢いで唇を重ねてきた。

徳田は、郁子を布団に横たえた。

「じっとしているんだよ、いい子だから」

徳田は、郁子の丹前と浴衣を剝ぎにかかった。

部屋には裸電灯が一つぶら下がっているだけだった。

壁にも天井にも無数のしみができている。わびしさの充ちた部屋だった。壁や天井のしみは、この宿に泊まったひとびとがどうにもならない心を残していったもののように思えた。

追われてこの部屋に一夜を過ごした者もいたであろう。道ならぬ恋の逃避行の男と女が一夜、ここで情交を結んだかもしれない。あるいは、中年を過ぎた男が、生活に敗れて自殺に向かう途中でここに一夜の仮寝を求めたかもしれない。人を殺した人間が一夜、ここで息をひそめて気配を窺ったかもしれない。

その部屋で、徳田は部屋にふさわしいある儀式を行なおうとしていた。道々、考えたものであった。

「きいて欲しいことがあるのだ、郁子」

郁子は全裸にされて、徳田をみつめていた。

「わたしたちはお互いに追われる身だ。ここから先、どこに逃げても、安住の地はあるまい。いつ、殺されるかわからない。殺されるまでは、しかし、精いっぱい、生きていこう。わたしは、きみが好きだ。きみさえよければ、今日から、わたしの妻になってほしい。もちろん、籍には入れられない。だが、籍などはどうでもよい。わたしは、きみを死物狂いで愛する。どうか、わたしの妻になってくれ」

郁子の瞳に泪が浮かんでいた。

「うれしい、おじさん」

「ありがとう。たったいまから、郁子はわたしの妻だ。それを記念して何かの行事をしたいが、何かをできる状態ではない。そこで、わたしが、郁子の足の先から頭のてっぺんまで舐める。愛をこめて舐めるから、それで許してほしい」

郁子は泪を溜めたまま、うなずいた。

徳田は、郁子の足もとに蹲《うずくま》った。左足を取って、膝に乗せた。白い、ほっそりした足だった。足首が締まっていた。可憐さを残した足だった。

徳田は拇指《おやゆび》を口に含んだ。たんねんに舐めて人差指に移った。可愛《かわい》さと、哀しみがこみ上げてきていた。十四歳の少女が四十すぎの男の妻になることを承諾して、裸身を横たえ、泪を溜めた瞳を向けている。

戸外で風が号いて、部屋を揺すった。

三十分ほどかけて、徳田は郁子の裸を隅々まで舐め尽くした。舐めながら、徳田も泣いていた。自分は何をしているのだろうと思う、うそ寒さがあった。

十四歳の少女に妻になってくれと掻き口説いて、その裸身を舐めている。気が狂《ふ》れたのではあるまいかと思った。

たしかに、郁子の体は女として機能してはいる。肉づきはまだまだだが、観賞にも充分にたえ得るし、抱けば、するどいよろこびを与えてくれる。だが、郁子には精神の未熟さがある。男と女のすることは承知しているが、恋がどのようなものか、夫婦がどのようなものかはわからない。もちろん、逃避行がどのようにつらいものかも、わからない。徳田からみればままごとにすぎない。しかし、ままごとでは済まない世界に徳田は郁子を引きずり込んでしまっていた。

徳田が郁子を訪ねたせいで、郁子を暴力団から追われる立場に追い込んでしまったのだ。貌《かお》に二目と見られないケロイドを刻まれたであろう二人の男が、いくら少女だとはいえ、郁子をそのままにしておくわけはないのだった。

舐めながら、徳田ははげしい自己嫌悪に苦しめられていた。自分の軟弱さが呪わしかった。牛窪に襲われていったんは捨てて逃げた郁子を、ふたたび訪ねた自分が、たまらなかった。牛窪殺しを断念せざるを得なくなって東京を逃げ出る間際に、ふっと、郁子のことを思いだした。訪ねる気持ちのどこかには、郁子を抱けるかもしれないとの思いがあった。みすぼらしい欲望であった。

未来を閉ざされて徳田はふたたび、暗黒の中にあった。おびえて、何かに縋《すが》ろうとした。縋ったのは、少女の体だった。少女の体にわずかの救いを求めようとした汚ならしさが、どうにもならなかった。

赤法華では利恵にたよった。利恵の精神を破壊するまで、たよった。

いまは、少女にたよろうとしている。

少女でもいい、慰めてくれる女が欲しかった。女の体に溺《おぼ》れていられる間は、さみしさから逃れられた。自分が訪ねたら少女がどう思うか、どうなるかも考えずに、訪ねた弱さが、呪わしかった。

これからどうするのかもわからないでいる徳田だった。

匿名《とくめい》で銀行に預けてあった逃亡資金は、あと数か月分はある。それも、一人でならだ。郁子を連れて旅をするとなると、これまでのようにはいかない。まして厳冬が目の前に来ている。逃亡資金はあっという間になくなる。それを承知で、行くあてもないことも承知で、少女に妻になってくれと頭を下げている自分が、悲しさを通り越して滑稽ですらあった。

舐め終わって、徳田は、ぼんやりと空間をみていた。

「前、うしろ?」

郁子に訊かれて、徳田は急にはその意味を解しかねた。郁子は四つん這いの姿勢をとって訊いていた。

「おいで」

徳田は郁子を膝に抱き取った。

郁子は徳田の胸に貌を埋めた。乳房を押しつけて、そのまま動かなかった。

「わたしがついているから、郁子、何も心配することはない」

徳田は、郁子の裸身を抱きしめた。

木枯らしの音をききながら、徳田は泪をこぼしていた。郁子がいとおしかった。よくも悪くも、徳田を好いてくれるただ一人の人間だった。

泪をこぼしながら、郁子の尻をまさぐった。

第五章　暴風雨

1

速見島《はやみじま》は豊後《ぶんご》水道の中にあった。

豊後水道は九州と四国の中間を流れている。この水道から外海の水が瀬戸《せと》内海に入り燧灘《ひうちなだ》方面に到《いた》る。

和歌山と徳島の中間にある紀伊《きい》水道から入る潮流も燧灘に到る。相会点だ。潮流と海流はちがう。海流はつねにワンウエイだが、月の影響を受ける潮流はだいたい六時間ごとに反転する。満ちたり干《ひ》いたりするのである。

瀬戸内海には島嶼《とうしょ》が多い。

干満する潮の流れがそれらの島々に塞《ふさ》がれ、狭められて、いたるところに急流や複雑な流れや瀬などをつくる。

好漁場たるゆえんであった。

速見島はちっぽけな島であった。

いまにも、海に沈みそうな感じがする、

現代文明から見離されたような島であった。

愛媛県の宇和島《うわじま》から漁船で二時間もかかる。定期船というのがない。週に一便だけの郵便船が立ち寄るだけであった。

戸数が二十数戸しかない。全住民数が百人足らず。過疎の波を受けてそうなったのだった。

徳田兵介が郁子を連れて速見島に渡ったのは、十二月の上旬であった。

郵便船で渡った。

海は白馬が走っていた。

ちっぽけな港があった。しぶきに覆《おお》われている。漁船が二十数隻ほど繋留されていた。

徳田は匿名《とくめい》で銀行に預けてあった逃亡資金を全額引き出してきていた。全額といっても、六十万弱であった。夏の盛りに奥州白河関に向けて旅立つ前には百万ほどあった。その三か月ほど前に病院を逃げ出たときには三百万ほどあった。

じり貧であった。

灯が消えるときにはパッと消える。最後の六十万は同じ消えかたをしようとしていた。

すこしでも延ばすには南国に下るしかなかった。それも海辺だ。山間部よりは海辺が住みやすい。魚を拾えたり、海草を拾えたりできるからだ。それも、南に下るほど、豊富だ。その上、南には雪が降らない。

そう思って、捜した速見島であった。

——ここなら、しばしの安住ができる。

徳田は波止場に立って、そう思った。

絶海の孤島だ。

いくら暴力団でも、この速見島に隠れ潜んだ徳田と郁子を捜し出すことはできまい。

波止場に若者がいた。はたち前後にみえる男だった。めずらしそうに徳田と郁子をみている。

徳田は、若者に話しかけた。郁子を、姪《めい》だと紹介した。さすがに、妻だとは口にできなかった。郁子の喘息《ぜんそく》治療にやってきたのだが、しばらくの間、借りる家はあるまいかと、訊《き》いた。

「なんぼでもある」

若者の答えだった。

若者の案内で、一軒の家を紹介された。半年ほど前まで、若者の親戚《しんせき》が住んでいたが、見切りをつけて大阪に出たのだという。

徳田は借りることにした。まあまあの家であった。値段の交渉に入った。

「ただで、ええけん」

若者は郁子を盗み視ながら、無造作に答えた。

「ただ?」

「ひとが住んだほうが、痛まんけん」

若者は陽に灼《や》けたほおを染めていた。

島には平地はすくなかった。

家々は南に面して段々に石垣で積み重なっている。

徳田の借りた空家は港近いところにあった。

想像もしなかった好条件であった。家賃がただというのは、何よりも有難かった。その上、生活に必要な什器《じゅうき》類はそっくり残されていた。大掃除をしただけで、その日から生活できた。

郁子が大掃除をし、徳田は米味噌《みそ》などの買い込みをした。それから、村人への挨拶《あいさつ》に回った。

家を貸してくれた若者は中山浩二《なかやまこうじ》という名前だった。二十歳になる。家族は母だけであった。

その中山の紹介で、二十数軒ある家々を訪ねて、徳田は丁重に挨拶した。

気のいい村人ばかりだった。しかし、島を出るに出られない事情を背負った人間ばかりでもあった。つぎにはだれが出て行くのかと、取り残される不安におびえている風情が感じられた。

その意味では、徳田は歓迎された。島が賑やかになるのは悪くはない。

徳田が挨拶回りから帰ると、郁子が夕食の仕度をして待っていた。

ガラス障子から海を見下ろせる部屋で、差し向かいで夕食をとった。味噌汁と乾魚とタクアンだけの夕食だが、格別の味がした。

「凪《な》ぎの日には磯釣《いそづ》りができるそうだ。大物が釣れるらしい。それに、風の後で磯を回ると、海草がごっそり打ち揚げられているらしい」

徳田は上機嫌だった。

「別天地ね」

郁子も顔をほころばせていた。

「そう。別天地だ。ここまでは、牛窪も暴力団も追っては来られない。わたしは、当分は磯釣りをして、郁子においしい魚を食べさせることに決めた。それに、捨てられたままの畑もあるそうだ。海に馴《な》れたら、小さい漁船もあるそうだから、自給自足は夢ではない。ここに来て、よかった。いいひとばかりだしな」

徳田は饒舌《じょうぜつ》になった。

安住の地を得たと思った。これ以上の過疎化におびえている島人には、排他感情はない。旧来の友のように扱ってもらえそうであった。漁船が扱えるようになれば、それなりの現金収入も得られるとのことであった。

ここに永住してもよいと思った。

島人に混じり、島ことばを使い、陽に灼けてしまえば、過去とは縁を切れそうに思えた。

そのうちに、郁子は子供を生むであろうしと、先々のことまで想像できるのは、愉《たの》しかった。

これまでは明日を想い描けない流浪の日々だったから、感慨はひとしおであった。

夕食を終えたときには、陽が落ちていた。

郁子が片づけ終わるのを待って、徳田はその場に郁子を引き倒した。記念すべき夜であった。勃然《ぼつぜん》たる気力が湧《わ》いていた。郁子を素裸にした。

海風の音が家を包んでいた。波濤《はとう》の音も聴こえる。聴こえるのはそれだけであった。それらの音が単調なだけに、静寂が深い。

郁子の体を貪《むさぼ》った。途中から、郁子が声をたてはじめていた。

片手で乳房を揉《も》み、片手で陰部を愛撫《あいぶ》しているうちに、郁子がうめき声をあげた。

「ああ、あなたッ。あなた――」

そのことばをきいて、徳田は背筋をつらぬくような戦慄《せんりつ》をおぼえた。奥州白河の宿で妻になってくれと掻《か》き口説いた。郁子は承知した。しかし、あなたと口にしたのは、はじめてである。幼な妻だが、郁子は完全に自分のものになった。女として開眼《かいげん》したのだと、徳田は思った。

郁子の開眼はたしかであった。

はじめて、郁子はわれを忘れた。股間《こかん》に入った徳田を迎え容れて、貌《かお》を覆《おお》った。すぐにその手を離して、左右に拡《ひろ》げた手で何かに縋《すが》ろうとするように、畳をまさぐった。裸電灯の光に白い貌が苦しそうにゆがんでいた。

徳田は郁子の両足を抱えていた。目の下で白い腹が波打っている。郁子はふたたび両手で貌を覆っていた。どうしてよいのかわからない感じだった。しきりに声を洩《も》らしていた。

徳田は郁子を這《は》わせた。尻《しり》を抱えられて、郁子はああッと、かん高い叫びをたてた。徳田は夢中で責めた。これまでは、徳田は自分だけの愉しみを郁子の体に求めた。いまは、ちがった。より大きなよろこびを郁子にもたらせようと懸命になった。郁子は声を洩らしつづけた。

やがて、徳田は、はてた。

一時間ほどして、床に入った。足をからめて抱き合ってから、徳田は訊《き》いた。どうだったのかと。よかったと、郁子は答えた。どのていどかと訊くと、わからないけどと、いった。いつからそうなのとの問いには、郁子は太平洋岸の砂丘のときからだと答えた。

さだかではないが、快感はあった。ただ、その快感は鬱積《うっせき》していた。澱《よど》みだった。波濤を起こすほどの活力はなかった。いまは、その澱みが割《さ》けて、何かがつらぬいた気がしたという。

徳田は、乳房を愛撫しながら、根掘り葉掘り、訊いた。

徳田の訊ねたかったことは、牛窪に犯されたときのことだった。

郁子は、とぎれとぎれだが、問いに答えた。

最初は、郁子は怖くて泣いた。だが、牛窪は泪《なみだ》などは意に介さなかった。巨根を突っ込んできた。牛窪はドスをくわえている。徳田を殺しかけたが、郁子が邪魔をして逃がした。牛窪は怒っている。斬《き》られるかもしれないと思った。斬られるよりは、従うほうがよかった。

牛窪のは徳田のとは較べられないほど巨《おお》きかった。膣《ちつ》が破けるかと思った。痛かった。体をよじっては痛みに堪えていたが、そのうちに突然、快感が湧き上がった。快感というよりも感覚の麻痺《まひ》だった。気が遠くなったように思った。何がなんだかわからなくなった。気がついたときには、牛窪にしがみついていた。

徳田としていても、それほど強烈ではないが、その感じはあった。

もともと、性欲がどういうものか、郁子は知っていた。父と義母のをはじめから終わりまで目撃したことがあった。

去年の夏だった。家に帰ったら、父と義母が昼間からやっていた。郁子の帰宅には気づかなかった、父母は台所でたわむれていた。料理をつくっている義母を、裸になった父が背後から脱がしていた。脱がして、父は蹲《うずくま》って真白い尻を舐《な》めはじめた。義母は上ずった声でしきりに許しを乞《こ》うていた。許しを乞いながら、料理をこしらえている。そのことばから、夫婦が強盗ごっこをしているのがわかった。義母は強盗に犯されているのだった。

やがて、父が立った。義母はほおを小さく叩《たた》かれて、父の男根を口に含んで愛撫しはじめた。凍りついたようになって、郁子は物陰からみていた。それまでにも、なんどか垣間みたことはあった。義母の悲鳴じみた声もきいていた。だが、これほど強烈なのははじめてであった。

父が義母を柱に縛りつけた。

義母は強盗に犯されるおびえと期待を声高に口にしていた。お許しくださいませと叫びながら、体は紅潮していた。父が包丁を握って、その腹で義母のほおや乳房や、下腹部を音たてて叩いた。ああ、強盗さまと、義母が叫んだ。

父と義母の痴態は長い間、つづいた。

父は、後ろ手に縛った義母の股間に電動器具らしいものを挿入していた。音が高い。義母は股《また》を拡げ切っていた。泣いている。泪《なみだ》を流さないで声だけで泣いていた。泣きながら、強盗さまと細い声を放っていた。それが済むと、父は義母の縛《いまし》めを解いた。解いて、台所に這わせて、背中に乗った。紐《ひも》を口にかけて手綱にしていた。それを片手で持ち、片手は豊かな尻に喰《く》い込ませていた。

義母は這いずり回った。

そのまま、居間に入った。居間もどこも障子や襖《ふすま》は開け放してある。義母は這って、箪笥《たんす》の下段の抽出《ひきだし》を開けて、それにつかまった。父は傍に立っていた。立って、紐を操って強盗らしいことばで義母に命令していた。義母は箪笥の抽出につかまったまま、尻を高くかかげた。父がその尻に挿入した。

あんな大きなものがどこに入るのかと、郁子は思った。義母の豊かな尻はきれいに呑《の》み込んでいた。

箪笥が鳴りはじめた。

義母が大声で快感を口にした。死にます、死にますといっていた。そのときに、郁子の喘息の発作が出た。義母の声が熄《や》み、箪笥の鳴りが熄んだ。郁子は部屋に駆けた。

部屋に入って三十分ほどたって、義母がやってきた。険悪な貌をしていた。何もいわずに、部屋に立ちはだかった。

「出てってよ！」

郁子は貌もみずに叫んだ。

「汚ないわね。覗《のぞ》きみするなんて、それ、中学生の女の子のすること」

義母の声は冷たく、尖《とが》っていた。

「汚ないのは、あんたじゃない！　真昼間から！　何が強盗さまよ！　笑わせないで！」

郁子は、向きなおった。

「いうたな！　チンピラのくせして！」

義母の声がおののいた。血の気を失っている。

「出て行かないのなら、一一〇番するわよ！」

郁子も蒼白になっていた。咳《せ》き込みながら、突っ立った。

「おまえなんか――」

義母は、喘《あえ》いだ。

「よく、みただろう。おまえの父は、わたしのもの。わたしのお尻を舐めたのをみただろう！　わかったかい。わたしの男なんだよ！　おまえなんかどうでもいいのさ！　怒ってたよ、中学生のくせにって。なんなら、毎日でもみせつけてやろうじゃないか！」

「出て行けッ」

郁子は傍にあった鞄《かばん》を叩きつけた。

形相が変わっていた。

「ガキにゃわからねえんだよ！」

捨て台詞《ぜりふ》を残して、義母は部屋を出た。

その翌日だった。郁子が福島に向けて旅立ったのは。

死のうと思ったところを、郁子は徳田に救《たす》けられた。

徳田に連れられて砂丘にやってきた郁子は、徳田に体を与える覚悟を決めていた。徳田が自分の体で満足してくれるかどうかはわからなかったが、そう決めた。郁子も、抱かれたかった。何十回となく、父と義母の交接を垣間みていた。あられもない声をきいていた。

性交というものに郁子は郁子なりの期待を持っていた。父への反撥もあったが、それよりも深いところにある黒々とした欲望の淵《ふち》を、郁子は心の奥に秘めていた。

その淵が砕けたのは、牛窪の巨根で体を塞《ふさ》がれたときだった。

徳田は寝つかれなかった。

郁子は軽い寝息をたてている。

波の音と風の音が聴こえる。

郁子への嫉妬《しっと》をもて余していた。郁子は、正直に問いに答えた。隠すだけの器量というか器用さの持てない年頃なのはわかる。嫉妬というものの本質をわきまえていない。精一杯の答えをしたのはわかる。

それが、徳田には気になる。器用さがないだけ、女の本質をそのまま述べたもののような気がする。相手はだれでもよい。男なら、女はよろこびを感じる。妻もそうであったし、利恵もそうであった。もちろん、妻は論外だ。牛窪に狂わせられてしまっていた。だが、利恵はちがう。その利恵ですら、徳田を救けると称して、忍んで来る夜這い男の巨根に期待して、心をふるわせていたのだ。

郁子も、いまに、そうなりそうな気がする。女とはそのようなものだと哀《かな》しい諦《あきら》めが先に立つ。とくに、郁子が、牛窪によってはじめてよろこびを得たといわれては、はなはだ、穏やかではなかった。

闇《やみ》の中に、魔の性を秘めた牛窪の貌がかかっている。

郁子を開眼させたとわかっては、ののしって打ち消すだけの気力がなかった。どう足掻《あが》いたところで、牛窪にはかなわないという気がする。郁子を巨根でつらぬいていた光景が甦《よみがえ》っている。

——悪魔だ。

胸中で、うめいた。牛窪だけではなかった。郁子も早くも魔性をみせはじめている。郁子も妻も利恵も、そうだ。

自分を除いたほかの人間はすべてが魔性を秘めている気がする。劣等感が深い。十四歳の少女を妻にして、その少女の清らかな魂に早くも嫉妬をはじめている自身が、情けなかった。

牛窪によろこびを感じようとどうということはないではないかと、自身を突き放してもみた。男だとて、女の性器であればだれかれの見境なく射精する。女だけちがうわけはない。要は愛の問題であった。郁子が魔性を秘めているにしても、いまは、徳田を愛している。それでよいではないかと。

だが、自分を納得はさせられなかった。

愛と肉欲は同じでなければならなかった。徳田を愛してはいるが、牛窪とねてももだえるというのは、不都合きわまりないものに思える。

溜息《ためいき》が出た。

すべてか無かを、徳田は主張しようとしていた。それを要求できる状態ではないことを承知で、なお、割り切れない自分が、もどかしかった。

生きることへの不安がそうさせるのかもしれないとは、思っていた。女にたよるから、独占したくなるのかもしれない。逃げられたくないから、他の男によろこびを感じることに堪えられないのかもしれない。

——いや、ちがう。

徳田は、闇をみつめて否定した。

もっと本質的なものだと思った。

——妾従だ。

女が妾従してくれなければ、男は不安になる。

そこまで考えて、徳田は眠気を感じた。

いまどき、男に妾従する女がいるわけはない。とくに、徳田にはなおさらだ。

かねがなく、度胸がなく、四十を過ぎていて、どうみても恰幅《かっぷく》がいいとはいえない徳田に、だれが妾従などするものか。

そう思うと、郁子は貴重であった。

郁子の固い足を挟《はさ》んで、股間にそっと、掌を置いた。

2

速見島に来て十日ほどたった。

徳田は早朝から磯釣りに出ていた。

海は荒れたり凪いだりであった。

島の男は全員が漁業で稼いでいた。荒れていないときはかならず沖に出る。いまは渡り蟹《がに》の漁季だとのことであった。蟹は月のない夜に釣る。昼間や月の出ている晩に釣った蟹は肉が消えて殻だけになる。

女たちは畑仕事が重だった。畑といっても急傾斜の島だから、石垣積みの小さな段々畑だ。それでも自給自足はできるとのことであった。

島人は徳田には親切だった。とくに、中山浩二はそうだった。ただし、徳田にではない。郁子にであった。朝、漁から戻ると、かならずといってよいほど魚を持って来てくれる。

島には若い娘はいない。家を継がねばならなかった若者は何人かはいるが、娘は例外なく四国本土に渡る。島に中学がないからだ。島の属する町営の寮に入り、卒業したらそのまま、島には戻らないで都市部に就職する。

島でいちばん歳の若い浩二には嫁がなかった。ほかの若者といっても三十前後ばかりで、かろうじて、嫁は確保していた。

郁子は大柄であった。中学生にはみえない。

浩二が慕い寄るのも無理はなかった。郁子も徳田を夫だとはいわなかった。本能的に女の狡《こう》猾《かつ》さを身につけていた。姪らしく装っている。徳田はそれをみて、妙な気になった。

そのことさえ除けば、平穏な日々であった。

冬の間は無理だが、春になれば、徳田に漁を教えてくれるという男は多かった。

徳田と郁子を居つかせようとの願いが、島人の口調や目つきには出ていた。

徳田もそのつもりだった。

その日は、昼前に釣りを切りあげた。

磯を伝って、港に出た。

港で十数人の村人が騒いでいた。何事が起きたのかと、徳田は傍に寄ってみた。ひとびとの輪の中で、毛布を体に巻いた虎吉という中年の漁夫が蹲っていた。陽に灼けた貌が青ざめている。ねばい汗が額に出ていた。急病だとは、訊かなくてもわかる。

男たちが漁船を仕立てている。これから、四国本土の病院に運ぶつもりらしい。

海は荒れ気味であった。小さな漁船だからしぶきを受ける。そのために苫囲《とまがこ》いの用意をしていた。

「どうかしましたか」

徳田は、つい、訊いていた。しかし、訊くだけのことであった。

島に世話になっているのだから、声をかけるのが礼儀である。そのていどの気持ちであった。

「一時間ほど前から、急に、ものすごう、腹のこのあたりが痛んでなァ」

虎吉の嫁が自分の腹を押えて、心配そうに説明した。

「我慢したんじゃが、もう、どうにもならんようになってしもうて……」

「持病ですか？」

「ちがいます。突然、急に……」

うめきだした虎吉を、嫁が背後から抱えた。

徳田は前に回って、虎吉を覗いた。唇をゆがめて、歯を剝《む》いている。

「小便は？」

徳田は、訊いた。立ち入った病状を訊くまいとは覚悟していた。

しかし、訊かずにはいられなかった。虎吉の痛み具合から、徳田には痛みの原因がだいたいわかっていた。一言だけ訊いて、それで口を噤《つぐ》もうと思った。徳田の思っている病気なら、この寒空に船を出すことはない。

「それが――それが」

虎吉は、うめいた。

「ちょっと、こっちへ」

徳田は虎吉を抱え起こした。あっけにとられたひとびとには、すこし待っているようにいって、虎吉を離れた岸壁に抱えて行った。

「小便をしてみなさい」

「それが、急に小便が出んようになって、そんで腹が、腹が……」

虎吉は、また、蹲った。

「心配ないですよ。あなたの腹痛はなんでもないかもしれない。そう思って、気分を楽にすれば小便が出る。待っていなさい」

徳田は餌《えさ》を容れるための空罐をぶら下げていた。それを海水で洗って、虎吉に渡した。

「焦ることはない。ゆっくりでいいから、小便をこれに溜《た》めてみなさい」

「あんたは、あんたは——」

虎吉はねじれた貌を徳田に向けた。

「そんなことは、どうでもよろしい」

そのことばに、虎吉はうなずいた。

医師のいない僻地での急病人は必要以上に病気をおそれる。徳田の、わずかだが強みを持たせたことばが、虎吉に妙に安堵《あんど》をもたらしていた。踞《かが》んだまま、毛布をめくって、空罐を当てた。

徳田は立ったまま、タバコをくわえて海をみていた。

「小便が、小便が、出んのじゃけど——」

「出ます。いまに、出ますよ」

無造作に、徳田は、答えた。

ひとびとが徳田と虎吉を見守っている。

タバコを、徳田は喫《す》い終えた。海をみたままだった。悔恨が充《み》ちていた。喫い終えたタバコを長靴でねじり潰《つぶ》した。

徳田は人間の構造を熟知している。どこがどうなればどんな症状が出るのか、そうした知識が血肉に溶けている。黙っていられないのが、哀しかった。

病人の苦痛をみると、思わず、口が開く。

——だが、ここまでは牛窪も追っては来るまい。

海をみて、そう、胸中につぶやいた。この島の人間は気持ちのいいひとばかりだった。苦しんでいるのを黙視できなかったのは、しかたがないと、自身にいいきかせた。骨を埋めてもよいと、徳田は思っている。

共同体の一員になるのだから、それぞれの持てる能力を出し合うのは、とうぜんではないかと、いいきかせた。

「出ました。小便が、出ました」

虎吉が、うめいた。

「出ましたか」

徳田は、振り向いた。罐詰の空罐になみなみと小便が溜まっていた。

徳田は罐を受け取って、覗いた。思ったとおり、わずかだが尿に血が混じっていた。

空罐を海に捨てた。

「あなたの腹痛はたんなる腎臓結石《じんぞうけっせき》です」

肩を叩いた。

「腎臓結石？」

虎吉は、貌を上げた。気のせいか、痛みが薄らいだようにみえた。

「腎臓にできた石が尿管に詰まっています。尿管には狭いところが三か所あります。そのどこかに石が引っかかると、突然に痛みが出ます。小便が止まるのもその痛みのショックです。もう一つある腎臓の尿管まで、ショックで閉じてしまう。だが、問題はありませんよ。いまに、石は膀胱《ぼうこう》に下がります。医師にかかっても無駄です。ビールをたらふく飲みなさい。そして、縄跳びをすることです。そのうちに、石は膀胱に落ちます」

「医師《せんせい》――」

虎吉は白目を剝いた。

「せんせいではないんですよ、わたしは」

そういったときには、村人が傍に来て、嚙みつきそうな目で徳田をみつめていた。

赤法華《あかぼっけ》と同じことになるのに時間はかからなかった。

波止場から徳田は村人たちに囲まれて町役場に連れ込まれた。拉致《らち》されるような勢いであった。

町役場といっても、町長と吏員が一人いるだけである。宇和島市に編入されて七、八年になる。名目だけの町であった。

町長は井戸源吉《いどげんきち》という老人であった。村長からそのまま町長になって、いまに至っている。

源吉から、徳田は追及を受けた。追及ということばがあてはまるほどのするどい尋問であった。

医師なのか、医師でないのか。

源吉のほかに、島の代表格の男が七、八人いた。問題はそこに絞られた。

医師であったが、いまは事情があって医師免許は返納していると、徳田は返答した。偽医師をしていたとは、いえなかった。

だから、医療行為はできないと、最初から断わった。

島人はそれをきいて、安心した表情になった。

島人に必要なのは医師であって、医師免許ではなかった。

「経済援助で、どうなら？」

源吉は六十なかばだ。気が短い。長ったらしいものいいは苦手であった。ともかく、占めたと思った。

「経済援助？」

「ほんだから、あんたにゃ、魚や米や味噌や、そうした必需品やるけん、それでよかろがの」

「しかし……」

「しかしもへちまもありゃせんわ。おらたちは、そう決めたけん。あんたは病人の面倒をみるがよろし」

「しかし、わたしには、免許が……」

「そんなもんは、ここでは要りゃせん」

源吉は一方的に押しまくった。

徳田は黙った。

徳田が黙ったことで、衆議は決した。

「ほなら、前祝いやるけん。島人の主治医ができた祝いじゃけん」

源吉がかん高い声で一同を見回した。

男たちはものもいわずに出て行った。

三十分ほどたって戻ってきたときには、酒、ビール、魚などを担いでいた。役場はたちまち料理場に早変わりした。

だれかが、郁子を呼んできた。

徳田と郁子は上座に坐《すわ》らされた。

じきに、徳田は酔っぱらった。

献酬《けんしゅう》が呆《あき》れるほどに繰り返された。最初は、えらいことになったと、徳田は、尻込みしていた。追及からこうなることの早かったことに、ぼんやりしていた。何を考える隙《ひま》もなかった。

だが、酔うほどに、どうにでもなれと捨て鉢な思いになった。

島には週に一便、郵便船が来るだけである。

新聞も愛媛の地元紙が週に一度来るだけである。天下のことはこの島とは無縁であった。何をおそれることがあると、自棄《やけ》気味であった。

したたかに酔っぱらった。

役場での宴会はすぐに島中に伝わった。ほとんどの島民がやってきた。徳田は差し出される盃《さかずき》をだいたいは乾した。しまいには目が回った。役場の建物がゆらゆら揺れだした。

そして、ぶっ倒れた。

男たちが自宅まで担ぎ込んでくれたが、気がつかなかった。高鼾《いびき》をかいて寝込んだ。夜半に一度、目が醒《さ》めたが、そこがどこなのか、はっきりとはしなかった。枕《まくら》もとにある水をがぶ飲みして、また、眠り込んだ。

郁子は、徳田とはいつの間にか別々になっていた。島人に無理やり酒を飲まされた。郁子には何がどうなっているのか最初は見当がつかなかった。

徳田が島人の主治医になったらしいとわかって、不安になった。だが、その不安は長くはつづかなかった。献酬の中に捲《ま》き込まれた。

気づいたときには、悪酔いしていた。

這って、外に出た。便所は庭の端にある。そこまで行って吐こうと思った。しかし、もたなかった。石垣の傍で蹲った。ひとしきり吐いたが、気分はよくならなかった。目が回って、立てなかった。歩こうとすると、体が斜めに走った。

だれかに抱えられた。二人か三人かだと思った。両側から体を抱えてくれていた。家に送ってやるというのをきいたような気がした。その一人が、浩二らしいと思ったが、それも、さだかではなかった。

とっくに陽が落ちていた。男たちの照らす懐中電灯の光の輪が揺れ動いている。抱えられて石段を登りながら、二、三度、蹲った。

しまいには立てなくなった。

だれかに背負われたのはおぼえていた。それきりであった。

気づいたときには、闇の中にいた。あお向けに寝かされている。

吐き気はなくなっていたが、目まいはそのままに残っていた。闇をみつめた。

闇の中に、かすかな光が射していた。その光が天井板を映し出している。どこから来る光なのかと、郁子は思った。

そう思って、はじめて、自分が下半身を脱がされているのに気づいた。寒気が肌をとらえている。その寒気のあたりに、光のもとがあった。

だれかが、裸にした郁子の股間を懐中電灯で覗いているのだった。

徳田だと思った。

動くのが億劫《おっくう》なままに、ぼんやりと天井に届く薄明りをみつめていた。

徳田の掌が太股《ふともも》をなではじめた。息づかいが荒い。じきに、指が股間に下りてきた。

郁子は記憶を辿《たど》っていた。役場での宴会風景をぼんやりと思い浮かべていた。吐いたあと、何人かの男に抱えられて——。

郁子の体が凍った。抱えられてから後の記憶がない。郁子は、股を閉じた。男の指は股間を弄《もてあそ》んでいた。弄ぶといっても、おどおどした動きだった。

「だれなの」

懐中電灯が消えて、男の動きが熄《や》んだ。

「だれなのよ!」

郁子は上体を起こした。

目まいが襲った。吐き気も衝《つ》き上げてきた。

郁子は押し倒された。男は闇の中で決意したようだった。無言で郁子をねじ伏せにかかった。

逆らおうとしたが、体がいうことをきかなかった。動けば、吐き気がする。なかば朦朧《もうろう》状態でもあった。

郁子は、諦めた。男は郁子をねじ伏せておいて、強引に足を拡げた。

どうにもならない状態であった。体の力を抜いた。動いたことで目まいが強くなっている。横たわっているのが精一杯であった。どこかの空家のようだった。人の気配がない。男がかぶさってきた。

かぶさった男の体がふるえている。歯が小さな音をたてていた。郁子は男に体を預けた。荒々しい勢いで、男は挿入してきた。性器の場所がわからないで、男は夢中で突きたてた。突きたてているうちに、男は棒のように体を突っ張らせて、はてた。外であった。

射精で股間を汚されたまま、郁子は睡りの淵に引きずり込まれた。

寒さで、目が醒めた。

未明のようであった。薄明りが忍び込んでいる。その明りをたよりに体を起こした。毛布を被っていた。その毛布の中に男が眠っている。男をみて、昨夜のことが蘇《よみがえ》った。

「起きてよ」

郁子は、男を揺すった。

大変なことになったとの思いがあった。一夜、家を明けたことになる。それがどういうことか、郁子には理解できた。

徳田が捜しているはずであった。男とねたとわかれば、叱《しか》られる。男と女との間のことだから、ただ叱られるだけでは済まないのではないのかと思った。ぶたれることは覚悟せねばならなかった。あるいは、追い出されるかもしれない。

だが、自分の意志でしたことではなかった。男に謝ってもらうしかないと思った。

男は、眠りから醒めた。

「済まなんだ。でも、責任はとるけん」

男は浩二であった。

浩二だとわかって、郁子は男に抱いていた憎しみが消えた。浩二が郁子に惚《ほ》れきっていることは、承知していた。

「あんただったの」

どういってよいのか、わからなかった。

「おら、おじさんに、結婚させてくれと、申し込むつもりじゃ。これから、郁子さんと一緒に。おら、おらは、郁子さんを……」

浩二は、昂《たか》ぶっていた。

「だめよ、それは」

郁子は絶望した。

酔いが残っている。その酔いに絶望感がない混じって、揺れ動いた。

体を毛布に戻した。

「たのむ。たのむけん、おらと」

浩二は郁子の手を握った。

「おら、郁子さんをしあわせにするけん、いのちがけで……」

そこまでが、浩二には精いっぱいのようであった。

ふるえる唇を押しつけてきた。郁子は黙って唇を与えた。どうしてよいのかわからない。

頭が割れそうに痛んだ。浩二が乳房を引き出して夢中で吸っている。

体を預けて、瞳《ひとみ》を閉じた。

浩二を嫌いではなかった。いつかみた野生動物の記録フィルムで、鳥の雄が雌に必死に求婚するのがあった。雄は魚を献上して雌の気を惹《ひ》こうとした。

浩二がその鳥に似ていた。毎日、魚を持ってきてくれる。そのたびに、羨望《せんぼう》の目で郁子をみる。貌を赧《あか》らめて帰るのだった。けなげな気がした。貌も引き締まっていて、悪くはなかった。何よりも、みずみずしい若さが宿っていた。

しかし、それだけのことであった。嫌いではないが、好きだとも思わなかった。徳田とは蜜《みっ》月《げつ》を過ごしていた。それだけで気持ちは張り切っていた。他に向く余裕はなかった。

ふたたび、浩二がジーパンを脱がしにかかっていた。拒む気にはなれなかった。浩二になら、させてあげてもかまわないと思った。いまさら拒んでも、しかたがなかった。

浩二が覆いかぶさってきた。また、わけがわからずに股間を突きはじめている。郁子は、指を添えて、浩二のいきり立ったものを導いてやった。

「うわあッ」

導かれて、二、三度突いて、浩二が何かに襲われたような叫び声を放った。

射精したのだった。

徳田が郁子の不在に気がついたのは、夜が明けてからであった。二日酔いであった。

捜したがどこにもいない。昨夜、戻った気配がなかった。捜しに出ようと思いながら、海を見下ろしていた。冬の海は連日のように荒れている。郁子も酒を飲まされていたのは記憶にある。酔って、どこかの家に泊まったものと思った。

手伝いの女たちもたくさん来ていたから、そのうちのだれかの家に厄介になっているのであろう。

水を飲もうと、水差しに手を伸ばしたところへ、足音がきこえた。ただいまという郁子の声がきこえた。

徳田は縁側に出てみた。

郁子と浩二が立っていた。郁子は徳田をみて、視線を下げた。

その動作で、徳田は何があったのかを察した。とたんに、血が昂ぶった。

「どこで、何をしていた」

訊いた声に、怒気とふるえが混じっていた。

郁子は黙っていた。

隠しおおせるとは、郁子は思わなかった。だいいち、浩二に隠す気がまるでなかった。二度も郁子の体に射精した浩二は、郁子を自分のものだと思い込んでいた。二度目は郁子が手を添えて導いたのだから、そう思うのは、無理もなかった。

徳田と夫婦だといえば、浩二は諦める。諦めてうまい口実をみつけてくれるかもしれなかったが、郁子は、それは、口にしなかった。浩二に侮蔑《ぶべつ》されるのがこわかった。

結局、浩二のいうままになるしかなかった。浩二は結婚を申し込む。あとは徳田がどう出るかであった。怒って追い返すか、自分たちは夫婦だというかのどちらかであった。徳田に判断を任せるほうが賢明だと思った。

「け、結婚を、させてください」

浩二は青ざめていた。声もおののいている。

「結婚……」

あとが、徳田にはつづかなかった。

「お、おまえたち、昨夜は……」

「むすばれたんです！」

浩二は蒼白《そうはく》な顔になって叫んだ。

「かえって、くれ」

それだけいうのが、やっとだった。

「おねがいします」

浩二は必死だった。

郁子を逃したら、浩二は、嫁をとることは絶望的になる。

「帰れと、いっとるだろうが」

徳田は色をなした。

「でも……」

「でも、くそもあるか！」

ついに、徳田はわめいた。

浩二は噛《か》みつきそうな目で徳田をみつめていたが、やがて、きびすを返した。

徳田は怒りにまかせて郁子を睨《にら》んでいた。郁子は下を向いたままだった。

徳田は部屋に戻った。

畳に腰を下ろしたが、足がふるえていた。ふるえは腹にもある。腹の中がうつろになってしまっていた。おちつけと、自分にいいきかせた。

しばらくたって、郁子が入ってきた。足音をたてないで入ってきて、徳田の傍に坐った。うなだれた襟首《えりくび》がほっそりと白い。

「やつが、好きなのか」

ややあって、低い声で訊いた。

郁子は無言で、首を左右に振った。

「なら、なぜ、ねた」

尖らすまいとしても、声が尖った。

声は尖ったが、それとはうらはらに、徳田には妙に澄んだ気持ちもあった。よいではないかと、自分の憤りを冷たくみつめるものがある。夫婦といっても、郁子はまだ十四歳だ。中学三年生だ。おとなぶってはいるが、ほんとうは、何もわかりはしないのだ。独り相撲をとっているような気がした。

いい齢《とし》をしてと、自分を嘲嗤《あざわら》うもう一つの気持ちがある。

三十近くも年下の小娘をつかまえて何を憤激しているのだ。三十年といえば、人間の一生に近い歳月ではないのか。

そう思うと、苦《にが》い笑いが出そうになった。

しかし、苦笑いは表情にまで出なかった。郁子は膝《ひざ》に両手を置いて、うなだれていた。うなじが白い。胸も高く張っている。膝に置いた両手の指はしなやかでほっそりしている。

その指が、浩二のものを握り、その乳房が浩二に吸われ、そして——思いがそこにいたると、澄んだ気持ちはたちまち掻き消えた。血の滾《たぎ》る逆上だけが支配した。

「酔っていたんです。気がついてみたら、浩二さんが傍に……」

細い声で郁子は弁明した。

「なぜ、夫婦だといわなかった」

そうは叱咤《しった》したが、いわれて困るのは徳田のほうであった。

郁子は、それには答えなかった。

「なぜ、抵抗しなかった」

「酔っていて、だめだったんです」

「それは、宵の口だろう。帰ればよかったではないか。なぜ、朝まで一緒にいた」

「眠ってしまったんです。目が醒めたのは、朝でした」

「それで、また、やったのか」

バカなことを訊いているなとは思ったが、自制しきれなかった。

「………」

「答えたらどうだ」

「しました」

郁子は貌を上げない。

「それなら、やつが、好きなんじゃないか」

ふっと、徳田は喘いだ。

「おまえから、やらせたのではないのか」

黙っている郁子に、徳田はいらだった。

「………」

「どっちから、やらしたのだ」

ことばの毒を吐き出しているか、喰っているかのどちらかだと、徳田は思った。

「前からです」

郁子が貌を上げた。徳田をみたその表情が、冷たかった。

徳田の胸を不安がかすめた。そして、不安がかすめたことに肚《はら》を立てた。

「おまえがその気なら、別れてもいいぞ。やつの嫁になったらどうだ。わたしは、この島を出て行ってやる」

「……………」

郁子はまた、うつむいた。

「別れるか。別れたいのだろうが」

郁子は押し黙ったままだった。

徳田はことばを失った。別れることを郁子はおそれてなかった。意思表示をしないのはそのせいであった。浩二とねて、浩二が好きになったのだ。浩二はいのちがけで郁子に惚れている。はたちの浩二の前では、急速に自身の影の薄れてゆくのを、徳田は知った。

「なぜ、黙っておる！」

逆上して、徳田は、郁子を突き倒した。

徳田は、うつ伏せに倒れた郁子の尻に視線を落とした。成熟した尻であった。いままでの郁子には感じられなかった成熟した女の尻が、そこにあった。

3

浩二が郁子とねてから六日間が過ぎた。

浩二は萎《しお》れていた。叔父の徳田兵介に掛け合うのは無駄であった。縁側に突っ立ったときの血の気の失せた形相と、荒々しいことばが、結婚させる意思などはあり得ないことを物語っていた。

しかし、浩二には諦めることができなかった。

重症の鬱病《うつびょう》患者のように、ぼんやりとしていた。その日から漁には出なかった。家に閉じこもって、郁子のことばかりを思っていた。気が狂うかと思われた。

真白い美しい裸身が脳裡《のうり》にある。重なったときの、心が逆に萎《な》えそうなほどの昂ぶりが残っている。二度目には、しなやかな指で導いてくれもした。挿入したときの爆発しそうな快感がある。

射精したあとで笑った郁子の貌がある。早いのねと、郁子は笑った。蔑《さげす》んでの笑いではなかった。肌も心も許した笑みであった。最初のは、膣の外で射精したことも、郁子に教えられた。浩二は赤面した。内も外もわからなかった。股間に突きたてたときには、入っているものとばかり思っていた。外だったといわれて、浩二は謝った。いいのよと、郁子はいった。その優しさが浩二の胸をふるわした。ふるえながら、抱きついた。そのときには、浩二は、また勃起《ぼっき》していた。はてたばかりなのに、そうであった。

郁子がそれを知って、指で触れてくれた。掌に包まれただけで、浩二は貌をゆがめた。また、射精しそうになった。いってもいいのよと、郁子がいった。

浩二は貌を覆って、射精した。

郁子は好いていてくれた——その思いがある。縋るのはそれだけであった。

結婚できないのなら、死んだほうがましであった。一日でも会わずにいるのは、地獄の責めよりつらい。

二日目の朝、母親のさよ子が、漁に出ない浩二を訝《いぶか》しんで、訊いた。

浩二は打ち明けた。死にたいと洩らした。

さよ子は驚いた。母一人息子一人であった。島には嫁となる娘がいない。それだけがさよ子の悩みであった。

すぐに町長の源吉に訴えた。なんとかして徳田先生を口説いてほしいと。

あかんぞな、そりゃ。絶対に、あかんぞな——源吉は取りなすどころではなかった。源吉は、徳田から抗議を受けたばかりだった。浩二を呼びつけて叱責《しっせき》しようと思っていた矢先だった。

浩二に嫁は必要だが、徳田が怒って島を出てはえらいことになる。

強姦罪《ごうかんざい》だいうて、怒っていなさるけん——そう、源吉はさよ子を脅して、追い返した。

浩二はそれをきいて絶望を深めた。

郁子に直接会って、意志をききたかった。徳田がどういおうと、郁子にその気があるのなら、強引に夫婦になるてがある。憲法で結婚の自由を認めているのだからと、悲愴《ひそう》な思いになった。

郁子は日に一度は港に出る。島のひとびとはだれもがそうだ。港は唯一の社交場であった。島内のニュースがそこで交換される。漁夫たちが港に戻る時間に、だいたいひとびとが集まる。

その日から、浩二は港に出て、物陰から郁子の姿を求めた。

だが、郁子は港には姿をあらわさなかった。徳田もだった。磯釣りにばかり出ていた徳田だが、それもやめているらしい気配だった。

ひとびとが複雑な目で浩二をみた。浩二はあの晩、郁子が酔って苦しそうなのをみて、仲間にたのんで空家に連れこんでもらった。浩二だけに嫁がいないのを、仲間は気の毒がっていたのだった。

浩二が仲間の協力を得て郁子とねたことを、ひとびとは承知していた。そして、娶《めと》ることに失敗したことも知っていた。

浩二は陽の陰をのみ伝い歩くようになった。

八日目であった。

浩二は夜半を待っていた。

島には町営の自家発電機がある。稼動するのは夕刻から、夜の九時までだ。島人は九時にはだいたい眠る。起きていたいひとはランプを使う。

十時過ぎに、浩二は家を出た。

郁子に夜這《よば》いをかけるつもりだった。

夜這いの習慣は、いまは、廃《すた》れている。敗戦後しばらくは島にも住人が溢《あふ》れていた。その頃は夜這いが爆発的に流行《はや》ったときいていた。浩二の代になってからは、夜這い話はきかない。過疎化一方で、それどころではないのだった。

郁子の家に忍び寄った。

島には鍵《かぎ》をかける習慣は昔からない。忍び込むのは、造作がなかった。家も親戚の家で勝手は知っていた。ただ、郁子が一人で寝ているのか、徳田と同じ部屋なのかだけが、気になる。同じ部屋ではどうにもならない。別の部屋なら、うまくゆけば郁子を外に呼び出せるかもしれない。

台所から上がり込んだ。充分に時間をかけて、障子や襖の音をたてないように注意した。鼓動が高鳴っている。失敗したら、徳田が血相を変えて源吉にねじ込もう。浩二は叱責された上に、未練者よと、ひとびとに嗤《わら》われることになる。

その覚悟は、していた。嫁が欲しいのでも未練なのでもなかった。ひたすらに、郁子に恋い焦れているだけであった。郁子に死ねといわれたら、死んでみせる。

郁子なしでは生きてゆけないと思いつめている浩二だった。

みた。無人だった。

台所のつぎは家族の居間になっている。そのつぎが寝室、三番目が座敷になっている。居間の襖に耳をつけて気配を窺《うかが》ったが、鼾一つ、物音一つ、なかった。ゆっくり、開けて

つぎの寝室に近づいた。そこにはどちらかがねているはずであった。叔父と姪が同じ部屋に寝ることはまずあり得まいから、おそらく、郁子が寝ているはずであった。徳田は海を見下ろせる座敷に寝るのが常識であろう。

長い間、蹲った。

襖は、寝息がきこえるように数ミリほどずらしただけであった。寝息も物音もない。ぐっすり眠り込んでいるのかもしれないと思った。

家をかすめる風の音がする。遠い潮騒の音がきこえる。

足がふるえていた。そこに眠っているのは郁子であろうが、忍び寄って徳田だったらとのおびえがある、かりに郁子でも、声をたてさせないで、忍び寄ったのが浩二だとどうやって悟らせるかとの危惧《きぐ》がある。

十数分をかけて、一センチほど襖を開けた。浩二は身をちぢめた。中からかすかな灯りが洩れていた。忍び込む前には、家にはどこにも灯りはついてなかった。真っ暗闇だったのだ。

凍ったようになっていた。やがて、その灯りが、座敷から洩れているのだとわかった。かすかな灯りで、浩二はその部屋には夜具きこえるかきこえないほどの人声が洩れている。

がないのをみていた。

叔父と姪が同じ部屋に眠るのを知って、疑念が射した。どういう意味を含んだ疑念かは、判然とはしなかった。ただ、何かが怪しいという気はした。

どうしようかと、浩二は思案した。

起きているのだから、このままでは目的はとげられない。引き返して眠るのを待つしかなかった。だが、話し声が気になった。何を話しているのかまではわからない。ひめやかな声だけが洩れている。忍び寄って、何かの加減で襖を開けられたらそれまでだとはわかっていて、話を聴きたい衝動を抑えかねた。

息を殺して、部屋に忍び込んだ。

心臓が停まりそうなおびえがある。

襖に張りついた。

低い声がきこえる。いや、声ではなかった。うめきであった。郁子がうめいている。苦しそうに、あ、あ、あ——と、断続的に声をたてていた。

浩二はカッとなった。

郁子のうめきが何を物語っているのかは、浩二にもわかった。わかった瞬間に、全身に悪寒に似たものがつらぬいて走った。

悪寒は脳にまで這い昇って、そこで炎になった。炎が燃え狂いはじめた。頭が裂けそうな気がした。

「ああッ、あなた、あなた、もっと」

郁子の声が高くなった。物音がしている。畳をかすかな震動が伝わっている。

浩二の全身がふるえていた。

押えようのないふるえだった。闇の中で白目を剝いていた。郁子の白い肢体がみえる。かぶさっている徳田の体がみえる。徳田にしがみついて泣いている郁子の……。

浩二の男根がいきり立っていた。ズボンを突き破りそうな勢いで、天を指していた。浩二はそれを腹に押えつけた。押えつけなければ、動けなかった。無念の思いをこめて男根を腹に押しつけて、部屋を這って出た。

庭に出て、庭からつづく石段を下った。

石段は港につづいている。途中まで下りて、浩二は腰を下ろした。男根が邪魔で歩けなかった。石のように固くなった男根を握って、海をみた。

海は荒れ模様であった。波止場に砕ける波の音がしている。冬の風が周辺に号《な》いている。哀しげな波の音であり、風の音であった。生まれたときからずっときいてきた音だ。

波や風の音には未来があった。これから拓《ひら》けてゆく未来が想い描けた。いずれは、嫁になってくれる娘がそれらの音のかなたから姿をあらわす。美しい娘のはずであった。精いっぱい働いてその娘を幸せにする。その娘も浩二を愛してくれる。漁から家に戻れば、風呂が湧いている。夕食の仕度もできている。一緒に風呂に入り、一緒に眠る。大きな乳房や、目が眩《くら》むほどの太股や、お尻や——あらゆるところを、娘は愛撫させてくれる。自分だけのもの、浩二だけのものになってくれる、尊い嫁。

風や波の音はそうした未来を想い描かせた。

いまは、その未来が断ち切れていた。ただ、もの哀しい音にしかきこえない。寒々としていて、凄愴感《せいそうかん》を含んだ音にしか、きこえなかった。

浩二は長い間、寒風に身を晒《さら》していた。

立って歩きだしたときにも、男根はまだ、突っ立っていた。おさまらないのが、哀しかった。できることなら、そんなものは切ってしまいたいと思った。海に身を投げたいと思った。生きているかぎり、業火のように身を灼く炎からは逃れられないような気がした。

徳田に身を任せていた郁子に向ける憎悪がある。その憎悪とうらはらに断ちがたい未練がある。忘れようとしても決して忘れられないであろう炎のような恋がある。どう対処してよいのか、浩二にはわからなかった。

——郁子の淫売！

石段を下りながら、胸中で叫んでいた。

浩二に体を開いておきながら、徳田にもさせている。ずっと徳田にさせていたのだ。

あんな老人のどこがよくてその体を自由にさせているのかと、泣き叫びたいほど、肚が立った。

——あんな淫売は忘れてやる！

血を吐くような叫びを、胸の中で叩きつけていた。

4

年が変わった。

徳田と郁子の生活は平穏だった。

春が訪れようとしている。

徳田は満足であった。海が穏やかになり、花々が咲き乱れる頃になれば、徳田は船を借りて漁を教わることになっていた。最初に操船を教わり、徐々に網などの扱いを習うことになっていた。半年もたてば、なんとか一人前の漁師になれるだろうという。

島のひとびととは仲良くなっていた。ほとんど、顔見知りになった。ひとびとのほうから、徳田の家に遊びにやってきた。酒や魚を持参する者が多かった。駘蕩《たいとう》の日々が流れ去った。牛窪のことは忘れていた。たまに思いだしても、なんの感慨も湧かなかった。

一つだけ、気にかかることがあった。浩二のことであった。

徳田は郁子を折檻《せっかん》して、浩二のことをあらいざらい白状させていた。最初は、浩二は膣外で射精した。二度目は郁子が導いてやり、三度目は郁子の掌の中で射精したという。

その若さが、徳田はこわかった。全身が精液のような気がする。女は郁子がはじめてだったのだ。膣に入れたのか股の間だったのかさえわかっていない。はじめて接した郁子恋しさに逆上しかねない不安があった。逆上しないまでも、しつこくつきまとう懸念は充分にあった。

また、郁子が浩二を恋しく思いはじめる不安もあった。若者同士だ。まして、体を許している。自分から導いてやったり、掌の中で射精させてやったりしている。憎からずは思っていたのだ。いつ、急激な愛が芽生えないでもない。

だが、双方とも、杞憂《きゆう》であった。

浩二は寄りつかなかった。潔《きよ》い若者であった。

郁子のことはきれいに諦めて漁に精をだしていた。以前に較べると性格に暗いものが出ているのが変化といえばいえた。徳田には口をきかなかった。行き遇うと顔を避けた。それはそれでしかたのないことだと、徳田は意に介さないようにしていた。

郁子にも変化は訪れなかった。郁子は折檻されて誓った。浩二は好きではない。二度と浩二とは二人きりでは会わないと。

徳田は信用しなかった。男と女との間はいつどうなるかわからない。昨日までは他人でも、今日は別れがたい仲になることもめずらしくはない。憎しみ合っている男女でも、氷解は容易だ。まして、郁子は少女だ。考えが統一されているわけではない。思考が日ごとに成熟する時期だ。昨日の意志は明日は別のものと替わる。

しかし、郁子は誓いを守った。

自分だけでは港に出なかった。

徳田と一緒か、徳田が磯釣りに出ているときには近所の女たちと一緒に出た。

浩二にさせ、自分から導いてやったことなどウソのように忘れていた。忘れさせたのは若さかもしれなかった。女の肌は男の凌辱《りょうじょく》の痕《あと》をとどめない。どんな男に犯されようと女の肌は一点の汚辱をもとどめずに、哀しくなるほど美しい。郁子の思考がそれに似ていた。古いものを片端から脱ぎ捨てて、成熟に向かっている。若い浩二でさえ、郁子の心に翳《かげ》りを落とすことはできなかったのだった。

完全に、徳田の嫁になりきっていた。浩二とのことがあって、かえってよかったのではないのかとさえ、徳田は思った。

禍福《かふく》はあざなえる縄のごとしという。禍をもって福となした感があった。郁子の性格というか心の基本構造を知った思いがするのだった。

春に向かって明るい日々が流れていた。

二月の中旬であった。

徳田は磯釣りから帰った。

ここ何日か黒潮の一部が岸まで押し寄せていて、魚の喰いが立っていた。石鯛《いしだい》の大物を二枚、上げていた。

何人かを呼んで刺身を馳走しようと思った。酒がうまいはずであった。磯の王者といわれる石鯛との格闘を語る自身の姿を、思い描いていた。

石段を登って、庭に入った徳田は、棒立ちになった。

持っていた石鯛と釣竿を放り投げて、きびすを返した。

「待ち、やが、れ」

縁側で郁子を押えつけて乳房を弄んでいた牛窪が叫んだが、みなまでは、徳田はきかなかった。

「野郎！　徳田！」

牛窪の連れてきていた三、四人の暴力団員が徳田の背後に殺到していた。

徳田は死物狂いに逃げた。

石段は急だ。一つ踏み外すと、港まで転げ落ちる。落ちたら、死ぬ。しかし、そんなことには構っておれなかった。横向きになり、蟹のような恰好《かっこう》で走り下りた。なんどか滑った。尻餅《しりもち》をついた。

手も足も傷だらけになりながら、無我夢中で走り下りた。どこに救いを求めるあてがあるわけではない。逃げるのは山しかなかった。磯に向かって走った。四人の男が追ってきている。どれもが傍若無人にドスを抜いていた。

徳田は目を剝いて走った。磯から山に登るところがある。そこまでに追いつかれなければ、なんとかなる。

「待たんか、徳田！」

背後からわめき声が突き刺さっている。何人かの島人がみていたが、徳田は目もくれなかった。

磯に出て、石に足をとられてつんのめりながら、どうにか、山への登り口に辿り着いた。這って登った。崖《がけ》の上は森になっている。森は島の頂上に向かってつづいている。鬱蒼《うっそう》とした森だ。その中に這い込んだ。

足を停めたのはしばらくたってからであった。

追跡者の叫び声がしだいに遠のいていた。

徳田は松の根に腰を下ろした。喉《のど》がひからびている。胸が裂けそうに思えた。

目を剝いて、空間をみつめていた。やがて、その目が盲《めし》いた。光が消えている。いっさいの光が徳田の目から失せていた。

――もう、だめだ。

徳田は、胸中につぶやいた。

縁に郁子を転がして乳房を剝き出していた牛窪の鬼のような貌が、空間にかかっている。

牛窪がやってきた。牛窪が、やってきた。鬼の、悪魔の、牛窪が、やってきた――。その思いばかりが脳裡を占めていた。

ここは絶海の孤島だ。警官のいない孤島だ。その孤島に牛窪は荒くれの配下を連れてやってきた。逃れるすべはなかった。絶対に、逃れるすべはない。

──どうしよう。

思いがふるえていた。どうするにも、どうにも方法がないことを徳田がいちばんよく知っていた。

四人の男はあたりに人なきがごとくにドスを抜いて追ってきた。島には警官がいない。郵便船は週に一度しか来ない。住人は百人足らずだ。成人男子は二十余名であった。その二十余名が立ち上がってくれたら、牛窪を撃退できる。だが、それはむなしい望みであった。

相手は殺し屋だ。五人の殺し屋を相手に、男たちが死闘を演じてくれるとは思えない。それに、牛窪はあらいざらい徳田の過去をひとびとにぶちまけよう。

絶望の闇がある。その闇をみつめる目は、盲いてしまっていた。

井戸源吉が徳田家に押しかけたのは、夕刻であった。七人のおもだった男たちが一緒だった。

徳田がドスを抜いた四人の男たちに追われて山に逃げたとの連絡があった。

源吉はすぐに男たちを集めた。徳田を追ったのは昼過ぎに着いた郵便船で島にやってきた五人の男にちがいなかった。

その男たちは源吉もみている。一目でその筋のものと知れる容貌《ようぼう》をしていた。島には宿泊施設はない。帰るにも一週間たたなければ郵便船は来ない。いったい、どうするつもりだろうかと思った。

ときに釣り人が来るが、釣り人たちは島人と懇意になっているから泊まる家はある。なんの予約もなくいきなり島に渡って来る者はいない。源吉は不審に思っていた矢先だった。

源吉が乗り込んだ徳田家には、四人の男が待ち受けていた。

「汝《われ》たちは、なに者なら」

源吉は最初から敵意をあらわに訊いた。

「おめえは、だれだ」

人相の悪いのが訊き返した。

「この島の町長の、井戸源吉よ。汝らは、いったい何をしくさる。島に来て、勝手な真似《まね》はさせんぞな」

皺《しわ》ひだの深い貌をふるわした。

「おれたちは、東京の関東一家の者だ。徳田兵介をつかまえに来た。邪魔をすると、ただでは済まさんぜ」

「徳田先生をつかまえるんじゃと！」

「何が先生なものか。やつは偽医師だ。患者を殺した偽医師だ。警察にも追われている。生かしちゃおけねえ男よ。わかったか」

「……」

「いっておくがな、おれたちはあんたの島の人間に乱暴をしようというんじゃねえ。徳田を捕えたら、黙って出て行く。あんたらは知らん顔をしているがいい。それとも、邪魔をする気なら、相手をするぜ」

「……」

源吉はことばを失って、仲間をみた。

だれも喋《しゃべ》らなかった。

徳田が患者を殺した偽医師で警察に追われているといわれては、返すことばがない。

「ここは、ちっぽけな島だ」

男がつづけた。

「火を放ったら、あっという間に島は灰になるぜ。そうしてほしければ、してやろうじゃないか。あんたらがあくまで偽医師を庇《かば》って、警察を呼ぶ気なら、それでもいいぜ。関東一家はちっとは知られた組だ。あんたらは警察を呼んでおれたちをぶち込むことはできるが、そのかわり、関東一家を相手にすることになる」

「……」

「戻りなよ。あんたらとは関係のないことだ。ただし、いっておくが、船を出したり徳田を逃がす手伝いをしたとわかったら、容赦なく島を焼き払うぜ。何もしなければ、おれたちはやつを捕えておとなしく出て行く。お互い、そのほうがいいんじゃねえのかな」

「わかったよ。よく考えてみる」

源吉は、うなずいた。

「そのほうがいい。おれたちも火を放ちたいわけではないんでね」

男が、かすかに笑った。

源吉は、きびすを返した。島を焼くといわれては、どうにもならない。火を放てばあっという間に家々は燃え落ちる。マッチ箱を積み重ねたような段々重ねの集落だ。消防設備は何もない。

だれも、喋らなかった。

男たちは酒を飲んでいる。

郁子は酌をさせられていた。

肴《さかな》は石鯛の刺身と粗煮《あらに》だった。郁子が料理したのだった。

郁子は観念していた。島の男たちに唯一の期待をかけていたが、井戸源吉はなんなく追っ払われた。

人殺しの偽医師で警察に追われているとわかっては、無理もなかった。それでも徳田を救けようとすれば、男たちは火を放つ。火を放って家々を焼き払うくらいはやりかねない男たちだった。ここが徳田の最後だと思った。

夜のうちにだれかが船を出して徳田を逃がすことはできるが、火を放つといわれては、それも、できまい。結局、徳田は殺される。

自分はどうなるのだろうかと思った。同じ運命なのかもしれない。濃硫酸を浴びせた男たちは来ていないが、同じ組の者につかまったのだから、諦めるしかなかった。許してもらえるとは思えなかった。

腰に太い針金を結わえられていた。その端は床の間の柱に結ばれている。いまに、凌辱がはじまる。徹底した凌辱が徳田をつかまえる日まで繰り拡げられるのだ。その上で、たぶん、海に沈められるにちがいない。

「なぜ、おれたち、が、ここに、やってきたか、わかるか」

牛窪が肩で息をしながら、訊いた。

郁子は、首を振った。

「関西、釣り雑誌、の取材記者、が、ここに来た。磯釣り、をする徳田の写真が、載って、おった。バカめが。もう、逃がさん」

牛窪はあえいだ。青ざめた貌を郁子に据えている。その目が、燃えはじめていた。

「おめえ、は、おれの、女だ。わかって、おるな。だいぶ、うまそうに、なりおって」

「……」

「あんな、徳田の、どこがいい。答えろ」

「好きなんです」

小声で、郁子は答えた。ほとんど、放心に近い状態であった。

「どこが、好きだ」

郁子は答えなかった。黙って、首を横に振った。

「ここに、来い」

ふっと、牛窪の貌にいらだちが出たのをみた。影が射すように、残忍さが際だった。

郁子は、牛窪の傍に坐った。牛窪に無造作に突き転がされた。牛窪の手が胸を拡げて乳房を摑《つか》み出した。郁子は表情を変えないで天井をみていた。牛窪が片手で交互に乳房を揉んでいる。

四人の男の笑い声もあまり耳には入らなかった。

徳田はどうしているのだろうかと思った。山に逃げたという。着のみ着のままだ。寒風に閉じこめられて蹲《うずくま》っている姿がみえる。それとも、どこかの家に避難しているのか。

牛窪がジーパンを脱がしにかかっていた。恐怖も屈辱も感じなかった。つかまったらこうなるのだとの覚悟はあった。泣きわめいたところでどうなるものでもなかった。じきに、下半身を剝き出された。

牛窪の手が太股を撫《な》でている。ときどき休んでは、牛窪は酒を飲んだ。呼気が荒くなっている。郁子は足を大きく拡げさせられていた。男たちはことばすくなになっていた。淫靡《いんび》な気配が部屋にたちこめている。

「おめえ、たち」

牛窪が顎《あご》をしゃくったようだった。男たちの立つ気配がした。銚子《ちょうし》や皿を運ぶ音がきこえている。

郁子は天井をみつめたまま、動かなかった。

牛窪は床の間に腰をかけていた。

下半身は裸だ。足を大きく拡げている。その股間に、郁子は蹲っていた。牛窪に命じられて、両手で男根を愛撫していた。何かの生きものが目醒めるように、ゆっくり、男根が立ちはじめていた。

勃起するのを待って、郁子は口に含んだ。

牛窪は床の間の壁に背をもたせて、郁子を見下ろしていた。牛窪のものは半分ほど口から溢れ出ていた。徳田とは較べられない雄大さであった。郁子は徳田に教えられた秘術を使った。どこをどうすれば男は気持ちがいいのか、だいたいはわかっていた。

「おめえは、殺すには、惜しい、女だ」

牛窪があえぎあえぎ、声を落とした。

牛窪に必死になって、仕えたら、許してもらえるかもしれないと、ふっと、郁子は思った。

「だが、おめえ、は、二人の組員の顔を、潰した」

郁子は、懸命に舐め、吸った。

そうしているうちに、泪が出た。哀しさが衝きあげてきた。いつ、どこで、こんなふうに人生を踏み外したのだろうかと思った。喘息に苦しめられ、父母との不仲に居たたまれずに、旅に出た。死のうと思った。死にはしなかったが、このざまだった。

死の影におびえながら、這いつくばって暴力団員の男根を舐めている。学校の友人たちを思うと、情けなかった。

泪とよだれが男根を包んでいた。

牛窪が、立った。

「どっちから、して、ほしい」

仁王立ちになって、郁子を見下ろした。

郁子はあお向けになった。

牛窪が跨《また》がって、つらぬいてきた。思わず、郁子は牛窪にしがみついた。占領されたという実感がまざまざと下腹部にあった。牛窪はゆっくり、腰を使いはじめた。

「どうだ、気持ちは」

「ええ」

郁子は首を打ち振った。

「いいです、いいです」

ほんとに、よかった。挿入されると、どこからともしれずに快感が湧き上がった。四辺から一点に向けて絞り込むような感覚であった。牛窪の背に腕を回した。夢中で腰を動かした。

「好き、好きッ」

声をたてた。

「そうか、好きか」

牛窪が、あえいだ。


郁子は牛窪に抱かれて眠った。じきに、眠りに落ちた。

目が醒めたのは明けがたであった。腰には太い針金が巻きつけられている。その端は、牛窪の足首に結わえられていた。郁子の指の力では解けない結び目であった。かりに解けても、逃げるところがない。どこへ逃げても、牛窪は取り戻すにちがいなかった。

しばらくは、じっとしていた。

昨夜の性交が思われた。死ぬほど堪能した。牛窪は前と後ろから責めた。気が狂いそうになるほどの思いであった。その陶酔が、いまも体にあった。そっと、牛窪のものに手を伸ばした。

柔らかかった。天を衝く怒気はこもってなかった。ゆっくり、郁子は弄びはじめた。愛はなくとも、女は強い男にならすさまじいよろこびを与えられるのだと知って、郁子は当惑していた。牛窪に殺されるかもしれないとわかっていて、その牛窪のものが、恋しかった。そこだけが、たまらなく好きに思えた。

5

「気のどくじゃが、それは、でけん」

井戸源吉は、首を横に振った。

うなだれた徳田から視線を避けた。

深夜になって、徳田がやってきた。こっそり船を出して、四国本土に逃がして欲しい、との頼みだった。

「あんたを逃がしたとわかったら、やつらは、島に火を放ついうとる。火いつけられたら、あんた、ぼうといきよるわ。わしらが何もせなんだら、やつらも、なにもせんというとるけん」

「そうですか」

徳田は、うなずいた。

源吉の口調は今朝までとは打って変わっていた。今朝までは医師《せんせい》だった。いまは、あんたに変わっている。

「わしら、こなな貧乏な島に、これからもずっと生きんけりゃいかんけん」

源吉は、腕を組んだ。

「ご迷惑をかけて、申し訳ありません」

徳田は頭を下げた。うなだれて、辞した。

源吉は送ってもこなかった。せめて、毛布一枚、米の一升もくれるかな、徳田は思っていた。

その情けは、かけらもなかった。豹変《ひょうへん》ぶりを嘆いたが、それは身から出た錆《さび》であった。

寒風の中によろめき出た。胸をかかえて風の中を歩きながら、牛窪の女にされた郁子を思った。おそらく、抱かれて、眠っていよう。牛窪の巨根に堪能して、足をからめて眠っているにちがいない。女とはなんであろうかと思った。女には心は要らない。体さえあればいい。それだけ、生きやすい生きものであった。右の男から左の男に造作もなく乗り替えられる。

わびしかった。心が萎えていた。源吉がああでは、島人は敵になったも同然であった。だれかの協力で脱出できるかもしれないとのいちるの希《のぞ》みが、断たれてしまった。

どうしたらよいのかわからない。

島には空家が多い。そのどれかに潜むことはできる。だが、連中は一軒一軒、捜すかもしれない。眠っていて、発見されたら、それまでだ。結局、山に潜むしかないのかもしれない。

だが、山に潜んでも何日とは生きていられない。飢えに苛《さいな》まれたあげくに、凍死する。食糧は盗むことができるかもしれない。しかし、そうすればはっきり、島人をも敵に回すことになる。

船を盗むこともできる。だが、徳田は船の操りかたを知らなかった。エンジンはどうやってかけるのかもわからない。それに、船を盗んだら、すぐにばれる。追っ手を出されて苦もなく捕えられる。進退窮《きわ》まっていた。

——戦うか。

いやと、徳田は否定した。

戦って勝てる相手ではなかった。

牛窪は関西の釣り雑誌のグラビアで徳田の姿をみたという。そういえば、去年の暮れだったか、何人かの釣り師が磯に出ていたことがあった。

迂闊《うかつ》だったと悔いたが、あとの祭りであった。最期《さいご》かもしれないと覚悟した。

ふっと、殺される前に一目でも、郁子に会いたいと思った。さっきまでの郁子への不信感が消えていた。たしかに、郁子は牛窪とねていよう。巨根につらぬかれてもだえたにちがいない。

だが、それは郁子の意志ではないのだ。心では泣きながら、牛窪に従っているのかもしれない。二人の暴力団員の貌を濃硫酸で焼いてまで、徳田を救ってくれたのだ。

——郁子も殺されるかもしれない。

そのことに、思いが届いた。寒風が号《な》いて過ぎた。

その寒風に拉致《らち》されるように、徳田はよろめいた。

港に近い路地を伝って、山に向かった。

どこかの空家に寝たかったが、牛窪の配下に発見されることをおそれた。源吉があぁだから、あるいは島人が徳田を売るかもしれないとのおびえがある、早くけりをつけて、殺し屋どもに島を出てもらいたいと願っていよう。徳田の潜み場所を密告する懸念は充分にある。

山に戻ろうとして、ふっと、徳田は足を停めた。中山浩二のことを思いだした。

——浩二にたすけてもらえないか？

襟を搔き合わせた。冷たい風が背筋に流れこんでいる。郁子を嫁にやるといえば、浩二は立つのではあるまいか。

徳田は、歩きだした。浩二ならたすけてくれると思った。あれほど郁子を欲しがっていた浩二だから、よろこばないわけはなかった。

そう思うと、急に力が湧いた。浩二がたすけてくれることは決定的なことに思えた。なぜ、そこに気づかなかったのかと思った。郁子を浩二にやって、徳田は島を抜けさせてもらう。郁子を渡すのは惜しいが、しかたがなかった。

浩二の家を訪ねた。

風の号く暗闇《くらやみ》の庭にしばらく佇《たたず》んでいた。思うと、さすがに、忸怩《じくじ》たるものがあった。

身の竦《すく》む思いがしたが、戸を叩かないわけにはいかなかった。

小さく、叩いた。叩きつづけていると、家の中に淡い灯が点《つ》いた。

浩二の母親が貌をのぞかせた。

「徳田です。浩二君に話が——」

寒さばかりではなくて、声がふるえた。

母親はものもいわずに引っ込んだ。替わって、ジャンパーを引っかけた浩二が出てきた。

「なんぞな」

ぶっきらぼうに、浩二は訊いた。

「たのむ。話が……」

徳田は浩二の腕を把《と》って納屋のほうに引いた。

「いつぞやは、いつぞやは、済まなんだ。このとおり」

徳田は両手を合わせた。

「郁子のことなら、ええけん」

浩二の声は険を含んでいた。

「よくはない。郁子は、暴力団に捕えられて、犯されている。たのむ。たすけてやってくれないか。郁子はきみの嫁にあげる。郁子も、きみを慕っている。ウソじゃない。そのかわり、そのかわり、わたしを、四国本土に渡してくれないか」

「おら、知っとるけん。あんたと郁子が何をしたか、あんたら、夫婦だったじゃないか。それに、自分がたすかりとうて郁子を売るいうのは、おらは、好かんけん」

「………」

「あんたは、意気地なしの男じゃけん」

「………」

「郁子が、可哀そうじゃけど、おらの出る幕じゃないけん」

浩二は、戻ろうとした。

「わかった」

徳田は、ふるえる声で浩二を引きとめた。

「わたしが悪かった。考えちがいをしていた。いわれて、わかった。わたしは、たすけてくれなくていい。自分で、なんとかする。しかし、郁子だけは、たすけてやってもらえないか。このままにしておくと、強姦につぐ強姦をされたのちに、郁子は殺される。たしかに、わたしは卑劣だ。意気地なしだ。やつらに殺されるのがこわい。でも、もう、いい。殺されてもいい。覚悟した。しかし、郁子だけは、たすけてくれ。そして、あんたが世話してやってくれ。たのむ」

徳田は、両の掌を合わせた。コトコトと音がしている。

浩二は黙っていた。

風が音たてて駆け抜けた。

「な、たのむ」

徳田は浩二の腕に縋《すが》った。

「わたしは、いい。郁子をたすけてやってくれ。きみになら、郁子をたすけることができる。たのむ、このとおりだ」

徳田は膝を折った。大地に両手を突いた。

「わかったけん」

浩二は、音たててふるえる徳田を見下ろして、うなずいた。

「たすけて、くれるか」

「郁子はたすけるけど、あんたには、渡さんけん」

「いいとも。郁子と、きみは、似合いだ。あれは、気だてのいい娘だ。可愛がって、やって、くれ」

徳田のほおを、泪《なみだ》が伝った。

土壇場《どたんば》に追い詰められて、はじめて、徳田は郁子を本気になって愛していたことを悟った。自分はどうなってもかまわないと肚を決めた。死ぬ覚悟をすれば、済むことだった。

郁子にだけは幸せになってもらいたかった。

白河の関の宿から太平洋岸の砂丘――そして、ここまでの過程が思われた。十四歳の少女にたより、ときには縋って生きてきた過去が、かすめすぎた。

郁子は自分の体を張って、二度も徳田のいのちを救ってくれている。

「なるべく、早くたすけて、やって、くれ。あの男たちは、鬼だ。郁子が……」

徳田は、立った。

「これから、行くけん。仲間をつれて奪い返しに行くけん。渡さなんだら、警察を呼んでやる。いのちを賭《か》けて、奪い返すけん」

浩二の声が、昂ぶりでふるえた。

「たのむ。郁子がわたしのことを訊いたら、死んだと、そう、いうてくれ」

徳田は、きびすを返した。

「あんた、ほんとうに、死ぬ気か」

浩二の声が、呼びとめた。

「死んで、郁子に詫《わ》びよう。わたしには、それしか方法がない」

死のうと、徳田は思った。いまなら、死ねる。郁子への愛を抱いて、死ねる。自分が死ぬことによって郁子が幸せになるのなら、よろこんで死ねる。

「死ぬ気なら……」

浩二は、喘《あえ》いだ。

「死ぬ気なら、方法があるけん」

「………」

「あんたを逃がしたとわかったら、島に火をつけられるけん、それはできん。でも、あんたが勝手に逃げる分には……」

「しかし、どうやってだね」

「竹林、知ってますか」

「知っている」

「竹の伐《き》ったのが仰山あるけん、あれをロープで結わえて海に乗り出せばええ。明日の夜中に乗り出せば、強い潮が宇和海に流れとるけん、どこかには……」

「ほんとうか。それは」

「ほんまじゃけん。でも、ラジオは低気圧が接近しとるというとったから、海が荒れるかも……」

「ありがとう」

徳田は、礼を述べた。

風の中に消える徳田を、浩二はふるえながら見送った。

竹の筏《いかだ》につかまって海に乗り出せば、八割方、徳田は死ぬ。波をかぶって、凍え死ぬ。それでも、自殺をするよりは、残る二割の可能性にかけたほうがよい。死んだところで、自業自得だ。それに、郁子を嫁にするには、徳田が死んだほうがよいとの思いがある。抑えに抑えてきた嫉妬が渦巻いていた。徳田が死ねば、郁子は確実に自分のものになる。

——死んだって、知るもんか。

浩二は、ふるえながら、胸中につぶやいた。

6

陽が落ちかけている。

徳田は海をみていた。

茫漠《ぼうばく》たる海だ。白波が走って、磯に叩きつけている。どこをみても陸地はみえない。水平線のはては鉛色の空と溶け合っている。

風が強い。

厭《あ》かずに海をみていた。海しかみるものがない。みていると引き込まれそうな気がする。いや、引き込まれて足掻《あが》く自身の姿がみえる。あがいてもあがいても、どうにもならない。水を飲む。際限もなく水を飲む。そして、際限もなく沈んでゆく。光の届かない海の底に沈み落ちてゆく姿がみえる。

恐怖はなかった。恐怖感があれば、真冬の夜の海に竹の筏では乗り出せない。死界に乗り出すようなものであった。九分九厘は死のう。それは覚悟していた。

死へのいざないがある。死ぬことへの恍惚《こうこつかん》感がある。いや、恍惚感ではないかもしれない。魂を絞《しぼ》るようなわびしさがある。おびえがある。

しかし、そのわびしさとおびえが自分でいのちを断つことへの悲しみの感傷に化していた。

独りだった。だれもいない。だれも、徳田が死ぬことにかかわる者はない。郁子は、いま頃は浩二の腕の中にいよう。浩二は仲間を語らって牛窪から郁子を奪い取ったにちがいない。牛窪も、警察を呼んでもという浩二の決意は無視できまい。

牛窪に必要なのは郁子ではなくて、徳田のいのちだ。

結局、郁子は浩二の腕の中にあることになる。何もかも忘れて、あるいは忘れようと、若い浩二の体にしがみついているかもしれない。浩二に組み敷かれてもだえる白い裸身がみえる。

ふしぎに、嫉妬は湧かなかった。嫉妬も感傷に溶けている。郁子のために死ぬのだとの思いがある。郁子を若い男に捧《ささ》げるために死んでゆくのだとの自己犠牲の感傷がある。

暮色が忍び寄っている。夜の世界から風が号いて荒れ出ている。

徳田は、動かなかった。

傍に竹の束がある。太い竹だ。五十本ほどある。それをロープで結わえていた。がんじがらめに結わえている。竹だから海に浮く。だが、どれほどの浮力があるのかわからない。

徳田の体を支えるだけの浮力があるのか、それとも水面まで沈むのか。

磯に砕ける波濤の音が高い。

その磯は闇に包まれていた。いまは、みえるものは磯に砕ける波の白い部分だけだ。

夜半に乗り出せば強い潮が宇和海に流れ込むと、浩二はいった。さいわい、風も西風だ。風と潮の向きが一致すれば相乗効果を生む。波浪に叩かれ、揉まれながら、どこかの陸地に辿り着けるのか。

それとも、浩二のウソなのか。

ウソかもしれないという気持ちがある。

浩二は郁子を完全に自分のものにするため、徳田を死に追いやろうとしているのかもしれない。

潮は宇和海にではなく、豊後水道を南下している懸念がある。狭い豊後水道から一気に外海に引き出されているのかもしれない。水道の南は太平洋だ。

暗黒の外海を漂《ただよ》う姿がある。

星がきらめいて、じきに層雲に隠れた。

徳田は身動きもしないで夜の海をみつめていた。

身を削《けず》るようなわびしい風が周辺に号いている。

——郁子。

達者でな、郁子と、徳田は呼びかけた。


郁子は浩二と並んで寝ていた。

浩二の家だった。夜半近い時刻だ。

家は風に包まれている。風はしだいに強くなっている。ラジオの告げた低気圧の接近がするどい音でわかる。

近くに、磯に引き揚げた船がある。風はそれらの船のみよしや櫓、苫囲いに裂けて、細く哀しげな音をたてていた。

虎落笛《もがりぶえ》が号いていた。

徳田は深夜に竹の束に乗って海に出るという。

郁子は闇の中で瞳を開けていた。

徳田は死ぬ——郁子は、そう思っていた。死ぬかもしれないと、浩二もいった。死んだところで自業自得だと、浩二は、はげしいことばを吐き捨てた。偽医師で人殺しなのだからと。それとも、あんなじじいが好きなのかと。

浩二は自身の若さを誇示していた。それしか前面に押し出すもののない若者の焦りが、郁子にはわかる。

浩二は嫉妬に狂っていた。徳田に抱かれつづけた郁子の体に、心に、嫉妬の炎を燃やしていた。徳田を殺さないかぎりおさまらない炎だった。徳田が死ねば、郁子の肌に、心に刻まれた徳田の影も消える。浩二の妬心も、どうにかおさまる。

しかたがないと、郁子は諦めていた。波濤に叩かれて、徳田はボロ屑《くず》のようになって死ぬであろうし、郁子は、浩二からは逃れられない。

哀しかったが、浩二の女になるしかないのだと思った。

必死になって、荒れた海に乗り出す徳田のまぼろしを追っていた。

そのまぼろしが、浩二に破られた。浩二の荒れた手が乳房をまさぐりはじめていた。郁子はじっとしていた。二時間ほど前に浩二は郁子の体から下りたばかりだった。これで、六度目だ。今朝早く、浩二は七、八人の男を連れて牛窪に談判に来た。いますぐ、郁子を渡さなければ、警察を呼ぶ。火を放つなら、やってみろと。浩二は蒼白になっていた。牛窪はしばらく黙っていた。

渡せ！

浩二が、悲鳴じみた叫びを放った。牛窪は、嗤《わら》った。行けよと、郁子にいった。

郁子は浩二の家に来た。仲間たちも来たが、じきに帰った。

浩二の母親が気をきかして家を出た。郁子はその場で浩二に乗られた。浩二は貌をゆがめ、ほとんど泣きながら、郁子にしがみついた。

いま、六度目を挑《いど》んでいる。浩二の手が乳房から太股に下りていた。左足は浩二の太股に挟みとられている。指が、性器を撫で回している。どこをどうすれば女がよろこぶのか、浩二は知らない。しきりに撫でたり、指を挿入したりしている。

郁子はうつ伏せにされた。

背中に浩二が覆いかぶさっている。勃起した男根が差し込まれていた。六度目だから、ゆっくりしていた。布団の上下する音がしている。しだいに、郁子は感じはじめていた。尻をかかげた。結合が深くなって、浩二が、喘いだ。

徳田は荒海に乗り出していた。波濤が竹の束を海に呑み込んだ。徳田はしがみついていた。波に潜っても竹の束は離さなかった。

郁子は四つん這いになっていた。浩二が中腰になって尻を抱え、突きたてている。郁子はかすかなうめき声を洩らしはじめていた。

徳田は竹束にしがみついていた。竹の束は水中に没したり、浮き出たりしている。風の捲き上げる飛沫《しぶき》が海面を疾《はし》っていた。竹束が小山のような波濤にせり上げられては、谷底に崩れ落ちている。

郁子は白い尻を打ち振って、嗚咽《おえつ》を洩らした。

海に乗り出してからどのくらいの時間がたったのかわからない。

徳田は、いまは、何も考えなかった。凍死寸前に、追い込まれていた。

竹の筏は波濤にせり上げられては、深い谷間に落下している。落ちるときは海の底に引きずり込まれる気がする。波濤の斜面を際限もなく滑り落ちてゆく。

視界は完全に闇に包まれている。波濤の底も闇だ。みえない。真っ黒な斜面をどこまでも落下してゆく。

風が唸《うな》っている。波濤の音が周辺にたちこめている。

筏は谷底に落ちると、浮力を失う。つぎに迫った波濤の背には乗らない。波濤の壁にのめり込んでゆく。巨大な波のうねりの中に筏は入ってしまう。

息ができない。

目を閉じて、徳田は死物狂いで筏にしがみついていた。そのたびに、死ぬのだと思った。二度と、分厚い波の中からは抜け出られないのだと思った。

だが、やがて、筏は波の壁を突き破って波濤の背に躍《おど》り出る。出ると、風がヒョウ、ヒョウと号いた。波濤の表面には飛沫が渦巻いている。

竹を結わえたロープの端で、徳田は体を縛っていた。手は、いまは凍えている。

ほとんど感覚がなかった。感覚は体からも失せている。体の表面は凍っていた。服の袖口《そでぐち》と腰、ズボンの裾《すそ》と三か所は縛ってある。そうすると水の流通がすくなくなる。中に溜まった水が体温近くまで暖められるから凍死を避けられるときいたことがあった。

だが、それにも限度がある。いまは、体は凍りかけている。死は目の前に来ていた。きこえるのは風の号泣と波濤の音だけであった。目にみえるものは何もない。永遠の闇だけがある。

しだいに眠気がさしていた。感覚が麻痺し、思考力も麻痺している。重たいものが全身に取り憑《つ》いていた。体の芯《しん》にそれがある。そこに向かって吸い込まれようとしている。波濤の底に落ちても、しだいに恐怖が薄らいでいる。息のできないのが苦痛ではなくなりはじめている。したたかに飲んだ水も苦しくなっている。壁の中に閉じこめられるたびに、水を飲む。壁を出たら、それを吐く。その繰り返しの中から苦悶《くもん》が薄れていた。死への恐怖すら、いまは、あまり、なかった。郁子のことも思い浮かばない。牛窪のことも、思い浮かばない。波濤の山にせり上げられては、深い谷間に滑り落ちていた。

翌日の午後おそく、一隻の漁船が宇和海の一画、内海村の海岸に接近していた。高知県との県境近い海岸線だ。

漁船は波濤に翻弄《ほんろう》されながら海岸目ざしていた。

風が唸り、波濤が唸り、それを大粒の雨が叩いている。

暴風雨が間近に迫っていた。

船を操っているのは中山浩二であった。

浩二の船には牛窪とその仲間が乗っていた。

今日の昼過ぎに、浩二は島の竹林に行ってみた。徳田が脱出したかどうかが気になってしかたがなかった。竹は消えていた。そのことを、浩二は、牛窪に教えた。竹の筏で脱出したらしいと。

なぜ、そこまでしなければならないのか、浩二にもわからなかった。自分の心根《こころね》の汚なさを呪《のろ》いながら、告げたのだった。

「おいッ、竹、竹だ」

ふいに、牛窪が立ち上がった。

7

徳田は海沿いの道を歩いていた。

道路は国道56号であった。宇和島市から高知県の宿毛《すくも》市に通じている。

だが、徳田には、それは、わからない。

夜であった。国道を暴風雨が叩いている。車もなく、もちろん、人影もなかった。

徳田はよろばい歩いていた。すこし歩いては、蹲った。足が萎《な》えてしまっている。

徳田が蘇生《そせい》したのは、昼前であった。気がつくと、砂浜に打ち上げられていた。竹の筏も近くに打ち上げられている。砂浜は波濤の飛沫と雨が叩いていた。最初は、地獄に漂着したのかと思った。生きているとは思えなかった。

意識だけはあるが、体が動かなかった。

魂だけが、ものわびしい風景をみているのだと思った。

長い間、徳田は砂浜に転がっていた。

どうにか起きた。歩こうとしたが、足がいうことをきかなかった。這って、砂浜を上がった。どこにも人影がない。人家もなかった。荒涼とした海岸線であった。砂浜のつづきに、松林があった。その林の中に砂の凹《くぼ》みがあった。

徳田はそこに這い込んだ。風は避けられたが、雨は降り込んだ。

徳田は眠った。眠れば凍死は避けられないと承知していたが、どうでもよいことに思えた。ときに醒めた。依然として風と雨が叩いている。暴風雨の様相が深まりつつあった。

また、眠りに落ちた。

最後に目が醒めたときには、陽が落ちていた。周囲は闇に包まれていた。相変わらず、風と雨が叩いている。

徳田は松林を出た。どこに行くあてとてなかったが、ともかく、歩かねばならなかった。歩いているうちに道路に出た。道路をよろばい歩いた。

いずれは、だれかが介抱してくれる。介抱してもらえなければ死ぬ。それだけのことだと、自分にいいきかせていた。介抱してくれるのなら警官でもよかったし、のたれ死んでも、それはそれでよかった。疲労困憊《こんぱい》の極にあった。

車が通りかかった。ライトが風雨を割いている。

徳田は道端に蹲ってそれをみていた。手は上げなかった。乗用車のようだった。停まってくれるとは思わなかった。道路に溜まった雨水をはねかけてゆくものと思っていた。

だが、車は停まった。

これでたすかると、徳田は思った。おそらく、警察に連れて行かれる。病院の白いベッドが脳裡をかすめた。

二つのドアが勢いよく開いて、男が下り立った。

「徳——徳の、野郎、だな」

長身の男が、叫んだ。

みなまでは、徳田はきかなかった。

牛窪だとわかった瞬間に、道路を這い出ていた。どこにそんな力が残っていたのか、自分にもふしぎに思えた。

這い出た道路の傍は急斜面になっていた。徳田は空間に泳ぎ出た。

「野郎、落ち、たぞ。囲め!」

牛窪が、喘いだ。

牛窪は豪雨に叩かれながら、崖を見下ろした。

とうとう、捕えたと思った。徳田が生きて漂着したとわかって、牛窪は愛媛の暴力団岩田組に渡りをつけた。岩田組の八幡浜《やわたはま》支部から組員を借りたのだった。車が三台に組員が六人、働いてくれている。

捜索をはじめてから、数時間になる。

捕えたも同然であった。

——死に、ぞこない、の、徳め。

牛窪は肩で息をしながら、つぶやいた。

徳田は目だけを道路にだして、窺った。左の遠くに、車が二台、ライトを点けたまま停まっていた。右には、車はみえなかった。

路肩の草の繁《しげ》みを、徳田は這いはじめた。

体中、傷だらけであった。靴は海で失っている。手も足も血にまみれていた。しかし、それはあまり気にはならなかった。牛窪から逃れることだけが脳裡にあった。

牛窪がなぜ、ここに来たのか、どうやってここにいることを突きとめたのか、そこまでは考えなかった。考えたところでどうなるわけではない。牛窪は現にここにいるのだ。人手を集めて、徳田を狩りたてている。

悪魔の牛窪だから、どこにあらわれてもふしぎではなかった。

——逃げてやる。

徳田は歯を喰い縛っていた。死ぬのはこわくないが、牛窪にだけは殺されたくなかった。牛窪の手にだけは、かかりたくない。牛窪に殺されるのは、牛窪に喰われることを意味する。頭の先から足の先まで牛窪の胃袋に収められることになる。

妻を奪い、利恵を奪い、郁子を奪った悪魔が、最後に徳田を喰おうと、舌なめずりしている。牛窪に喰われるのは、おそろしい屈辱であった。

腹這いで進んだ。

豪雨が叩いている。芋虫のようにくねりながら這う徳田の体は、飛沫に包まれていた。

牛窪は、奇妙なものに気づいた。豪雨の中に立って、牛窪は崖をみていた。ふっと、何かの気配を感じて、振り向いた。

足の傍を飛沫に叩かれながら巨大なものが這っていた。うわわわと、牛窪は悲鳴を放って、とび退った。海から這い上がってきた怪物がのたうちながら自分を喰いに来たのだと思った。

その悲鳴をきいて、徳田は仰天した。牛窪の足もとを這っていたとわかって、徳田も悲鳴を放った。両方とも、わめいた。

わめきながら、徳田は、牛窪につかみかかった。逃げる隙《ひま》はなかった。

牛窪は怪物をみて、のけぞっていた。目を吊《つ》り上げて怪物をみた瞬間に、怪物が悲鳴を放った。そして、怪物はつかみかかってきた。

「徳——」

徳田だとわかったときには、牛窪は体のバランスを崩してしまっていた。徳——とわめきながら、背中から灌木《かんぼく》の崖にのめり込んでいた。

「死にやがれ！　勝！」

徳田は、思わず叫んだ。

叫んでおいて、徳田は道路に走って出た。よろめく足を踏みしめて、走った。

どれほども、走らなかった。

背後に光芒《こうぼう》が迫ってきた。徳田は振り向いた。怒り狂ったような二つの目玉が光を吐き散らして迫っていた。左は切りたった崖で、右は海につづく絶壁だった。どこにも避ける所がなかった。

風が唸って、体を持ち上げた。徳田は道路に叩きつけられた。死物狂いで上体を起こしたが、間に合わなかった。

怒り狂った目玉が二つ、目の前に迫っていた。

怒号が湧いて、風を裂いた。

徳田は貌を抱えて、目を閉じた。

「轢《ひ》かれてえのか、てめえ！」

怒声が耳を叩いて、徳田は襟を摑んで、引きずり上げられた。

「た、た、た――」

「なんだよ、てめえは」

「た、た、た、た――」

ものがいえなくて、徳田は両手を合わせた。

傍に大型トラックが停まっている。

徳田を摑み上げているのはひどく威勢のいい若者だった。

大型トラックは暴風雨を衝いて走った。徳田は助手席に乗っていた。

「おれは、土佐清水市《とさしみず》に帰る途中だ。あんたは、途中の宿毛市《すくも》に下ろしてやろう。そこで、警察に駆け込みな」

「警察は、だめなんです」

徳田は両手で肩を抱いていた。いまになって、悪寒が取り憑いていた。しきりに、胴ぶるいがしている。親切な若者だった。備えつけのコーヒーを飲ましてくれたが、胴ぶるいはおさまらない。

「警察にも、追われているのか」

「ええ、まあ」

「あきれた男だぜ。暴力団の殺し屋と警察に追われてりゃ、どうにもならねえじゃないか」

「済みません」

徳田は、頭を下げた。

「おれに謝るこたアねえ。人間にゃ、いろいろと事情があるものさ」

若者は前方をみつめていた。

若者は事情を深く訊《たず》ねなかった。

徳田は殺し屋に追われているといっただけであった。なら、たすけてやろうじゃないかと、若者は、そういった。それがすべてだった。

若者には関西弁はなかった。

「来やがったぜ」

若者がバックミラーを覗いた。

徳田はサイドミラーをみた。乗用車とおぼしきライトが迫っていた。

「乗用車が二台だ。さっき、停まっていた連中だろう。逃げられたと悟ったらしいぜ」

「あなたに、迷惑が……」

徳田はうろたえた。

「心配するな。宿毛までは、なんとしてでもあんたを送ってやるぜ。ここであんたを殺されたのでは寝覚めがよくねえからな」

「済みません」

それをいうのがやっとだった。

「これを持っていきなよ。向こうに着いたら、ラーメンぐらいは喰えるぜ」

若者は千円札を二枚、徳田に押しつけた。

「ほら、来た。摑まってなよ」

若者はハンドルを大きく右に切った。一台の乗用車が追い越しにかかっていた。

追い越されて前に停まられたのでは、どうにもならない。豪雨の中で急ブレーキのするどい音が湧いた。

若者は、こんどは左にハンドルを切った。

徳田はサイドミラーを凝視していた。二台の乗用車が警笛を鳴らしつづけている。鳴らしながら、追い越そうと対向車線にのり出て来る。そのたびに、大型トラックが巨体を対向車線に乗り出して、遮《さえぎ》った。その隙に、前の一台が左側に出ようとする。

大型トラックはセンターラインを跨《また》いで走っていた。走りながら、じぐざぐに左右に首を振っている。

暴風雨は熾烈《しれつ》さを増していた。ただでさえ視界がきかない。フロントガラスには滝のような水が流れている。わずかな隙はあっても、乗用車はトラックを追い抜けなかった。一つまちがえば、いのちとりになる。

暴風雨を警笛が引き裂いている。

若者の額に汗が浮いていた。いまは、若者も必死だった。追い越されたら、若者もただでは済まない。閉ざされがちの視界の中で、若者は死のゲームをはじめていた。

風が大型トラックの巨体を揺すっている。

徳田は、もらった千円札を握りしめて、サイドミラーをみつめていた。

ライトが隙を窺っている。

「いいか、もうすぐ、宿毛だ。街に入ったら、派出所の前で車を停める。そこで、下りろ。まさか、おまわりの前では襲うまい。右に折れて、路地に走り込むがいい。お誂《あつら》え向きの迷路のような路地がある。突っ走ると、港に出る。一帯が、船乗り相手の飲み屋街だ」

ハンドルを右に切りながらの、若者のことばだった。

「なんと、お礼を……」

「困った者をたすけるのが人間だぜ。あんたも、いつかは、だれかをたすけることになるさ。野郎！」

若者は、唸った。猛烈な勢いで右に出てきた乗用車に向けて、巨体を叩きつけるように突っ込んだ。破壊音が湧いた。

乗用車がどこかをトラックにぶつけたらしかった。若者は意に介さなかった。

徳田は、若者の名前が知りたかった。室内を見回したが、名前のわかるものはない。訊いても、叱られそうな気がした。名前を知ったところで、徳田に恩返しができるとは思えない。

それでも、心のひだには若者の名前を刻んでおきたかった。無償の人だすけにいのちを賭ける人間を、徳田ははじめてみた。

大型トラックは市内に入っていた。

暴風雨が街路に突き出た看板を揺らしていた。

街路には人影がなかった。車もほとんど通っていない。暴風雨にそなえて、ひとびとは家に閉じこもったようだった。風と雨だけが街路を駆け抜けている。

見知らぬ外国の街のように、徳田には思えた。

「執拗《しつよう》な連中だぜ」

若者がバックミラーをみて、つぶやいた。

大型トラックはスピードを落としている。二台の乗用車もスピードを落として、ピタリ、追随していた。

「あそこだ」

幾つめかの角を曲がったところで、若者が前方を指した。

交番の赤いライトが雨の中に浮き出ている。

「停まったら、跳び下りろ。そして、路地に走り込め。いいな」

「お名前を——」

「いまだ!」

若者が小さく叫んだ。

大型トラックは急停車していた。はじかれるように、徳田は跳び下りた。若者が何かいったようだが、振り返らなかった。

豪雨を衝いて交番の前を走り抜けた。

——達者でな。

若者は、路地に走り込んだ徳田をみていた。小柄な体だった。痩《や》せてもいる。路地に消えた後ろ姿には敗残の悲哀が深かった。社会全体から追われているような、萎縮感《いしゅくかん》があった。

若者は、バックミラーに視線を向けた。

つづいて停まった乗用車から四、五人の男が走り出ていた。男たちは交番の前を駆け抜けた。路地に走り込んだのをみて、若者はギアを叩き込んだ。ほんものの喧嘩《けんか》は、これからであった。相手は暴力団だという。男を逃がしたトラックの運転手を黙って見逃すわけはなかった。追って来るはずであった。

——やって来るがいい。

若者は、つぶやいた。

先方がその気なら、土佐清水に帰る国道321号線でかたをつける。距離は五十九キロある。この暴風雨だ。通行車はあるまい。闘う場所にはこと欠かない。

いったんはじめた喧嘩は、どちらかが死ぬまでやり通す覚悟が、若者にはあった。

大型トラックはゆっくり前進して、暴風雨の壁を割いた。

二台の乗用車はそれを見送った。

大型トラックは風と雨と闇のかなたに消えた。

第六章　弦の音

1

徳田兵介は追い詰められていた。

大型トラックの若者は、まっすぐに突っ走れば港に出るといった。船員相手の飲み屋街に出るといった。

徳田はいわれたとおりに走ったつもりだった。

だが、いつの間にか、わけのわからない迷路に入り込んでいた。

細い路地が入り組んでいる。そこが港の近くなのかどうかは、わからない。たしかに飲食店街のようだが、どこも閉まっていた。

走っているうちに、同じところに出たのに気づいた。

小さな飲み屋の廂《ひさし》の下に雨を避けた。雨を避けたところでどうなるわけではない。昨夜、竹の筏《いかだ》で海に乗り出したままの服だ。その上、裸足《はだし》だ。潮水と雨は体の芯《しん》まで通っている。

板戸にもたれた肩がふるえていた。どこに行けばよいのかもわからない。どうしてよいのかもわからない。屋台でも出ていれば暖いラーメンを掻《か》き込むことができる。どうするかは、それから考えてもよかった。

だが、宿毛《すくも》市だというこの南の街にはまるで人気《ひとけ》がなかった。地のはてにきたような気がした。

胴ぶるいで、板戸が小さく鳴っている。徳田は放心して、その音をきいていた。

何かの物音をきいて、そちらに視線を向けた。男が飛沫《しぶき》をかぶって走ってきていた。

徳田は、逃げだした。

「いたぞ！」

背後で叫び声が湧《わ》いた。その叫びに追われて、徳田は路地の角を曲がった。すこし行ったところで、前方から走り寄る人影を見た。

その男が、徳田を認めて、叫んだ。

また、角を曲がった。どこかの庇から落ちた大量の水が徳田の背中に溜《た》まった。

徳田は走りつづけた。右の路地でも、左の路地でも、叫び合う声が湧いている。もう、だめだと、走りながら、徳田は思った。

豪雨に閉じこめられた迷路のような路地のいたるところに、敵が入りこんでいる。どこにも逃げられるはずはなかった。捕えられるのだ。捕えられて暴力団の事務所に連れ込まれて、嬲《なぶ》り殺しにあうのだった。

「野郎！」

ふいに、横合いから男が出てきた。男は叫ぶと同時に、徳田に殴りかかった。悲鳴をあげる隙もなかった。

徳田は一撃で叩《たた》き伏せられていた。男が馬乗りになって、徳田の首を締めにかかった。その男の指が、どうしてだか徳田の口に入った。徳田は渾身《こんしん》の力をこめて、指を嚙《か》んだ。男の絶叫が湧いた。

徳田は、最初は這いながら走った。男が転がってのたうっているのをちらとみたきりであった。

しばらく行って、徳田は口の中に嚙み切った指があるのを知った。あわてて、吐き出した。前方に飛沫の塊りがみえた。

徳田は店の角に隠れて、男をやりすごした。しかし、ふと気づくと、別の飛沫の塊りがすぐ近くにやってきていた。角を曲がろうとしたが、そっちにも飛沫の塊りが走り寄っていた。

徳田は板戸にへばりついて、すこしずつ、動いた。絶体絶命であった。

横に動いているうちに、徳田の体が空洞《くうどう》に吸われるように、家に吸い込まれた。

二階に登る階段に倒れ込んだのだとわかって、徳田は、這い登った。敵がみていたら、それまでになる。しかし、登らないわけにはいかなかった。

そこに登る以外に、徳田には方法がなかった。

コンクリートの階段だった。死刑台に登るような気がした。

徳田は階段に蹲《うずくま》っていた。

追っ手は路地を走り過ぎていた。暴風雨の音だけがある。ごうごうと風がわめき、唸《うな》り、雨が横殴りに建物に叩きつけている。バラックに似た建物は風と雨に揺れ動いていた。

徳田は壁に背をもたせて、階段に腰を落としていた。階段はそこで行き止まりだった。目の前にドアがある。人が住んでいるのかどうかはわからない。明りは洩《も》れていない。物置かもしれなかった。

髪が額に張りついていた。雨滴が落ちているが拭《ぬぐ》う気にはなれなかった。服の中には水が溜まっている。いや、水の中に自身が浸っているような気がする。波濤《はとう》の逆巻く海が周辺にある。

目を閉じて、徳田はその波濤に体をまかせていた。

水、水——水ばかりだった。海での波濤が陸にもある。海か陸かの境界がわからなくなっていた。海も陸も一つに溶けて、揺らぐ水の底にあった。

生きる希《のぞ》みが、ようやく失せかけていた。生きてもしかたがないとの思いが強くなりつつある。これ以上はどこにも行けない。行くあてもないし、だいいち、足が動かなかった。体力を費《つか》いはたしていた。自力ではこの階段すら下りられそうになかった。いずれ、暴力団が階段を登って来よう。それまでのいのちだと思った。

引きずり下ろされ、路地を引きずられて、車のトランクに押し込まれる。そこから先は考える気力がなかった。

――牛窪は死んだのだろうか。

ぼんやりと、そのことを思った。死んだかもしれない。牛窪が落ちたのは垂直に近い崖《がけ》だ。片腕しかない牛窪だ。何かに縋《すが》ることはむつかしかろう。あるいは、落ちたときの衝撃で肺が閉じたかもしれない。心臓が閉じたかもしれない。

南の海のはてで牛窪が死に、そして、自分も死ぬのだと思った。

徳田の体が曲がった。嚔《くさめ》が出た。たてつづけに、出た。それにつづいて、かなりの量の塩から い水を吐いた。

ふたたび、壁にもたれた。嚔は生体反応である。ほとんど機能を停止しかけた体のどこに、嚔をする防衛能力が残っていたのだろうかと、徳田は思った。

暴風雨が号《な》いている。

ドアの隙間《すきま》に明りが洩れたのを、徳田はぼんやりみつめていた。物音で、住人が起きたのだとわかったが、そこから先がどうなるのかは、徳田は考えなかった。

どうでもいいことであった。

「だれなの」

わずかに、ドアが開いている。女の声が誰何《すいか》した。

不安にくぐもった声だ。

「だれなの？」

ふたたび、女の声が訊《き》いた。

徳田は黙っていた。答えるだけの気力はなかった。

「警察を呼ぶわよ」

女の声が尖《とが》った。

「呼んで、ください」

しわがれた声が出た。自分の声とは思えない声であった。警察を呼ぶといわれて、徳田は、ああ、警察があったのかと、ぼんやりと思った。

徳田は、目を閉じた。

ドアがまたすこし開いたのが、瞼《まぶた》に射す光量でわかったが、徳田は、目を開けなかった。地の底に引きずり込まれるように、体が重い。意識が重くなりかけている。濁りかけているのが、自分でわかった。

暴風が号いている。家が揺れ動いている。それに合わせて、徳田の体がゆっくりかしぎつつあった。

パジャマ姿の女が、ドアから貌《かお》をだして、徳田をみていた。

女は長い間、男の貌をみていた。

貌の白い、三十前後にみえる女だった。女は、まじまじと男の貌をみていた。眉根《まゆね》が寄っている。

最初はおびえの出ていた表情に、しだいに苦悶《くもん》の翳《かげ》りが出た。

女は、ドアを開けた。女は、男の前に屈《かが》んだ。屈んで、男の貌を真正面からみた。

男は目を閉じたままだった。血の気のない貌に、髪が張りついている。ずぶ濡《ぬ》れで、その上、裸足だった。貌にも、手にも足にも擦《す》り傷がある。男は死人のようにみえた。

女は、白い手を伸ばして、男の額に張りついた髪の毛を掻き上げた。

「あなた――」

女は、息を吞《の》んだ。

徳田は、目を開けた。

白い女の貌が目の前にある。だれだかわからない。

「あなた、徳田でしょう、あなた――」

女は、徳田の肩を摑《つか》んだ。

「どなた、です」

「利恵よ、赤法華《あかぼっけ》の利恵よ」

女は低い声で叫んだ。

「利恵――まさか」

「まさかじゃないのよ。利恵よ。いったい……」

利恵はそこで、声を呑んだ。訊かなくとも、徳田の恰好《かっこう》をみればわかる。追われているのだ。だとしたら、追っているのは牛窪にちがいなかった。

利恵は徳田を抱えた。部屋の中に引きずって入れた。そうしておいて、バケツに水を汲《く》んで、徳田の蹲っていたところを流した。

徳田は部屋の隅に立っていた。

急に胴ぶるいがはじまっていた。女が利恵だとわかり、たすかるかもしれないとわかって、恐怖が戻っていた。

利恵が傍に来た。利恵はものもいわずに、徳田の服を脱がせはじめた。徳田はふるえながら、されるままになっていた。

利恵は徳田を素裸にして、乾いたバスタオルで全身を擦《こす》りはじめた。氷のように徳田の肌は冷えきっていた。その冷えた肌に悪寒が取り憑《つ》いている。ふるえているのは肌だけではなかった。歯が鳴っていた。骨が鳴りはじめていた。

利恵は徳田をうつ伏せに寝かせた。力にまかせて背中を擦り、内股を擦り、そして胸を擦った。皮膚に赤味が出るまで、擦りつづけた。擦り終えた徳田を布団に押し込んで、インスタントラーメンをこしらえにかかった。できたラーメンに唐辛子を一瓶の半分ほど入れた。

徳田はラーメンを食べた。口が灼《や》けつくほどに辛かったが、それはものの数ではなかった。さだかではないが、今日で絶食が三日つづいているように思った。

徳田の歯が鉢のふちに当たって音をたてている。利恵はそれをみていた。瘦せている。肩にも、胸にも、腹にも肉がなかった。

赤法華で別れてから約三か月になる。赤法華のときの徳田といまの徳田は変わっていた。別人のように、険悪な相になっていた。

三か月を、この人はいったい何をして暮らしていたのだろうかと思った。牛窪に追われて、逃亡者のみじめな生きかたをあれ以来、つづけていたのか。そして、流れに流れて、四国のはてのこの漁港の町に辿《たど》り着いたのか。

暴風雨に吹き寄せられた遭難船の板切れのように、尾羽打ち枯らした徳田を、利恵は、無言でみつめた。

——牛窪勝五郎。

利恵の脳裡《のうり》にいまわしい過去が甦《よみがえ》っていた。

牛窪の男根に屈伏した日々が、甦っていた。

利恵は徳田を抱いていた。

たがいに全裸であった。徳田の体を暖めるにはそうするしかなかった。いまは、徳田は眠っている。体もしだいに暖まっていた。唐辛子をたっぷり入れたラーメンが内側からも体を暖めているようだった。

ふるえもとまっていた。

泥のような眠りであった。

戸外は暴風雨が叩いていた。しだいにはげしくなっている。

その暴風雨の音を、利恵は聴いていた。風と雨の中をやって来るかもしれない巨大な跫音《あしおと》に、耳を澄ましていた。跫音の主は牛窪であった。

眠る前に、徳田はここに来るまでの事情をかいつまんで話した。想像を絶する苦難に、利恵には思えた。低気圧接近で波濤の荒い海に、深夜、竹の筏で乗り出したのだという。

そこまで追い詰められた徳田の胸中を思うと、利恵にはことばがなかった。

よく生きていられたと思う。徳田は死のうと思ったという。たしかに、そうであったにちがいない。死ぬ気がなくては乗り出せまい。だが、徳田の体に棲《す》む保身本能は死物狂いになって徳田を守った。

いま、徳田は束《つか》の間の安穏を得て眠りの底にある。

徳田は弱い。独りでは生きる能力のない男だ。卑劣でもある——利恵は、そう思っていた。

その徳田観が変わりつつある。ほんとうは、徳田は強い男なのではないのか。自身の裡《うち》に秘められた剛性に徳田は気づかないだけではないのか。

弱ければ、ここまでは辿り着けない。嵐の夜の海の前に立ち竦《すく》んでしまおう。竹に縋って海を渡り、牛窪の雇った暴力団と闘いながらここまで辿り着いた徳田に、利恵は、男をみた。男の勁《つよ》さをみた。その勁さが、いとおしかった。

しかし、この部屋に牛窪がやって来れば、徳田は逃げ道がない。暴力団員は路地から路地を捜しているという。徳田を見失って引き揚げたのなら問題はないが、いまも捜しているのなら、やがて、この部屋にやって来ないともかぎらない。

牛窪は死んだかもしれないという。そうならよかった。だが、生きていて、ここにやって来たら、それまでであった。

牛窪が立ちはだかったら、利恵は体が竦む。竦まざるを得ない。赤法華での数日間の隷従の記憶が色濃く利恵にある。同じことがここで繰り拡げられるに決まっていた。

拒むことはできない。心より先に体が隷従しそうなおびえがある。徳田を守ることは不可能であった。

おびえに苛《さいな》まれながら、利恵は、徳田を抱きしめていた。

暴風雨は家を揺るがしている。横殴りに叩きつける雨の音を、利恵は聴いていた。電灯は消してある。

家の外にも内にも、そして利恵の心にも、晦冥《かいめい》があった。

晦冥の中に、物音がしている。利恵はおびえに体をちぢめていた。暴風雨の中を人声が駆け抜けたばかりだった。物音は階段を登って来る足音であった。

利恵は徳田から離れた。ふるえる足を踏みしめて電灯を点《つ》け、パジャマを着た。

ドアがはげしく叩かれた。

「だれなの、今頃」

「開けろ。男を捜している」

「ここにはだれもいないわ！　警察を呼ぶわよ！」

叫んだ声がふるえていた。

「だれもいねえのなら、この階段の水はどうしたのだ」

男の声が、叫んだ。

「雨漏れがしているのよ、部屋で。バケツで受けた水を捨てたのよ！」

「中を、見せろ」

「よしてよ！　ここは女一人なのよ！　警察を呼ぶわ。警官が来たら、みせてあげるわよ」

利恵は叫んだ。叫びながらドア口に電話を持ってきた。

ダイヤルを回して、泣き声で告げた。

「変な人が来ているの！　早く来て――」

早口で、住所を告げた。

階段を駆け下りる足音がした。

利恵は、畳に腰を落とした。ふぬけのようになっていた。しばらくは空間をみつめていた。

やがて、裸になって徳田の体を抱いた。抱いた手足がおののいていた。

警官は来ない。一一〇番にかけたわけではなかった。徳田を追っている連中も、じきに、それを知る。パトカーが来ないのを知れば、この部屋に徳田が匿《かくま》われている可能性が高いと勘ぐる。ふたたび、やって来るかもしれない。

そのときは、パトカーを呼ぶ覚悟をした。警察に徳田を売ることになるが、やむを得なかった。ここまで辿り着いた徳田を、牛窪には渡せなかった。牛窪ではなくて、雇われた暴力団員がやってきたことに、利恵は胸をなでおろしていた。

牛窪が、喘《あえ》ぎながら、コツ、コツと階段を登って来るのを聴いたら、利恵は、身が竦む。それに、牛窪なら、利恵の声をおぼえていよう。どうなったかは、わからない。

徳田は眠りほうけていた。

利恵は徳田の足を抱き取っていた。深いおびえはあるものの、ともかくも、徳田を守ったことに小さな充足感があった。

赤法華での平穏だった頃の徳田との生活を思いだしていた。あの頃は、希望があった。公然にはできなくても、徳田は医師であった。その医師の妻になれたのだった。手触りに当時の感触が戻っていた。それをいとおしむように、ゆっくり、太股《ふともも》をなでた。掌で男根と睾丸《こうがん》を愛撫《あいぶ》した。男根は萎縮しきっていた。

可愛らしかった。しばらく愛撫しているうちに、すこしずつ、大きくなっていくのがわかる。

徳田は鼾《いびき》をかいている。正体がない。それでも、利恵の掌の中で男根は甦《よみがえ》りつつあった。

男はたのもしいと、利恵は思った。どんな状況の中にあっても、男根をふるいたたせ得る。ふるい立った男根はそれ自身が能力に思えた。それがあるかぎり、男は突き進んでいけるのだと思った。

女には、それはない。ふるい立つものがなかった。

自身の境遇を、利恵は思った。

宿毛にやってきたのは三か月ほど前であった。赤法華にはいたたまれなかった。

故郷を捨てたときに、利恵は覚悟した。独りで生き抜こうと思った。宮崎県の山奥に叔母がいた。梓巫子《あずさみこ》をしている。梓弓の弦《つる》をかき鳴らしながら死霊を呼び出す巫子だった。最初は、その叔母を訪ねて、仕事を世話してもらうつもりだった。

川崎市に出て、宮崎に向かうカーフェリーに乗った。

船が高知港に寄港したときに、利恵はふらふらと下船した。足摺岬《あしずり》をみたかった。以前から憧《あこが》れていたところだった。

独りで冬の足摺岬をみて、宇和島に向かった。そこから九州に渡るつもりだった。途中で寄った宿毛市の食堂で、利恵は女給求むの貼《は》り紙をみた。住み込みで即、働けるとあった。女給がどういうものかの知識は、ないわけではなかった。どうであってもかまいはしないと、自身にいいきかせた。

小雨の降っていた日だった。

店の二階に、利恵は住み込んだ。

四十過ぎのおかみと女中、それに板前だけの、小さな小料理屋だった。

客はおもに遠洋漁業の乗組員であった。港に近いところに店はあった。けっこう、客はあった。

勤めはじめて十日ほどたったある夜、利恵はおかみにたのまれた。上得意の沼本という船主がいた。五十なかばの男だった。猪首《いくび》で、背が低かった。その分だけ横に太っていた。その沼本が利恵とねたいという。目をつむって、ねてやってもらえないかというのだった。

おかみのたのみかたはかなり強引であった。利恵はうなずかざるを得なかった。

その晩、仕事が終わってから、利恵は沼本に連れられてモーテルに行った。

沼本は執拗に利恵を舐《な》め回した。足の指まで口に含んだ。唇を吸い、肛門《こうもん》まで舐めた。三時間ほど、利恵は沼本に弄《もてあそ》ばれた。終わったときには身も心も疲れきっていた。

沼本は帰り際に三万円くれた。受け取ったときに、利恵は心で泪《なみだ》をこぼしていた。売春婦ということばが、脳裡に刻まれていた。

沼本は、月に三回は抱いてやる。そのかわり、ほかの男とはねるなと、釘《くぎ》をさした。利恵は黙って、うなずいた。店を出ないかぎり、おかみの命令には逆らえない。男とねろといわれたら、ねるほかはないのだった。

数日後に、おかみは別の男とねるようにいった。

利恵は黙って、その男に抱かれた。

人形のように、利恵はおかみの命令に従った。

おかみは機嫌がよかった。緩急を心得ているおかみだった。むやみには利恵を売らなかった。客の店に落とす額を睨《にら》んで、利恵をねかした。

月に数回、利恵はちがう男とねた。

ねた客は利恵に熱をあげた。同じ売春でも、利恵は捨て鉢にはなれなかった。割り切れない面があった。転がされて自由にされている屈辱もあった。影を呑みでもしたような、利恵であった。それが、男には新鮮に映るようだった。はすっぱな商売女なら、どこにでもいる。白い体を自由にさせながら、沈黙を守りつづける利恵を弄ぶのは、昂《たか》ぶるようだった。

利恵自身は男には尽くさなかった。男が、口に男根を差し入れてくれれば、黙って吸いはする。しかし、自分から男根に手をやることはなかった。

沈黙を守りつづける利恵に挑《いど》みかかる男たちはそれぞれ勝手な想像をしているようであった。恋に敗れて都落ちしてきた女。夫から逃げてきた人妻。病弱の夫を支えるために住み込みで働きに出ている人妻。

それらの想像におのれを昂ぶらせて、つらぬき、責めるのだった。利恵は決して声をたてなかった。いいか、いいかと、男が訊く。利恵は貌を振って答える。

徳田のものは、勃起《ぼっき》していた。

利恵はゆっくり、愛撫をつづけた。

男たちに掌を使わないでよかったと思った。使っていれば、眠っている徳田のものに触れることはできなかった。汚れた手を自身で蔑《さげす》まねばならない。そう思うと、哀《かな》しさが湧いた。掌も指も自身のものだった。男たちに弄ばれつづけてきた性器も、乳房も尻も、自分のものだ。吸われた舌もそうなら、男根を含まされた口も、そうだ。すべてが欲望にまみれている。その中で、掌だけが清いというのは、哀しかった。そんなふうに、思わなければならない自身が、哀しかった。

片腕の男がやってきたのは、二月下旬であった。

夕刻であった。おかみは、開店の支度をしていた。

その男は、黙って店に入った。

「ちょっと、お客さん」

のれんを出していたおかみは、あわてて店に入った。

「客、じゃ、ねえ」

男は喘ぐようなものいいをした。

瘦軀《そうく》長身の男であった。青ざめた肌を持った男だ。貌が暗い。いや、体全体に暗いものを秘めていた。

「客じゃない？」

板前がきき咎《とが》めた。

「客でないのなら、なんだね」

「利恵さんかね」

「ここの」男は、天井に向けて顎《あご》をしゃくった。「二階に、いた、女は、どうした」

「利恵——」

男は、ふしぎそうに板前をみた。

「あんた、あの女の知り合いかね」

「まさか、福島県の、檜枝岐《ひのえまた》から、来た女じゃ、ねえだろうな」

「そういってましたよ」

おかみが、間に入った。

「その、利恵なら、おれの、女だ」

「あなたの女？」

おかみは、怪訝《けげん》そうに男をみた。馬面《うまづら》であった。その貌にありありとした険相が出ていた。

「どこに、いる」

「利恵なら、五日前にいなくなりましたよ。店になんの断わりもなしにね」

利恵が消えたのは、暴風雨の翌日だった。

書き置きだけがあった。わけがあって、店を辞めます。荷物は捨ててください、とだけ書いていた。

おかみは激怒した。利恵にはよくしてやっている。男も選んで与えた。貯金もできていたはずだ。その上、性欲の処理もできる。いうことはないはずだった。いま、利恵に逃げられては、店は火が消えたようになる。

しかし、捜しようがなかった。

「どこに、逃げた？」

男は、苦しそうな呼吸をしていた。

「知りませんよ」

「知らない、わけは、あるまい」

男の表情に怒気が走ったのをみて、おかみは後退った。

男は、カウンターにある皿を摑んで土間に叩きつけた。

「何をしやがる」

板前が出て来た。

摑みかかろうとした板前は、その前に男の右腕に張り倒されていた。野郎とわめいて起き上がった板前の目の前に、男のドスが光っていた。

「殺す、ぜ。そして、店を、叩き、潰《つぶ》して、やる。警察、を、呼びたけりゃ、呼べ。おれを、何者、だと、思ってやがる」

男の体からは殺気が流れ出ていた。

板前は、後退った。明らかな貫禄のちがいがあった。

「待って」おかみが中に立った。「乱暴はしないで。知っていることは、教えるわ」

警察を呼んでも、店を潰されたのではなんにもならない。

「いえ」

男は、肩で息をした。

「宮崎県の児湯《こゆ》郡のどこかで、叔母が梓巫子をしているといったことがあったわ。あの女のことについては、それしか知らない。求人広告をみて、ふらっと入ってきたのよ。ほんとうだから」

「こゆ郡、の、どこだ」

「だから、それは知らないの。きいてないのよ」

おかみは逃げ腰になった。

しかし、男は、黙って出て行った。

2

牛窪勝五郎は宮崎県の児湯郡に来ていた。

児湯郡は椎葉《しいば》村に接している。椎葉村は稗搗節《ひえつきぶし》と平家落人伝説で名高い秘境だ。児湯郡も秘境であった。

両方とも山岳地帯だ。平地は猫の額ほどもない。その意味では赤法華に似ている。椎葉村は一郡に匹敵する大きさがあるが、人口は万に充《み》たない。児湯郡も似たようなものであった。

西米良《めら》村の商人宿に、牛窪は泊まっていた。

窓から天包《あまつつみ》山がみえる。雨に煙っていた。

宿毛を出てまる十日になる。

いまは、牛窪は一人だった。組から連れてきた組員は返した。いつまでも連れ歩くわけにはいかなかった。それに、組員も、徳田兵介追跡は厭《あ》きていた。というよりも、牛窪の執念についていけなくなったのだった。組からも、組員を返すようにといってきた。もう、充分に牛窪には助力したといいたげな気配が濃かった。

独力で徳田を追うことを、牛窪は厭《いと》わなかった。

もともと、独りで追いはじめた相手だった。逃げ足が早すぎて、追い詰めても容易につかまらない。それで、組員の応援を求めたにすぎなかった。独りになったところで、どうということはない。いのちのあるかぎり、追うまでのことであった。追うのと追われるのでは追うほうに何十倍の苦痛がある。追われる者はどこに足を向けるかわからない。それを捜し出すのは、なみたいていのことではなかった。それを承知の上の追跡であった。

――しかし、ここで、終わりにしたい。

いのちのあるかぎり追う覚悟はあるが、焦燥はどうしようもなかった。疲労も溜まっていた。できることなら、ここで、徳田を殺したかった。

逃げるな徳――牛窪は、雨に包まれた風景をみながら、そう、呼びかけていた。逃げないで、出て来い。出て来て、死を賭《か》けて闘えと、胸中で叫んでいた。コマ鼠《ねずみ》のように逃げられたのでは、どうにもならない。

ここで徳田を殺せるかもしれないとの思いが、ないではなかった。追われて、徳田は偶然に、赤法華の利恵の部屋に転がり込んだ。利恵に連れられて逃げた。利恵が一緒なら児湯郡の山奥に来た可能性がある。叔母をたよったものと思われる。

これまで、徳田は僻地にばかり逃げている。それが徳田の習性だ。叔母が僻地にいるとすれば、そこをたよるはずであった。

深夜に、こっそり忍び込んで、ぐさりとやる。声をかけたりしたのでは徳田に逃げられる。まず、半殺しにしておいてから、なぶり殺す。

だが、利恵の叔母というのがわからなかった。

児湯郡に来てから五日になる。

散在した集落を牛窪は訪ね回っていた。いまのところ、梓巫子の存在はわからない。広大な山岳地帯であった。集落はあっちの山陰、こっちの山裾《やますそ》にある。それらがひどく離れている。名だたる秘境だけに、捜すのは容易ではなかった。

——徳め。

雨に、牛窪は、つぶやきを落とした。逃げ足の早さだけではないものが徳田にはあった。何か、悪運とでもいってよいものに守られているような気がする。

東京の医院では、郁子が濃硫酸をぶちまいて徳田を救った。

速見島では嵐《あらし》の海に竹に縋って出た。百パーセント死んだと思ったが、しぶとく生きていた。そして、宿毛では利恵の部屋に逃げ込んでいる。悪魔じみていると、牛窪は思った。悪魔だからこそ、自在に逃げられる。

偶然に利恵の部屋に逃げ込んだのも、悪魔ならではのことに思える。

その悪魔に廃人にされた自分を、牛窪は雨の帷《とばり》の中にみていた。風邪を引いただけで死にかねない体にされた牛窪であった。

雨の帷をみる目はかぎりなく暗かった。

雨上がりの川が音たてていた。

徳田と利恵は山路を歩いていた。山菜採りに出たのだった。

徳田は、前を歩く利恵のジーパンに包まれた尻をみていた。形よく盛り上がった尻だった。その尻を自在にできたのは、いつのことだったのかと思った。

宿毛を逃げ出た三日後に、米良《めら》に来た。利恵の叔母をたよったのだった。

米良に来て、すでに七日になる。徳田は利恵には手を出していなかった。出したかった。夜は同じ部屋に寝た。出せば、利恵は断わるまいと思った。だが、徳田には、それは、できなかった。

利恵の叔母は菊江といった。六十近い齢《とし》だった。菊江には子がなかった。訪ねてきた利恵を歓待した。

利恵は徳田を友人だと紹介した。夫だというであろうと、徳田は思っていた。友人だと紹介した利恵の気持ちが、徳田には痛かった。許してもらえないのを知った。とうぜんだと思った。ゆるしてもらえるわけはないのだった。

赤法華で牛窪に犯される利恵をみて、徳田は淫売女だの、豚女だの、夜這《よば》い女だのと叫んでいる。牛窪の巨根に尻からつらぬかれて、利恵はもだえ叫んでいた。牛窪への憎悪と利恵への憎しみがないまぜになって叫んだのだった。

利恵への憎しみは論外だったのだ。裸にされ、針金で繋《つな》がれて牛窪に奴隷にされている利恵に何かができるわけではなかった。徳田が踏み込むべきだった。牛窪と渡り合って利恵を救うべきだったのだ。それをしないで、徳田は逃げ出した。

愛想をつかされてとうぜんであった。夫だと紹介しない利恵の気持ちはわかる。それだけに、徳田には手が出せなかった。手を出せば、利恵は黙って体を開こう。だが、終わったあとの砂を噛む思いを考えると、気力は萎《な》えた。利恵が宿毛の小料理屋で何をしていたのかは、徳田には推測できる。そこまで利恵を追い流したのは、徳田であった。

だれ一人として知る者のいない南の町にひっそりと生きていた利恵の胸中を思うと、徳田にはいうべきことばがなかった。

ふたたび、利恵に助けられた。救《たす》けてくれたからといって、利恵に体を要求するのは、あまにも自分がみじめに思えた。

利恵が川岸に腰を下ろした。徳田も傍に並んだ。

「日向《ひゅうが》というところは、昔は流刑地だったそうよ。とんでもない山深いところだったらしいわ。江戸時代になってもひどく貧しかったらしいの。塩一俵と米五升で子供は売られたそうなの。子供たちは一生飼い殺しの奴僕《ぬぼく》だったの。奴僕同士が密通をして子が生まれると、その子は飼い主のものになったらしいわ。売り頃になると、飼い主はそれを売るのよ。徹底していたらしいわ。飫肥《おび》藩時代は、藩が人買船を持っていたそうなの」

説明をする利恵の貌は、明るかった。

「この山また山の状態ではな」

徳田は山脈《やまなみ》に視線を向けた。

どこをみても山ばかりであった。平地は存在しない。

「ここも赤法華と同じだわ。平家の落人が拓《ひら》いた歴史も同じだし、平地がないから稗《ひえ》や粟《あわ》しか採れない。それも焼き畑だけなのよ」

「だろうね」

利恵は、赤法華を出てから徳田の辿った経緯を訊かなかった。救けられたときにあらかたの事情は説明したが、郁子のことはかんたんにしかいわなかった。利恵はそれっきりであった。かたくななまでに、そのことは口にしなかった。

自分の宿毛での生きかたについても同様であった。これから先のことについても、口にしない。

徳田は、そのことが不安になっていた。利恵は、宿毛に未練はない。それに、いずれ牛窪がやってくる。夜が明けたら、宿毛を逃げだして叔母のところに行こうといった。それだけであった。徳田を許してくれないのはしかたがないにしても、どう考えているのかが、わからない。

徳田は流れをみていた。

傍に腰を下ろした利恵が何かを口にした。何をいったのか、低くて聴きとれなかった。歌のようだった。

徳田は、利恵の貌を覗《のぞ》くようにみた。利恵はこんどははっきりした声をだした。

置《お》きて行《い》かば妹《いも》はまかなし
持《も》ちて行く梓《あずさ》の弓《ゆみ》の弓束《ゆづか》にもがも

低いが、よく透る声であった。

徳田は黙っていた。

「防人《さきもり》の、妻の気持ちを歌ったうただそうです」

利恵は流れに視線を落としたままだった。

芽を吹いたばかりの草木の青みがほおに翳りをかもしている。

「知っています」

徳田も、流れに視線を向けた。

「あなたが赤法華を逃げ出るときに置いて行った万葉集が目についたの。牛窪がわたしの体に厭きて出てったあとで、目についたわ。わたし、することがなかった。ページを繰ったわ。そしたら、防人の歌が目についた。どういう意味だか、わたしにはわからなかった。でも、なぜだか、その歌が忘れられなかったの。それで、おぼえたの。意味を教えていただける」

「教えよう」

うなずいた徳田の声は、かすれていた。

「防人というのは、筑紫《つくし》、壱岐《いき》、対馬《つしま》などの守備に派遣された東国武士のことだ。妹《いも》というのは、妻や恋人のことであろう。置いて行かねばならんのが哀しかった。おまえも哀しいであろう。おまえが、持って行く梓弓の弓束であれば――」

徳田は、語尾を呑んだ。

弓束というのは左手で握る弓の部分である。弓束であればつねに握りしめていられるのにとの意味であろう。その強い思慕の念が、いまの徳田には棘《とげ》のように心に突き刺さった。

せめて、利恵が梓弓の弓束であれば――徳田にはその情念はなかった。それどころか、逃げ出す前も、逃げ出してからも、利恵を毒づくことが多かった。心のどこかでは恋い慕いながらも、牛窪の女になり、牛窪に組み敷かれて嗚咽《おえつ》を洩らす白い体を思うと、ののしりが出た。ののしることでしか、自身を生かせなかった。

おのれの卑小さを、利恵を淫売女だと思うことで胡魔化《ごまか》して来た。

だが、利恵は、万葉集を開き、防人の歌にどうするすべのない自身を託した。哀しみを、歌に同化させた。そして、その歌をいまも暗誦している。

利恵は歌の意味を知らない。だが、歌には感傷でわかればよい部分がある。

利恵は防人の歌を肌でとらえている。置きて行かば――は男の側が妻を恋して詠《よ》んだものであるが、利恵は妹《いも》の側からの主観としてとらえている。置いて行かれた妹は哀しいというように受け取っている。

その心根を思うと、慚愧《ざんき》にたえない。

それとも、あるいは、利恵は歌の意味を正確に把握《はあく》しているのではないか。知っていて、逃げた徳田が、せめて梓弓の弓束であればよいと利恵のことを思っていて欲しいと、そう念じていたのではないのか。

身の細る思いがした。

置きて行かば妹はまかなし
持ちて行く梓の弓の弓束にもがも

徳田は血の気を失って、水面をみつめていた。

「利恵さん」

徳田は、流れの岸に立った。利恵に呼びかけながら、草に正座した。両手を突いた。

「わたしが、悪い。わたしは、死にたい思いがする。臆病《おくびょう》で、女にばかりたよって、どうにもならない人間だった。男のくずだ。防人の歌をきいて、わたしはほんとうに、自分が嫌《いや》になった。宥《ゆる》してほしい。あなたを不幸にしたわたしを、宥してくれ。これ以上、わたしは、あなたの傍にいることはできない。わたしは出て行く。傍にいて、あなたのためになるのなら、そうしたい。どんなことでもする。しかしわたしは、だめな男だ。だれのためにもなれないくずだ。偽医師だ。迷惑ばかり、かけて……」

最後は泪声になっていた。

利恵が防人の歌に託した情念が徳田を灼き滅ぼそうとしていた。それほど利恵が思っていてくれたとわかって、徳田は死にたくなっていた。

傷つき、汚辱にまみれた徳田にも、利恵の気持ちをくむ一筋の清浄さが残っていた。その清浄さが、徳田を灼き滅ぼそうとしていた。

自己保存本能が失せている。

ほんとうに、死にたいと思った。

利恵の気持ちがわからずに淫売女とののしり、あげくは、郁子をたよった。十四歳の郁子に嫉妬《しっと》しながら、土壇場に追い詰められた。死の寸前でまたしても利恵に拾われ、利恵の体を思い描いている。生きるに値しない人間であった。

もう、たくさんだと思った。

立った。

「そお、行くの」

利恵が、細い声で訊いた。

「行きます」

それだけ答えて、徳田はきびすを返した。

背後で水音が湧いた。

振り返った徳田の目に、流れに沈んだ利恵がみえた。

水嵩《みずかさ》のある流れだった。飛沫《しぶき》が湧いて、その飛沫が色彩を呑み込んだ。色彩は急速に流れ下っている。

徳田は流れに身を躍《おど》らせた。夢中であった。渦巻いて流れる色彩につかみかかった。水苔《みずごけ》で何度か転がった。腕を打ち、足を打ち、頭を、胸を打ったが、摑んだ衣服は離さなかった。

かなり流されはしたが、どうにか、岸に利恵を引きずり揚げた。

利恵は水を呑んでいたが、呼吸は失ってなかった。徳田は応急手当てをして、利恵を横たえた。

利恵は血の気の失せた貌で徳田を見上げた。

「わたしも、男にばかり、たよって、生きてきたわ」

利恵は瞳《ひとみ》を閉じた。

「夫が死んで、生きる道を失ったわ。そこへ、あなたが来た。わたし、あなたに縋りついた。でも、牛窪がやって来た。あなたは、逃げた。でも、好きでした。防人の歌を、あなただと思った。でも、生きなければならなかった。どうやって生きてよいのか、わたしにはわからない。——宿毛は哀しい街でした。そこで、おかみに命じられるままに、男に抱かれたわ。たくさんの男に。男に体を売るほかに、わたしには、生きることができなかった。なんどか、こんな生きざまはやめて、叔母さんのところに行こうと思った。でも、山奥でひっそり生きている叔母です。そこに行っても迷惑をかけるだけなんです。さみしくて、思いあぐねて、死のうかとさえ思いました。そこへ、あなたが逃げて来た。わたし、また、あなたに縋ろうとした。好きなんです。ずっと、思っていました。でも、男を思うことは、男に縋って生きることなんです。どうして、わたしだけ、こんなふうに、生きる能力にとぼしいのか……」

瞳を閉じたままだった。

弱々しい陽射しだが、貌を染めている。

「死んでは、いけない」

徳田には、それしかいえなかった。

利恵の額に張りついた頭髪を、掌でそっとなで上げた。

3

夜半であった。

月が出ていた。月は山また山の秘境を音もなく青白く染めていた。その月の中を長躯瘦身《ちょうくそうしん》の男が歩いていた。

牛窪であった。梓巫子の菊江の家に牛窪は向かっていた。

そこに男女の客が来ていることは突きとめてあった。さいわい、菊江の家は隣家とはかけ離れていた。もっとも、どの家も隣家とは離れている。あちらの山窪に一軒、こちらの山懐に一軒というぐあいであった。

牛窪は、喘いでいた。ポケットに、十数個の小石を詰め込んである。

徳田は臆病な狐《きつね》のように逃げ足が早い。石を投げて、逃げ足を停めるつもりだった。

今夜が最後だと、牛窪は覚悟していた。今夜、徳田を取り逃せば、もう、機会はないものと思えた。

どんなことがあっても、今夜は徳田を切り刻むつもりだった。

菊江の家は月明りの中に沈んでいた。

牛窪は、忍び寄った。家には灯は点いてなかった。物音もない。寝静まっていた。

牛窪は家を一周して、気配を窺《うかが》った。慎重の上にも慎重でなければならなかった。牛窪にとっては、ここが最後の正念場であった。

一時間ほど様子を窺ったが、闇の中に寝静まった家は寝返り一つ打たなかった。

納屋と母屋からなる建物であった。母屋は箱を並べた恰好になっている。中庭に面して、部屋が四つほど並んでいる。各部屋に障子がある。

障子の外は濡れ縁になっていた。どこからでも、忍び込める。

徳田と利恵が泊まっているのは右端の部屋だろうと、牛窪は推察した。

左に台所がある。巫子の菊江は台所につづく居間に寝起きしているにちがいない。むつごとをきかれないために、部屋は離してあるものと思われる。

――むつごとか。

牛窪は、利恵の体を組み敷いて責めたてる徳田を、思い描いた。利恵の体は申し分がなかったと思う。東北特有の肌のこまやかさと色の白さを持っていた。徳田ごときにはもったいない女であった。

――突っ込んでやる。

徳田を捕えたら、目の前で利恵を存分につらぬいて責めたててやる。利恵にわめかしてやる。あなたの女になります、すき、すきと、うわずった声を吐かせてやる。その上で、徳田を切り刻んでやる。

牛窪は、覚悟をしていた。

徳田を殺したら、警察に追われる羽目になるかもしれない。そうなっても、かまわなかった。いずれ、長くはないいのちであった。

徳田を殺しても利恵は警察には訴えない可能性もないではない。利恵を自分の女にすれば、そうなる。利恵がそうなら、叔母もしかたがなく従おう。

――利恵か。

牛窪は、濡れ縁に上がった。

障子に手をかけた。

足で、ゆっくり開けた。口にはドスをくわえていた。右手には石を握っている。

わずかな月明りの中に、男と女の抱き合って眠っている姿がみえた。

牛窪は踏み込んだ。

徳田は、はね起きた。

眠りの中に何かが侵入してきた。得体のしれない黒い影だった。それをみた瞬間に自分で夢を掻き破って、はね起きていた。覆《おお》いかぶさる黒い影を突きとばした。

突きとばして、庭に跳び出た。

背中に、何かが的《あた》った。思わず、足が崩れた。

「待ち、やがれ」

牛窪が、わめいた。

牛窪は徳田に突きとばされて尻餅《しりもち》をついていた。尻餅をつきながら、徳田に石を投げた。石の的《あた》ったにぶい音がして、黒い影が頽《くずお》れた。

牛窪はドスを握って、濡れ縁を跳んだ。

頽れた黒い影は這っていた。すばやく這って、闇の中に掻き消えた。

牛窪は懸命に追った。しかし、笹藪《ささやぶ》の手前で黒い影を見失った。

牛窪は、肩で息をした。捕えたと、踏み込んだ瞬間には思った。だが、徳田は悪魔よりすばやかった。影は一瞬で闇《やみ》に溶けた。

血の気を失っているのが、牛窪には自分でわかった。どうして徳田が逃れたのかがわからない。どうすればよいのかが、わからない。化石のように突っ立っていた。

やがて、きびすを返した。

家には灯りが入っていた。

利恵と菊江が濡れ縁に立っていた。

「逃げるな、利恵」

牛窪は喘いだ。

「逃げたら、おめえの、叔母を、切り刻んで、やる」

牛窪の形相が変わっていた。

青ざめた貌がゆがみきっている。泣いているようにみえた。

逃げようとした利恵の足が、竦んだ。叔母を切り刻みそうに思えた。竦んだ足がふるえた。

逃げる気が失せた。

牛窪が傍に立った。

「何をすると——」

菊江が抗議した。

「うる、せえ。ババア」

牛窪の足が菊江を蹴倒《けたお》した。

「ババア、を、縛れ」

徳田に逃げられた怒りで、白目を剥《む》いている。

「逆らわないで、叔母さん。事情があるんです」

利恵は菊江を抱え起こした。

「早く、縛らんと、殺すぞ！」

「縛ります！　乱暴はしないで！」

利恵は叫んでいた。

紐《ひも》を持ちだして、菊江を後ろ手に縛って、柱に結わえた。

「がまんして、叔母さん。このひと、殺し屋なんです。徳田を殺しに来たんです」

「黙れ！　来い！」

牛窪は利恵の髪を摑んで、引きずった。

もとの部屋に引きずり込んで、突きとばした。

「裸に、なれ。素っ裸だ。よくも、よくも、徳田を、匿《かくま》って、くれた、な」

牛窪の薄い唇がわなないていた。

利恵はパジャマを脱いだ。殺されかねないと思った。みたことのない牛窪の形相だった。素裸になって、正座した。そのほおに、牛窪の平手が鳴った。利恵は転がった。脳震盪《のうしんとう》を起こしていた。

牛窪の足が尻を蹴った。背中を蹴り、足を、腹を、蹴った。力いっぱいではないが、狂ったような荒れかたであった。

利恵は気が遠くなった。

最後に、頭髪を摑んで引き起こされた。

「もう、ゆるして」

哀願した。

「宥《ゆる》さん。おま、えは、やつを、たす、けた」

牛窪は無残なほど、あえいでいた。

「だったら、殺して」

「殺、さん。やつは、おま、えを、奪い、返しに、来るかも……」

「来ないわ」

「あんな、男の――」

牛窪は憎悪をこめて、利恵を引き倒した。下半身を裸になって、波打つ利恵の白い腹に跨《また》がった。

牛窪は突っ立っていた。

利恵は牛窪の股間に跪《ひざまず》いて、男根を口に含んでいた。喉《のど》まで巨根が届いている。両手は睾丸を愛撫していた。

徳田は闇に逃げたままであった。一時間ほどたつが、音沙汰《おとさた》がなかった。逃げ去ったのかもしれぬと、利恵は思った。

牛窪への恐怖は徳田の骨の髄に滲《し》みている。いちどは反撃をこころみたというが、しょせん、徳田にとっては牛窪は天敵であった。勝てるわけのない天敵だ。

徳田が戻らない以上、牛窪に凌辱《りょうじょく》されるのは避けがたかった。赤法華で、利恵は牛窪の女になると誓わせられていた。牛窪は踏みにじっただけで出て行ったが、また、つかまったのだった。

つかまれば、牛窪の女にならざるを得ないと思う諦《あきら》めに似たものがあった。利恵にとっても、牛窪は一種の天敵であった。睨まれると、逆らう気が失せる。

「どうだ」牛窪が、訊いた。「あんな、野郎、とは、較べものに、なるまい」

口に含んだままで、利恵は、うなずいた。世間では、大きいのがいいということにはならないという。しかし、利恵にはそうは思えなかった。女の心には巨根崇拝願望がある。たぶんに精神的なものだが、精神は肉体を支配できる。

女を虫ケラのように扱う牛窪に憎しみを抱きながら、ここまで来ると、それに溺《おぼ》れるのを避けがたかった。そうなる自分が哀しかった。哀しいと思いながら、体が燃えた。本質的には、宿毛の生活と変わらなかった。男たちは、利恵をさんざん弄んだ。だれでも、男は男根を女に含ませたがる。それを含み、舐めて奉仕するのが、利恵の生きざまであった。反応は示さなかったが、利恵は男に弄ばれ、奉仕しながら、燃焼したのだった。

あたりは静寂が占めていた。風の音もなかった。

牛窪の荒い息と、口に含む音だけがある。

「這え。外に、向かって、這え」

牛窪が、腰を引いた。

利恵は月明りの落ちる戸外に向かって這った。

障子は開け放してある。徳田が闇に潜んでいれば、まる見えであった。牛窪はそれを狙《ねら》っているようだった。

牛窪が尻を抱いた。利恵は低いうめきをたてて、体をよじらせた。牛窪の巨根が無造作に、音をたてて入ってきていた。

牛窪は、ゆっくり責めはじめた。

「どうだ。声を、声を、たててみろ」

利恵は、黙っていた。

「たて、ねえか」

「声を、たてたら、叔母を、宥してやってくれますか。叔母は、どこにも行きはしません。わたしも、逃げません。あなたに、従います」

「いい、だろう。たっぷり、泣け」

「はい」

「どうだ、ほら」

「ああ——はい——ああ」

利恵はするどい声をたてた。声をたてようがたてまいが、どうでもいいことであった。

牛窪の責めにわけがわからなくなりつつある。声をたてれば、快感が増す。叩かれ、足蹴《あしげ》にされた上の凌辱であった。おそろしい屈辱に身を屈しているのだと思う炎の心に叫びはさらに炎をあおりたてる。叫ぼうが叫ぶまいが、叔母は犯されていることを承知だ。どこかの闇で徳田も凝視していよう。

「ほら、ほら」

「死にます、死にます」

「牛窪、さま、と、いえ」

「牛窪さま！　ああッ、男さま！　男さま！　魔王さま！」

金切り声が闇にひびき渡った。

化鳥《けちょう》の啼《な》くに似た声が、とぎれとぎれに闇を割《さ》いた。

利恵は叔母の縛《いまし》めを解いた。

牛窪は部屋で待っている。利恵は酒と肴《さかな》を持って来いと命じられていた。菊江に手伝わせてすぐに用意しろとの命令であった。

菊江は何もいわなかった。酒肴をと利恵がいうと、黙ってうなずいた。利恵は素裸だった。そのままでいろと、命じられていた。寒気が肌を刺したが、命令には背けなかった。天敵の牛窪であった。殺すといえば、利恵は黙って牛窪の前に裸身を横たえるにちがいない自身を、みつめていた。

魔王であった。魔王に逆らうことは宥されなかった。利恵は、夢中で男さまと、叫んでいた。魔王さまと、叫んでいた。男さまは、男の凝縮であった。男というもののすべてが、牛窪の巨根に象徴されていた。牛窪そのものではなかった。女を組み伏せ責め苛んでおそろしい業苦《ごうく》を科すことのできる男の象徴への叫びであった。

男族というものに、利恵はつらぬかれている気になった。魔王でもあった。女をつらぬいて殺すことのできる男さまは、すなわち、魔王であった。魔王には、女は仕えねばならなかった。

縛《いまし》めを解かれた菊江は、黙って利恵の貌をみた。あぶら汗の浮いた貌に髪が張りついている。陰毛には精液が付着したままであった。凝脂のように白くて豊かな太股も、盛り上がった尻も濡れたままだ。闇を割いた、男さま！　男さま！　の叫び声が、いまも、大気に消え残っていた。

菊江は、梓弓《あずさゆみ》を把《と》った。

梓巫子は呪法《じゆほう》に梓弓を使う。

弦を枹《ばち》で掻き鳴らして、幽玄な音を出す。嫋《じようじよう》々たる音が出る。幽遠な音が出る。そのビョウビョウと泣く音が幽界に届く。死霊が誘われて出て来る。生き霊も、誘い出される。

菊江は、枹を弦に当てた。

利恵は黙ってみていた。梓巫子のことは知らない。死霊、生き霊を呼び出して口寄せするのが仕事だときいていた。それらの霊がほんとうに呼び出せるのかどうかは、利恵には、わからない。

ただ、菊江は何かの清めか祓《はら》いのために梓弓を掻き鳴らそうとしていることだけは、わかった。

枹が弦を掻いた。琵琶《びわ》に似た、それよりもっと幽玄でそれでいて単調でものわびしく、細くて哀しそうな音色がむせぶように出た。菊江はしだいに枹を強く当てた。

共鳴音が複雑にまじり合って嫋々と立ち昇ってゆく。

聴いているうちに、利恵は悪寒をおぼえた。昂ぶりが醒《さ》めていた。無意識のうちに、それまで閉じていた皮膚が呼吸をはじめていた。体から何とも得体の知れないものが脱け落ちてゆく気がする。

弦の音は異様に澄んでいた。その澄明さの中に映るものがあった。魔王だ。女を膝《ひざ》に敷く猛々《たけだけ》しい魔王だ。しかし、しだいにその魔王の姿が変貌《へんぼう》しつつあるのがわかった。男さまが消え、魔王が消えつつある。片腕の牛窪勝五郎の姿に戻りつつある。

利恵の瞳に、神棚に供えてある矢がみえた。はげしい悪寒がつらぬいた。利恵は、菊江の手から梓弓をもぎ取っていた。神棚の矢を取った。

「逃げるのよ！ 叔母さん！」

叫んでおいて、梓弓に矢を番《つが》えた。

部屋に走った。

——殺してやる！

胸中で叫んでいた。

生きてはいられないほどの屈辱を牛窪には受けている。殺してやる。殺して、屈辱を返してやる。胸中で叫びつづける利恵の体全体の皮膚が凍りついていた。

「何を、しやがる！」

牛窪が、わめいた。

「死ね！ けだもの！」

利恵は、引き絞った弦を放した。

短い、弓弦の音が湧いた。

梓弓の矢は牛窪の右の太股に突き刺さった。

牛窪が短い叫びを洩らした。右手にドスを握っていた。

そのドスを、牛窪は傍の柱に突きたてて、屈み込んで太股に喰い込んだ矢を抜こうとした。

「殺してやる！」

利恵は叫んでいた。

目の前にいるのは一匹の鬼であった。人間を啖《くら》う鬼であった。女を辱《はずかし》める鬼であった。

その鬼のために、利恵は人間社会から押し流されていた。宿毛まで流れて、死にたくなるほどの女の哀しみを舐めさせられた。いや、自身を捨てていた。そこまで、追い込まれたのだった。無我夢中で牛窪につかみかかっていた。

牛窪は矢を握っていた。つかみかかった利恵を躱《かわ》す隙《ひま》がなかった。

牛窪は悲鳴を放った。利恵が牛窪の頭髪を握って引きずっていた。おそろしい力だった。頭皮が剝《は》げるかと思われた。転がった。矢が畳に当たって、牛窪はさらに悲鳴をあげた。

利恵は気が狂っている。そうとしか、牛窪には思えなかった。目の前に利恵の素足がある。それに手を伸ばした。どうにか、足首に手がかかった。渾身《こんしん》の力をこめて、牛窪は引いた。

利恵が叫んだ。叫んだときには尻餅をついていた。それでも、利恵は握った頭髪は放さなかった。牛窪は、這い寄った。寄りざまに利恵の腹に拳《こぶし》を叩き込んだ。

それで、利恵は頽れた。

牛窪は肩で息をした。

肺がもだえていた。いまにも息が停まるかと思われた。しばらくは身動きができなかった。

体中に冷たい汗が出ている。

利恵は傍に横たわっていた。

殺してやる。徳田もろとも、切り刻んでやる――牛窪は、そう、心に叫んでいた。

思いもかけぬ反撃だった。利恵は奴隷にひとしい存在だった。煮て喰《く》おうと焼いて喰おうと自由な奴隷であった。

その女奴隷がいのち賭けて反撃に出てこようとは、信じられないことであった。

憎悪が胸を塞《ふさ》いでいた。

生ける屍《しかばね》の体に、いままた、矢が突き刺さった。

これでは歩くことができるかどうかもわからない。あるいは、矢傷がもとで死ぬことになるかもしれない。

貌をゆがめて、矢を引き抜いた。抜くと、激痛が襲いかかった。

牛窪は血に染まった矢を叩きつけ、傷を押えた。血が噴いて、出ている。押えた指を、そして、掌を染める血をみていた。いのちが流れ出てゆくように思えた。泣いているような貌で、牛窪はそれをみつめていた。

利恵がうめいて、転がった。

牛窪は利恵が這い起きたのをみて、傍に落ちている梓弓を把った。

「野郎ッ」

牛窪は短く叫んだ。利恵が、柱に突き立てたドスを握っていた。ドスを抜いた利恵の貌が引きつれている。女の貌ではなかった。人間の貌でもなかった。一匹のけものにみえた。

利恵は無言で突きかけてきた。ドスを両手で握っている。

牛窪は自分で転がった。転がりながら梓弓で利恵のふくら脛《はぎ》を叩いた。死物狂いであった。まかりまちがうと、利恵に殺される。こんな女に殺されたのでは、死にきれない。

利恵がつんのめった。二足ほど泳いで、膝を突いた。

牛窪は梓弓で後頭部を叩いた。叩き割る勢いであった。

利恵は声もたてずに、突っ伏した。

「こ、こ、こ、こ」

殺してやるといいたかったが、ことばにはならなかった。

牛窪は、ドスを拾った。

利恵が蘇生《そせい》したときには、牛窪は傷を縛っていた。

利恵は隙《すき》を窺った。牛窪はぜいぜい荒い息をしながら、傷口を縛っている。ドスを畳に突きたてていた。梓弓が傍に転がっている。

利恵は呼吸をととのえた。牛窪を殺すことしか考えなかった。徳田をたすけることは脳裡になかった。牛窪は利恵の天敵であった。牛窪を殺さないかぎり、利恵には生きる途《みち》がなかった。いや、生きる途はいまではどうでもよかった。生きたところで詮《せん》ない身であった。ただ、牛窪を殺したかった。自分をここまで突き落とした牛窪を殺したかった。そのほかには何も考えなかった。

梓弓を摑んだ。つかむなり、叫んでいた。自分でも何を叫んだのかわからなかった。化鳥のような叫びを発しながら、牛窪に殴りかかった。

梓弓の弦の中に牛窪の首が入った。利恵は引いた。牛窪はドスを把ったが、そのときには体勢は崩れていた。畳に転がった。

利恵は叫びつづけていた。叫びながら、牛窪を引きずった。弦は牛窪の喉にかかっている。牛窪は窒息しかけていた。

牛窪の右手に握ったドスがゆっくり、梓弓の弦に近づいていた。利恵は足と手に最後の力をかけた。喉を切り裂く勢いで、梓弓を引いた。牛窪の手がのろのろ動いて、弦が切れた。利恵の体が障子に当たって、尻餅をついた。牛窪が這い寄った。瀕死《ひんし》の牛窪だった。膝と右手だけで、休みながら、這い寄った。

利恵はみていた。体力を費《つか》いはたしていた。逃げなければと思ったが、意識は明確ではなかった。牛窪がドスを振り上げていた。

利恵はそのドスをみていた。ゆっくり、それが体の上に落ちてきた。

利恵は気力を振り絞った。わずかだが、体を動かした。それで、ドスは、畳に突き刺さった。利恵は両手を突き出した。目の上に牛窪の貌がある。掻きむしった。牛窪の貌に血の筋が何本かついた。牛窪はドスを抜く隙がなくて、一本しかない右手で利恵の首を締めていた。

牛窪の貌の掻き痕《あと》から血が滲み出ている。利恵は呼吸が停まっていた。牛窪の指は鉄の爪《つめ》のように喉に喰い込んでいる。外そうと両手で牛窪の手を握ったが、びくともしなかった。

利恵は牛窪の手に爪をたてた。十本の爪をたてて掻きむしりながら、体をのたうたせた。

牛窪の体が崩れた。利恵は、さらにもがいた。牛窪が体に重なっている。それでも、指は首にかかっていた。

二人の体が濡れ縁に転がり出て、抱き合った恰好で、庭に転げ落ちた。

利恵は意識が遠のくのをおぼえた。

どこを打ったのかはさだかではなかった。打ったのではなくて、首を締められているのかもしれなかった。遠のく意識の中に、梓弓の弦の音がきこえた。嫋々たる音であった。かすかな音であった。死界からきこえて来る音のようでもあった。叔母が祈りながら掻き鳴らしているのだと思った。

意識はそこまでであった。

牛窪は、夜空をみていた。

意識はしっかりしていたが、体が動かなかった。体だけではない。呼吸がひどく苦しかった。

肺が酸素不足にあえいでいる。もがき苦しんでいた。

吸っても吸っても、肺のもがきはおさまらなかった。

喉が鳴っている。笛のような音をたてていた。木枯らしに似ていた。ヒュウ、ヒュウと、小さく、心細げな音だった。心臓も不正確な脈を打っていた。このまま死ぬのかもしれないと、牛窪は思った。

夜空に星が光っていた。

4

徳田が忍び寄ったのは、未明だった。

徳田は棒を握りしめていた。牛窪を殺す覚悟であった。殺せなければ、殺されるまでだ。そのどちらでもよかった。固い決心をしていた。二度と揺れ動かぬ決意であった。

牛窪に踏み込まれて、徳田は逃げた。後もみずに、逃げた。どこまでも逃げた。牛窪への恐怖が戻っていた。黒い小山のような恐怖が背後から追っかけていた。自分が逃げた後がどうなるのかはわかっていたが、いったん逃げ出すと、足が停まらなかった。おびえがおびえを呼ぶのだった。

だが、徳田は、どうにか、踏みとどまった。足を停めて、闇の中に蹲った。

牛窪につかまって痛めつけられる利恵の姿がみえた。さんざん、叩かれた上に、組み敷かれる白い肢体がみえた。牛窪の体の下で隷従を誓う姿が、みえた。

長い間、徳田はその光景をみていた。

やがて、徳田は悔恨に襲われた。

とっさのことだから、逃げ出たのはしかたがなかった。だが、すぐに引き返すべきだった。踏み込んだのは牛窪だけだった。それなら、闘えないことはなかったのだ。自分だけが逃げたらあとがどうなるかを承知で逃げた悔いが、深い。

昨日、利恵の許しを得たばかりだった。利恵は防人のうたを口にした。防人のうたに託して自身の気持ちを告げた。それを知って、徳田は泪をこぼした。

なのに、また、悪魔の牛窪に、利恵を生け贄《にえ》に捧《ささ》げてしまった。

置きて行かば妹はまかなし
持ちて行く梓の弓の弓束にもがも

防人のうたを、徳田は思い浮かべた。
置きて行かば妹はまかなし――牛窪に叩かれて、組み敷かれている利恵が、彷彿《ほうふつ》できる。徳田に逃げられては、利恵にはどうすることもできはしない。犯されながら、利恵は、一目散に逃げ去った徳田を恨んでいよう。

徳田の体をふるえが走った。

——死のう。

ふるえの中から、ふっと、死ぬ覚悟が湧いて出た。いまからでもおそくはないと思った。いまからでも戻れば、利恵は宥してくれる。宥してもらえなくても、それは、しかたがない。戻って、牛窪を殺す。殺せなければ、殺されるまでのことであった。

二つに一つしかなかった。そのどちらかを徳田は自身に課す決心をした。二つの途以上にはとるべき途はなかった。かりにあっても、徳田にはとる気持ちがなかった。人生の清算をする気持ちになっていた。

家は深閑としていた。

乳白色の朝霧が包んでいる。

徳田は繁《しげ》みを出て、庭に立った。

「おれだぞ、牛窪!」徳田は、叫んだ。「徳田兵介だ。出て来い。牛窪勝五郎!」

ふるえを帯びていたが、大音声《だいおんじょう》だった。

目の前の障子が引き開けられた。

徳田の目に、ぼんやりと白いものがみえた。

徳田は目を凝《こ》らした。白いものは裸身だった。利恵と叔母の菊江が素裸にされて柱に縛られていた。

「来た、か、徳——」

牛窪が、濡れ縁に立った。

「縄を解け、牛窪！　女にはなんの関係もないのだ。あるのは、おまえとおれだけだ」

「おめ、えを、殺した、ら、解いて、やる」

牛窪は粘りつくような呼吸をしていた。

「それなら、来い！　来やがれ！」

徳田はわめいた。

「逃げる、なよ、徳」

牛窪は、利恵を引き立てて、庭に下りた。

「逃げたら、女を、切り、殺す。おれは、もう、我慢が、ならない。こんど、逃げたら、女を、殺して、それで……」

「黙れ、勝！　喋《しゃべ》りすぎると死ぬぞ！　くたばり損ないが！」

徳田は棒を振り回した。

利恵は後ろ手に縛られている。一糸まとわぬ裸身だ。寒気が全身の皮膚に鳥肌をたてている。長くそのままでいると肺炎を惹き起こす。

「こっち、だ」

牛窪は利恵を投石よけに歩かせて、庭を出た。

家の近くを渓川《たにがわ》が流れている。牛窪はそこに利恵を引いて行った。流れの傍に榛《はん》の木がある。その幹に利恵を結わえつけた。

「来い」

牛窪は、くわえていたドスを手にした。

「来な、いと、女を、突き落とす」

「わかったぜ、勝」

徳田は短く叫んだ。

利恵は流れに上体がかしいでいた。後ろ手に縛られた紐がかろうじて体を支えている。その姿勢では長くはもたなかった。足腰が萎えたら、腕が折れる。その足が小刻みにふるえている。いたいたしい光景であった。

棒を振り上げて、迫った。

牛窪はドスを構えて突っ立っていた。痩《や》せがさらに目立った。骸骨《がいこつ》のようにみえた。目の周辺がドス黒くなっている。そこに執鬼が潜んでいるように思えた。

「殺してやるぞ、勝！　きさまなんか、殴り殺してやる。きさまを廃人にしたのはおれだ！こんどは殴り殺してやる！」

距離は五メートルとなかった。棒の長さが二メートルはある。一跳びで牛窪を殴り倒せそうに思えた。わめきながら、徳田は踏み出した。

牛窪がドスをくわえたのをみた。右手が懐に入ったのをみて、徳田の足が停まった。拳銃を呑んでいるのかもしれぬと思った。しかし、もう逃げる隙はなかった。徳田は全身に悪寒を溜めて殴りかかった。

牛窪の右手が動いた。徳田は胸に衝撃を受けていた。殴りかかった棒が、腕から離れた。つぶてが胸を強打していた。呼吸が止まって膝を突くのと、牛窪が口からドスを把ったのが、同時だった。

牛窪はものもいわずに斬《き》りかかっていた。徳田は目を剝いて牛窪をみた。襲いかかる牛窪の勢いに圧倒されて、徳田はふっとぶように倒れた。それでも、倒れながら、牛窪を蹴った。

牛窪は跳びのいた。跳びのいたと思ったら、襲いかかっていた。長い足が徳田の腹を蹴った。

徳田は、転がった。また、呼吸が止まっていた。間髪をおかずに、牛窪の足が股間《こかん》に入った。

徳田は悲鳴を放った。

「さあ、このやろう」

のたうつ徳田を、牛窪が見下ろした。

「切り、刻ん、で」

ドスが腹めがけて振り下ろされた。徳田は最後の力を絞って、転がった。二回転した。三回転目は、体は大地の支えを失っていた。

流れに落ちた。飛沫が湧いた。その飛沫を牛窪が追った。

徳田は流れの底でもがいていた。浮き上がる前に牛窪が跳びこんだのが水底からみえた。徳田は、川底の石を蹴ってのけぞった。牛窪の足が目の前に来ていた。

牛窪は飛沫の中にドスを叩きつけた。流れに鮮血が走った。やったと、牛窪は思った。積年の恨みをはらしたと思った。

夢中で、二度目の刃を叩きつけた。

しかし、そのときには水苔のついた石に足をとられていた。

徳田と牛窪は、流れの中で組み合っていた。徳田も牛窪もしたたかに水を呑んでいた。急流であった。深さは腰あたりまでしかないが、川底を埋めた石に付着した水苔に足をとられて、どちらも立つことができなかった。

沈んで流されながら、引っ掻き合った。牛窪はドスを失っていた。徳田は右腕を斬られていた。それでも、引っ掻き合いでは徳田のほうが勝った。腕が一本と二本のちがいであった。

どのくらいそうしていたのかわからない。組み合っている牛窪が動かなくなっているのに徳田は気づいた。勝ったのだと思った。牛窪を突き放して、徳田は浮き上がった。

川岸に這い戻った。

岸辺の草に手をかけたが、それ以上は身動きができなかった。水を呑んでいる。その上に体力を費いはたしていた。寒さで、体は瘧《おこ》りにかかったようにふるえていた。そのまま、じっとしていた。ややあって、這い登った。

岸に上がったが、立つことはできなかった。這って、利恵の傍に寄った。どうにか、利恵の縛めを解いた。利恵は口がきけなかった。体中の骨が鳴っていた。

「早く、戻って、熱い、風呂に——」

尻を突いて、徳田は、あえいだ。

うなずいて、利恵が去った。

徳田は、転がった。山の端《は》に陽が昇りはじめていた。風も出はじめている。何も考えないで、それをみていた。体全体で息をした。牛窪を殺した実感はなかった。ひどく、あっけないような思いがあった。

しばらくそうやっていた。体力の戻るのを待って、水を吐いた。水とも粘液ともつかないものが多量に出た。それで、すこしは楽になった。のろのろと起きた。よろめく足を踏みしめて川岸を辿《たど》った。

その頃になって、やっと、牛窪を殺したのだという実感が湧いた。大地を足が確実に踏みしめているのがわかる。揺るがない大地であった。未来永劫《えいごう》に動かない大地の磐石《ばんじゃく》さが、徳田の体に伝わった。

これからは走る必要はなかった。逃げる必要はなかった。一歩一歩、足を踏みしめて歩けるのだった。のろのろ歩いて不安のないのが、ふしぎなことに思えた。大地が戻ったという実感がした。これまで、自分はどこを歩いていたのだろうかと思った。

右腕の傷から出た血が指先に滴っていたが、徳田はかまわなかった。血など流れたところでどうということはなかった。流れるだけ流したほうが、雑菌やその他のものを押し出して切り傷にはよいのである。それに、もっと流れるがいいとの思いがあった。血を流すことで、浄化されるものがあった。

風が強まっていた。風が流れの表面にさざ波を走らせていた。それをみながら歩いていた徳田は、足を停めた。

流れの岸に何かがかかっていた。傍に寄って、覗いてみた。牛窪の死体であった。

徳田は、凝然とみつめた。寒気が、死体をはや硬直させているように思えた。一本しかない右腕が岸に突き出ていた。流れがそうさせたのだが、徳田には牛窪の執念に思えた。何かを握りつぶすように拳は握りしめられていた。握りつぶしたのは自身のいのちであった。それを知らぬげに、牛窪の右手は空間に突き出ていた。

風がその腕を割いて過ぎた。

徳田は凍りついたようになって見下ろしていた。やがて、徳田はのろのろと流れに下りた。腕を摑んで、引きずった。どこかに埋めてやるつもりだった。このまま、ほったらかしておくのは、あまりにも哀しすぎた。

何が哀しいのかは、徳田にもよくわからなかった。

牛窪の死体は重かった。どうにか岸に引き揚げたときには、徳田は精根を費いはたしていた。

横たえた死体の傍に腰を下ろした。

牛窪は無念げな形相をしていた。死ぬ寸前に復讐《ふくしゅう》をはたせなかった執鬼が牛窪にとってかわっていた。牛窪の貌ではなかった。執鬼の貌であった。

その執鬼の目が、空を睨んでいた。

徳田は瞼を閉じてやった。もう終わったのだ、何もみることはないのだと、心につぶやきながら、瞼を閉じてやった。

手を離したときに、徳田は牛窪の瞼が動いたのをみた。いや、動いたようにみえた。徳田は腰をずらして、牛窪をみた。ふっと、牛窪がつかみかかってくるのではあるまいかと思った。

だが、そこにあるのは死体であった。生き返るはずのない死体であった。念のために、頸動《けいどう》脈《みゃく》に指を当ててみた。脈は止まっていた。

——気の迷いか。

徳田は、つぶやいた。

ぼんやりと、牛窪の貌をみていた。眼窩《がんか》が落ち凹《くぼ》んでいる。馬面だから、ほおが長かった。そのほおの肉が痩せ落ちている。青ざめた肌であった。いまに、肌は草の葉のような色になる。触れると、重く感じられるほどの冷たさが全身に回る。生きていたときの人相の悪さがそのままに残っていた。

執念深さがそのままに残っていた。

——執鬼か。

胸中につぶやいた。おそるべき執念だったと思った。肩で息をし、ぜいぜい呼気を鳴らしながら、太平洋岸の砂丘に、赤法華に、そして速見島にと、牛窪は追ってきた。追ってもこの体で徳田を殺せるかどうかわからないのに、追って来た。執念のみでここまで生きた牛窪だった。本来ならその前に死んでいたかもしれないのだった。

徳田を殺す執念がここまで牛窪を引っ張ってきたのだった。

最後には、牛窪は組からも見放された。それでも、牛窪はやって来た。おそろしい男だったと思った。

徳田のあのミスともいえないような手術ミスさえなければ、牛窪は死なずに済んだ。どうせ、まともな生きかたをする男ではあるまいが、それでも廃人になってコツコツと靴音をひびかせながら、偽医師を追うことに生涯を賭けることはなかったのだ。そう思うと、慙愧《ざんき》の念が湧いた。追った偽医師に返り討ちに遇った無念が思われた。

この悪相の死に顔はその無念の凝固したものであろう。

——自分が殺されてやればよかった。

ふっと、その思いがかすめた。

牛窪の怒りは正当なものであったと思った。怒るのがとうぜんだ。廃人にされて、慰謝料をもらってそれで黙っている男は、男ではない。

いのちとかねは引き替えにはならない。医師はそれだけの責任を持たねばならない。医療過誤で患者を廃人にしたら、自身もまた、廃人にされるか殺されるかの覚悟がなくてはならない。その決意のない者は医師になどなるべきではなかったのだ。

牛窪は偽医師を殺すことに決めた。ごたごたは、牛窪はいわなかった。ただ、殺すと決めて、この体で追跡に旅立った。

牛窪のような男はすくない。牛窪こそ、ほんとうの男ではなかったのか。生きるとは何かということを、牛窪ほど承知していた人間はなかったのではないのか。

——いかん！

徳田は思わず、声に出していた。

人を殺した罪悪感がのしかかっていた。偽医師でも、医師は医師だ。いや、徳田はたいていの医師以上の腕がある。医師が人間を殺すことは許されない。はじかれたように、徳田は立ち上がった。

徳田は牛窪の人工呼吸をはじめた。寒さも何も忘れはてていた。

横たえた牛窪の気道を確保し、口から呼気を送り込んだ。人間は呼吸が停まると数分で脳が壊死《えし》する。そうなればいかなる技をもってしても蘇生はできない。

すでに脳が壊死している懸念はあった。時間がたちすぎている。それでもやるだけのことはやってみるつもりだった。

体に覆いかぶさるようにして、人工呼吸をつづけた。呼気を口から吹き込んで肺を動かしながら、心臓のマッサージをつづけた。

風がそれを包んでいた。

利恵が、それをみていた。

利恵は服を着た上に毛皮を体に巻きつけていた。徳田の帰りがおそいので、着替えを持ってやって来たのだった。

徳田は利恵が来たのに気づかなかった。

利恵は呆然《ぼうぜん》と、情景をみていた。最初は、徳田が何をしているのかがわからなかった。そのうちに、人工呼吸だとわかった。

徳田は、自分が殺した牛窪を生き返らせようと必死になっていた。

利恵は、何もいわなかった。寒風の中に佇《たたず》んで、見守った。

徳田が、呼気の吹き込みをやめた。牛窪の腹に跨って肺と心臓を押している。徳田は夢中になっていた。

やがて、牛窪が、水を吐いた。

「やった」

徳田が短く叫んだ。叫んで、徳田は利恵に気づいた。

「牛窪をたすけて、どうするの」

利恵には、徳田がわからない。

「殺してはいかんのだ。偽医師でも、わたしは医師だ。医師が患者を殺してはいかんのだ。人間を殺してはいかんのだ」

ふるえを帯びた叫びだった。

「でも、生き返ったら、あなたが殺されるわ！」

「それでもいい。わたしは、このひとの手術にミスを犯した。その上、この男を殺すわけにはいかないんだ」

叫びながら、徳田は牛窪に吐かせつづけた。

利恵は、黙った。

徳田が、牛窪を背負おうとするのを手伝った。

徳田は牛窪を背負って歩きだした。どこにそんな力があったのかと思う、たしかな足取りであった。

利恵は、後に従った。どう解釈してよいのか利恵にはわからなかった。生き返れば、牛窪は徳田を殺すにちがいなかった。怨念の塊りのような男であった。利恵を奴隷にするにちがいなかった。救けたところで、悪魔は悪魔だ。どう変わるものでもないのだった。

徳田は、牛窪を家に担ぎ込んだ。

菊江が風呂を湧かしていた。徳田は牛窪を風呂場に運んだ。ぬるま湯だった。そこに、牛窪を入れた。自分も入った。

牛窪はぐったりしていた。意識は取り戻してはいるが、まだ、口はきけなかった。徳田は牛窪の体を擦りつづけた。

湯はしだいに熱くなっていた。十分もたつと、擦りつづける牛窪の体は暖かくなっていた。

「おめ、えは、だ、れ、だ」

やがて、湯気の中で、牛窪が口をきいた。

「わたしだ。徳田兵介だ」

「とく……」

それっきり、牛窪は黙った。

湯が熱くなりすぎていた。徳田は牛窪を抱えた。

「ここ、は、ど、こ、だ」

牛窪が訊いた。

「利恵の叔母の家だ。心配するな」

「おめ、えは、こ、ろ、し、て、やるぜ」

「いいとも。元気になったら、殺せ」

徳田は浴槽《よくそう》から牛窪を抱え出した。

牛窪の容態が変わったのは、夜になってであった。

風呂から寝床に運んだときには、牛窪はたすかると、徳田は思った。焼酎《しょうちゅう》を飲み、利恵がこしらえた梅干を添えた重湯を二杯、たいらげた。そして、眠った。正体のない深い眠りに落ちた。

目が醒めたのは夕刻前であった。そのときには、徳田も眠っていた。

利恵に起こされて、徳田は牛窪を診《み》た。牛窪の貌は赤みが射していた。しきりに咳《せき》をしている。

部屋を暖めるよう、徳田は利恵にたのんだ。牛窪は熱をだしていた。三十九度あった。肺が炎症を起こしていた。医師を迎えることは絶望であった。医師のいる町までは遠い。それに、菊江の家には車がなかった。ミミズがいないかと、徳田は菊江に訊いた。掘れば、獲《と》れるという。

菊江と利恵に至急、ミミズを掘ってもらった。ミミズは、熱を下げるには新薬以上の効果がある。本草綱目に〈性寒ナルガ故ニヨク諸熱湿ヲ解ス〉とある。漢方では、〈地竜〉という。あり合わせの辛子を練って和紙にのばして、背中と胸に貼った。それでもかなりの解熱にはなる。

陽が落ちるまでに十数匹の大きなミミズが獲れた。

ミミズの頭を切り、しごいて土を捨て、土鍋《どなべ》にかけた。二時間ほどで濃縮液がとれた。

それを牛窪に飲ませた。効果はじきに出た。熱がすこし下がって、咳が止まった。

徳田は、ほっとした。

夜半前に、菊江がこしらえた夜食を三人でとった。牛窪の部屋だった。

利恵も菊江も口は重かった。しかし、牛窪が持ちなおしたことに、安堵《あんど》の気配はあった。

牛窪はずっと天井をみていた。何もいわなかった。

ときどき、乾いた咳をしながら、うるんだ目で、煤《すす》けた天井をみつめていた。朝になれば医師を呼びに行くからとか、ときに、徳田が話しかけたが、牛窪は答えなかった。

徳田は、その晩は牛窪の傍に泊まった。

牛窪の容態の急変に気づいたのは、四時過ぎであった。

気配で、徳田は目を醒ました。牛窪が細い笛のような呼気音をたてていた。徳田は額に触れてみた。燃えるような熱が出ていた。徳田は呆然として、牛窪をみつめた。

利恵と菊江が来た。

傍に坐《すわ》った利恵をみて、徳田は、首を横に振った。四分の一しかない牛窪の肺がこの熱に堪えられるわけはないのだった。絶望であった。

死はそこまで来ていた。無言で牛窪をみつめた。

最期は、じきにやってきた。

「牛窪！」

徳田は、牛窪の手を把った。両手で握りしめて、牛窪に語りかけた。

「宥《ゆる》してくれ、牛窪。わたしが、悪かった」

牛窪は答えなかった。

急速に痩せて大きくなった目で徳田をみた。

その目から、大粒の泪がこぼれ落ちた。

「お、め、え、は——や、ぶ、だ」

牛窪は一語一語、区切って、そういった。それが、最期だった。


徳田兵介は濡れ縁にいた。

星が雲に隠れたり見えたりしている。風が周辺の竹藪《たけやぶ》を渡っていた。川の音がする。

利恵が、傍に腰を下ろした。利恵は何もいわなかった。徳田も何もいわなかった。

徳田は泣いていた。

声を出さずに、泣いていた。

牛窪が死んだ。死に際に、おめえは藪だと、牛窪はいった。偽医師だとは、牛窪はいわなかった。それが万感となって徳田を締めつけていた。

「わたしが、殺されて、やりたかった……」

徳田のつぶやきにたまりかねて、利恵がすすり泣きをはじめた。

菊江が梓弓を奏《かな》ではじめていた。牛窪の魂を送る幽玄な音だった。

一九七九年十二月 カッパ・ノベルス（光文社）刊

光文社文庫

長編ハード・アクション小説
梓弓《あずさゆみ》執《と》りて
著者　西《にし》村《むら》寿《じゅ》行《こう》

2000年4月20日　初版1刷発行
2000年11月25日　3刷発行

発行者　濱井　武
印刷　豊国印刷
製本　榎本製本

発行所　株式会社　光文社
〒112-8011　東京都文京区音羽1-16-6
電話　(03)5395-8149　編集部
8113　販売部
8125　業務部
振替　00160-3-115347

ISBN4-334-72993-2　Printed in Japan

お願い　光文社文庫をお読みになって、いかがでございましたか。「読後の感想」を編集部あてに、ぜひお送りください。

このほか光文社文庫では、どんな本をお読みになりましたか。これから、どういう本をご希望ですか。

どの本も、誤植がないようつとめていますが、もしお気づきの点がございましたら、お教えください。ご職業、ご年齢などもお書きそえいただければ幸いです。

光文社文庫編集部

光文社文庫 目録

西村京太郎 北能登殺人事件
西村京太郎 最果てのブルートレイン
西村京太郎 特急「あずさ」殺人事件
西村京太郎 山陰路殺人事件
西村京太郎 日本海からの殺意の風
西村京太郎 特急「おおぞら」殺人事件
西村京太郎 特急「北斗1号」殺人事件
西村京太郎 山手線五・八キロの証言
西村京太郎 寝台特急「北斗星」殺人事件
西村京太郎 伊豆の海に消えた女
西村京太郎 東京地下鉄殺人事件
西村京太郎 寝台特急「あさかぜ1号」殺人事件
西村京太郎 「C62ニセコ」殺人事件
西村京太郎 十津川警部の決断
西村京太郎 十津川警部の怒り
西村京太郎 パリ発殺人列車
西村京太郎 十津川警部の逆襲
西村京太郎 十津川警部、沈黙の壁に挑む

西村京太郎 十津川警部の標的
西村京太郎 十津川警部の抵抗
西村京太郎 宗谷本線殺人事件
西村京太郎 紀勢本線殺人事件
西村京太郎 特急「あさま」が運ぶ殺意
西村京太郎 山形新幹線「つばさ」殺人事件
西村京太郎 九州新特急「つばめ」殺人事件
西村京太郎 伊豆・河津七滝に消えた女
西村京太郎 奥能登に吹く殺意の風
西村京太郎 特急さくら殺人事件
西村京太郎 四国連絡特急殺人事件
西村京太郎 九州特急「ソニックにちりん」殺人事件
西村京太郎 スーパーとかち殺人事件
西村京太郎 東京駅殺人事件
西村京太郎 上野駅殺人事件
西村京太郎 函館駅殺人事件
西村京太郎 西鹿児島駅殺人事件
西村京太郎 札幌駅殺人事件

西村京太郎 長崎駅殺人事件
西村京太郎 仙台駅殺人事件
西村京太郎 伊豆七島殺人事件
西村京太郎 ナイター殺人事件
西村京太郎 消えたタンカー
西村京太郎 消えた乗組員《クルー》
西村京太郎 発信人は死者
西村京太郎 ある朝海に
西村京太郎 赤い帆船《クルーザー》
西村京太郎 第二《セカンド》の標的《ターゲット》
西村京太郎 マウンドの死
西村京太郎 殺人はサヨナラ列車で
西村京太郎 仮装の時代
西村寿行 幻（めくらまし）戯
西村寿行 妖獣の村
西村寿行 襤《ぼ》褸《ろ》の詩《うた》
西村寿行 衂《ちぬ》られた寒月
西村寿行 死（ザ・デス）神

光文社文庫　目録

光文社文庫　目録

藤田宜永　ダブル・スチール
藤田宜永　ボディ・ピアスの少女
藤田宜永　遠い殺人者
藤田宜永　野薔薇の殺人者
藤田宜永　失踪調査
藤田宜永　蜃気楼を追う男
松岡弘一　復讐屋
松岡弘一　荒鷲スーパーウエポン
松岡弘一　荒鷲デス・アタック
松本清張　網（あみ）（上・下）
ミステリー文学資料館編　「ぷろふいる」傑作選
ミステリー文学資料館編　「探偵趣味」傑作選
ミステリー文学資料館編　「シュピオ」傑作選
皆川博子　闇椿
峰隆一郎　横浜外人墓地殺人事件
宮部みゆき　東京下町殺人暮色
宮部みゆき　スナーク狩り
宮部みゆき　長い長い殺人

宮部みゆき　鳩笛草　燔祭／朽ちてゆくまで
森村誠一　影の祭り
森村誠一　指名手配
森村誠一　完全犯罪の使者
森村誠一　終列車
森村誠一　終着駅
森村誠一　凍土の狩人
森村誠一　死都物語
森村誠一　真昼の誘拐
森村誠一　誇りある被害者
森村誠一　致死海流
森村誠一　日蝕の断層
森村誠一　死導標
森村誠一　悪夢の設計者《デザイナー》
森村誠一　死を描く影絵
森村誠一　殺人の赴任
森村誠一　路
森村誠一　殺人の組曲

森村誠一　偽完全犯罪
森村誠一　星の旗（上・下）
山田詠美編　せつない話
山前譲編　殺意の宝石箱
山前譲編　恐怖の化粧箱
山前譲編　秘密の手紙箱
山村美紗　愛の海峡殺人事件
山村美紗　京都絵馬堂殺人事件
山村美紗　琵琶湖別荘殺人事件
山村美紗　恋人形殺人事件
山村美紗　京都・十二単衣殺人事件
山村美紗　京都・神戸殺人事件
山村美紗　財テク夫人殺人事件
山村美紗　燃えた花嫁
山村美紗　京友禅の秘密
山村美紗　花の棺
山村美紗　黒百合の棺
山村美紗　ガラスの棺

光文社文庫　目録

山村美紗　千利休・謎の殺人事件
山村美紗　京都・バリ島殺人旅行
山村美紗　京都・グアム島殺人旅行
山村美紗　坂本龍馬殺人事件
山村美紗　ラベンダー殺人事件
山村美紗　愛の殺人気流
山村美紗　向日葵は死のメッセージ
山村美紗　清少納言殺人事件
山村美紗　失恋地帯
山村美紗　高知お見合いツアー殺人事件
山村美紗　殺人を見た九官鳥
山村美紗　神戸殺人レクイエム
山村美紗　愛の危険地帯
山村美紗　長崎殺人物語
山村美紗　京都花の艶殺人事件
夢枕獏　獅子の門1 群狼編
夢枕獏　獅子の門2 玄武編
夢枕獏　獅子の門3 青竜編

夢枕獏　混沌《カオス》の城（上・下）
由良三郎　血液偽装殺人事件
由良三郎　偽装自殺の惨劇
吉村達也　編集長連続殺人
吉村達也　旧軽井沢R邸の殺人
吉村達也　シンデレラの五重殺
吉村達也　六麓荘の殺人
吉村達也　御殿山の殺人
吉村達也　金沢W坂の殺人
吉村達也　OL捜査網
吉村達也　夜は魔術《マジック》
吉村達也　「会社を休みましょう」殺人事件
吉村達也　ミステリー教室殺人事件
吉村達也　ダイヤモンド殺人事件
吉村達也　富士山殺人事件
吉村達也　「巨人-阪神」殺人事件
吉村達也　空中庭園殺人事件
吉村達也　クリスタル殺人事件

吉村達也　小樽「古代文字」の殺人
吉村達也　能登島 黄金屋敷の殺人
六道慧　カルメンの魔笛
六道慧　シャネルの遺産
龍一京　贋者
龍一京　闇金
龍一京　くりから女刑事
龍一京　快楽殺人鬼
龍一京　暴れ蛇
龍一京　無法《アウトロー》刑事《デカ》
連城三紀彦　愛情の限界
和久峻三　京都冬の旅殺人事件
和久峻三　遠野 京都 橋姫鬼女伝説の旅殺人事件
和久峻三　南紀白浜 安珍清姫殺人事件
和久峻三　アルプス魔の山殺人事件
和久峻三　容疑者は赤かぶ検事夫人
和久峻三　飛騨白川郷メルヘン街道殺人事件
和久峻三　赤かぶ検事辞任す

光文社文庫 目録

光文社文庫 目録